生命《いのち》燃ゆ

高杉 良

角川文庫
21555

目次

第一章　都落ち

1

「きみたち、気がつかなかったか？　柿崎《かきざき》君の様子がちょっとおかしいんじゃないか……」

常務の西本康之《にしもとやすゆき》が表情を翳《かげ》らせて、そう切り出したのは、柿崎仁《まさし》が退室した直後である。

この年、昭和四十三年の夏、昭栄化学工業が大分臨海工業地帯で推進している石油化学コンビナートの第一期建設工事は、最盛期を迎えていた。

建設工事の責任者である西本は、前年、四十二年の十一月に取締役川崎《かわさき》工場長から常務に抜擢《ばってき》され、本社勤務となり、大分建設本部長を委嘱されていた。まだ四十九歳で、昭栄化学工業の役員の中では若いほうだ。西本は、東京本社と大分の間を足繁く往復して、建設の指揮をとっている。この日は、新設する全プラントの計装、制御部門を受け持つ大分建設本部システム室との打ち合わせで大分工場へ来ていた。柿崎は、システム室の課長補佐で、コンビナートの中核部門であるエチレンプラントのコンピュータ・システムを担当している。

「さあ、とくに変わったことは……」

システム室第一課長の松島幸夫が、怪訝《けげん》そうに首をかしげながら、室長の木原拓三の顔をうかがった。木原も、首をひねっている。

「いや、私の気のせいならいいんだが、このレポートを読みながら、彼は説明していたね……」

西本は、テーブルの上のA４判七、八枚のコピーを手に取って続けた。

「柿崎君自身が書いたものかどうかわからないが、一字一句正確に読んでいた。それはいいんだが、眼が文字を追っていないし、ページを捲《めく》るとき、ワンテンポずれている。われわれ三人が捲るのを後追いしていた。なにげなく柿崎君と眼が合ったとき、視線が定まっていないような気がしたんで、それとなく注意してたんだが……」

松島がハッとした顔を西本に向けた。

「そう言えば、いつでしたか昼休みに、書類をかざすようにして読んでたことがあります。太陽の光に書類を当てるように、こんなふうに……」

松島は、左手で資料を高く持ち上げて、それを仰ぐように見上げた。

「そのときは、ずいぶんおかしな恰好《かっこう》で読んでるな、ぐらいにしか思わなかったのですが、言われてみますと、やっぱり変ですね」

「つまり、視力が弱っているということになるんでしょうか。このレポートは、柿崎が書いたものかい？」

木原は、視線を西本から松島に移して、訊《き》いた。

松島は、即座にかぶりを振った。

「ちがいます。柿崎君の字は、右下がりでもっとごつごつした感じです」

「そうだろう。たぶん、これは女性の字だよ。しかも、かなりの達筆だ。ウチにこんなきれいな字を書く娘《こ》はいたかね」

「システム室の田中さんは、ペン習字をやったそうで、けっこうきれいな字を書きますが、似ているけど、ちょっとちがうなあ」

松島は、小首をかしげながらつづけた。

「柿崎君は、最近、家族を大分へ呼んで一緒に暮らすようになりましたから、きっと奥さんに書かせたんじゃないですか」

「お茶の水を出ているとかいう才媛《さいえん》の奥さんか」

木原は、言葉の感じとは裏腹に深刻な顔になっている。

「きみたちには無理をかけて申し訳ないと思っている……」

西本は、うつむきかげんの顔を上げてつづけた。

「柿崎君も休日返上で頑張ってくれてると思うが、しばらくラインから外して休ませることができればいいんだがねえ」

木原と松島が顔を見合わせた。それができない相談であることは、西本自身わきまえているはずであった。エチレンプラントの建設は、昭栄化学工業にとって初めての経験であり、しかも世界で初めてコンピュータ・コントロール・システムを採り入れようとしていたが、この建設担当の学卒技術者は柿崎だけで、技術的な検討、調査はほとんど柿崎ひとりで行っていたのである。

「エチレンの計装関係は柿崎に任せてますから、彼に休まれると……」

松島は、言いよどんだ。木原もしきりに首を振っている。

「しかし、病気となれば、会社の都合ばかり言っていられないだろう。そのときはそのときで対策を考えなければ仕方がない。とにかくすぐ医者に診てもらったらいいね。まさか糖尿病なんてことはないだろうなあ。私の友達に、糖尿病を患って、ほとんど失明に近い状態になってしまった者がいるんで、ちょっと気になるんだ」

「糖尿病で眼が見えなくなることがあるんですか」

信じられない、というように松島は眼をしばたたかせている。

「うん。しかし、たぶん私の取り越し苦労だろう」

西本は、いつもの温容を取り戻していた。二重瞼《ふたえまぶた》の眼が、眼鏡の奥でやわらかくまたたいている。いくぶんかすれぎみの声にもやさしさがある。

松島が会議室から自席へ戻ったとき、柿崎は席を外していた。

「お茶を淹《い》れてください」

松島は、田中みどりというシステム室付の若い女性事務員に茶を所望して、しばらくぼんやりと窓外へ視線を投げていた。

「柿崎君は？」

松島が、茶を運んできたみどりに訊くと、

「ヘルメットを持って出て行かれました」

という返事だった。

「これは、田中さんが書いてくれたのかな」

松島がファイルに綴《と》じようとしていた資料をみどりに示した。

「いいえ」

「そう。ちょっと現場へ行ってくる」

松島は、白いヘルメットを小脇に部屋を出た。

みどりが啞然《あぜん》とした顔で、松島を見送った。松島は、湯呑《ゆの》みに口をつけていなかったのである。

三時を過ぎていたが、クーラーの利いた総合事務所から外へ出ると、真夏の陽射しが浴びせかかり、全身から汗が噴き出る。炎天下の中で、柿崎は、青焼きの図面を広げて建設業者《コントラクター》のエンジニアと立ち話をしていた。

松島は、二十メートルほど離れた位置に佇《たたず》んで柿崎の一挙手一投足を見逃すまいとするように、凝視していた。

柿崎は、松島の存在に気がついていない。

そろそろタワー群の据え付け工事が始まっているエチレンプラントの方を指差したり、図面に眼を向けたりしながら、夢中で話し込んでいる。どことい って、変わった様子はないようにも見える。

松島は、二人のところへ近づいて行った。相手の若い男は、すぐに松島に気づいて一《いち》揖《ゆう》した。柿崎も、松島が五メートルほど接近したところで、ニコッと人なつっこい笑顔を投げかけてきた。

「暑いのに大変だな」

松島も笑顔を返したが、すぐに表情がこわばった。

「柿崎君、ちょっと話したいことがあるんだが、きょう一緒に帰らないか」

「きょうは先約があるんです」

「そうか、土曜日だから柿崎教室だな」

「教室なんて、そんな大袈裟《おおげさ》なものじゃありません。勉強会ですよ」

柿崎は、わずかにはにかんで眼を伏せた。柿崎は、毎週土曜日に、工業高校出身の運転用員《オペレーター》を集めて、プロセス・コンピュータに関するレクチャーをしていた。

「勉強会のほうしばらく休んだらどうかね。毎日残業が続いているんだから、土曜日ぐらいは早く帰ったらどうだ」

「そういうわけにもいきません。けっこう楽しみにしている者もいるんです」

「柿崎さん、あとでまた」

若い男が気をきかせて二人のそばを離れた。

「どうも」

柿崎は会釈を返して、松島の方に向き直った。

「ところで、話ってなんですか」

「間違っていたらあやまるが、きみ、視力が相当落ちてるんじゃないか」

松島は、一気に言った。なぜか胸がさわいだ。生え際の薄い松島の童顔に朱が差している。

柿崎の眼がまっすぐ松島をとらえた。濃い眉毛《まゆげ》と、引き結んだ唇、頬から頤《おとがい》にかけての線がはっきりし、意志的な顔立ちである。

「それほどのことはありませんけど、細かい字がちょっと読みにくいんです。遠視の傾向がありましたけど、三十三のこの年で老眼でもないと思いますが、そのうち、眼医者へ行ってこようかと思ってます」

「字が読みにくいって、どんなふうに、いつごろから？」

松島にたたみかけられて、柿崎は、腕組みして、空を仰いだ。

「たいしたことはありませんよ。いつごろって言われても困りますが、ここ一、二か月ぐらいの間に、若干視力が衰えたような気がします」

「実はさっき、会議のあとで、きみの様子がおかしいと言い出したのは西本常務なんだ」

「へえ。そんなふうに見えたんですかね。仕事ばかり厳しい人だと思ってましたけど、あの常務、けっこう見てるんですね」

「ねんじゅう、きみの顔を見ている室長や私が気づかないのに、常務にはすぐわかったというんだから、恐れいってしまう。常務は、糖尿病を心配してたが……」

「まさか」

「しかし、甘くみないほうがいいよ。月曜日に休みをとって、さっそく病院へ行ってきたらどうだ」

「いま、ちょっと手が離せません。秋にでもなって一段落したら、眼医者に行ってきますよ」

「それは困る。すぐ医者に診てもらえと言ったのは西本常務だよ。ほかのこととはちがう。大事《だいじ》にならないうちに、治療しなければだめだ。医者の診断を受けて、たいしたことがなければ、それに越したことはないが、とにかくすぐに病院へ行って専門医の診断を受けてもらいたい」

松島は、表情をひきしめて、言い募った。

「まるで病人扱いですね。おかしいですよ」

柿崎は、すねた子供のように口を尖《とが》らせた。

「一人で行くのが嫌なら、私が一緒に従《つ》いてってもいいぞ」

「子供じゃあるまいし。わかりました、わかりました」

柿崎は、うるさそうに言って、松島に背中を向けた。がっしりと肩の張った大柄な躰《からだ》は、いかにも頑健そうに見える。到底、病気持ちとは思えなかった。

2

夕食後、松島は急に思い立って、柿崎の家を訪問する気になった。

大分市鶴崎《つるさき》地区の工場からクルマで二十分ほどの明野《あけの》地区に、昭栄化学工業の社宅がある。公団式鉄筋コンクリートの五階建てのアパートが全部で二十棟あり、柿崎は十九棟四階五号室、松島は十五棟五階の七号室である。

柿崎は、大学で計測工学を学び、昭和三十四年四月に昭栄化学工業に入社した。松島は四年先輩である。柿崎は工学部応用物理学科、松島は応用化学科の卒業だが、ともに東京大学の出身である。川崎工場でアンモニア合成プラントの建設、運転にタッチして以来、二人とも一貫して計装システム部門に携わってきた。プロセス・コンピュータの歴史は浅く、現に昭栄化学工業は、いま重装備のプロセス・コンピュータ・コントロールを実現しようとしているが、これは世界にも例がない。柿崎はチームの要として、コンピュータ・コントロール・システムの開発に取り組んできた。プロセス・コンピュータに関する限り、柿崎は文句なく昭栄化学工業の第一人者である。それどころか、プロセスそのもののメカニズムを熟知しており、プロセス・エンジニアとして十分通用する力量を持っている。その点が柿崎の強みであり、松島が後輩の柿崎に、一目も二目も置くゆえんであった。

九時を過ぎていたが、柿崎はまだ帰宅していなかった。松島は、それを承知で訪ねてきたのだが、

「十時ごろになると言ってましたが」

と、夫人の志保子に言われたとき、「そうですか」と、あいまいな返事をしていた。

「ちらかしていますが、お上がりくださいますか」

「失礼させてもらいます」

松島は、志保子の話を聞くのが目的だったから遠慮せずに上がり込んだ。茶の間でテレビを見ていた長女の弘子《ひろこ》が、松島を認めると、テレビを消して笑顔を向けてきた。

「小父《おじ》さま、こんばんは」

次女の陽子も、舌足らずながら、姉にならって「こんばんは」を言った。

「こんばんは」

松島は、二つのおかっぱ頭を両手で撫《な》でてから、ズボンのポケットにしのばせていたチョコレートを取り出した。

「女の子は可愛くていいですねえ。家内が、弘子ちゃんや陽子ちゃんの顔を見るたびに溜息《ためいき》が出るほど羨《うらや》ましくなるって言ってました」

「あら。柿崎は、どっちか男の子だったらっていまだに残念がっています。松島さんが、羨ましくて仕方がないみたいですわ」

「男の子はうるさくてだめですよ」

松島は、小学五年と三年の息子がいる。

「弘子ちゃんも陽子ちゃんも、歯を磨いて、おやすみしましょう」

母親に言われると、二人の娘は「はい」と素直な返事をして、洗面所へ立って行った。そして「おやすみなさい」を言いに居間へ戻って、すぐに子供部屋へ引き取った。

「見事なもんですね。ウチなんか、テレビを消して寝かせるのに、家内は喧嘩腰《けんかごし》ですよ」

松島は、両切りのピースを咥《くわ》えて、眼で灰皿を探した。志保子が、サイドボードの上に置いてあった灰皿をテーブルに載せながら言った。

「主人と、一年三か月ほど別々に暮らしてましたときに、きびしくしなければと思いました。すこしきつく育てすぎたかもしれません」

「それにしても、柿崎君、よくひとりで頑張ったなあ」

「その間に、横浜《よこはま》の社宅へ帰ってきたのは、たった四度ですのよ。外国へ単身で転勤したのと同じですわ」

志保子は、きらきらした大きな眼をちょっと吊《つ》り上げて、言った。

「上のほうには、お子さんの学校の関係で、単身赴任の人がけっこういますが、柿崎君のような若い人で、一年三か月もひとりで頑張った人はほかにいないんじゃありませんか。もっとも、大分へ来て最初の半年ぐらいは、私も含めてみんなひとりだったんですよ。イタチョン（大分のチョンガー）とか言うそうですが、飯場に毛の生えたようなアパート暮らしでしたから、家族を呼ぼうにも呼べませんでした」

「ここの社宅ができましたとき、よっぽど子供を連れて押しかけてこようかと思ったのですが、主人は、戦場に女子供を連れて行けるかって、頑として聞き入れてくれませんでした。それがどういう心境の変化か、急に出てこいですから、びっくりしましたわ。まだ、大分へ来て三週間ほどで、なにもわからず、奥さまにご迷惑ばかりかけています」

「そんなことはありませんよ。家内は、横浜の社宅も一緒でしたから、話し相手ができてよろこんでいます」

松島は、冷たい麦茶を飲み乾して、話題を変えた。

「きょう柿崎君が会議に提出したレポート、奥さんが書かれたものですか」

「間違いがございましたでしょうか」

「いいえ。柿崎君にしては、莫迦《ばか》にきれいな字だったものですから」

「主人が走り書きしたものをリライトしただけですが……」

「なるほど。そこまで手間ひまかけたわけですか。西本常務が感心したほど完璧なかんぺきレポートでした」

「なんですか、このごろ人使いが荒いんですのよ。難しい専門書を私に読ませてテープに吹き込ませたり、昨日のレポートもテープに入れさせて、二度ほど聞いていたようです」

「実は、きょうまで気がつかなかったのですが、西本常務から会議のあとで注意されて、初めてわかったのですが、柿崎君の視力が弱っているように思えるのです。ただ単に視力が落ちているということなら問題はないと思うのですが、糖尿病のようなことは……」

「…………」

志保子の顔色が変わった。

「奥さんに、リライトをたのむというのも、柿崎君らしくないと思いませんか」

「はい。そう言えば、新聞もほとんど読んでいないようです。眼鏡をかけなければいけないかななどと申してましたが……」

「奥さんが見すごしていたとすると、われわれが気づかないのはあたりまえみたいなもんですね。とにかく、放っておけません。あさって病院へお連れしましょう。これは、大本部長命令でもあるんですから、引きずってでも私が責任をもって連れて行きます。大事にはならないと思いますが、放っておけば取り返しのつかないことになりかねませんからね」

「主人は、昔から薬が嫌いで、つねづね病気は自然治癒に限るなどと申してますが、言うことをきいてくれればいいのですが」

「あすの日曜日は、ゆっくり休むように言ってください」

松島が辞去するのと、ほとんど入れ違いに柿崎が帰ってきた。

志保子が松島の訪問を告げると、柿崎は「なにをそんなに大騒ぎしてるんだろう」と他人事《ひとごと》のように言ったが、病院行きに反対しなかったところをみると、自覚症状的なものがあるのかもしれなかった。

「それで、どんな具合なんですか」

「細かい字がぼやけるくらいで、たいしたことはないよ。しかし、糖尿病じゃないかなんておどかされると、やっぱり気になるな」

「きっと、不摂生したんでしょうね。でも、そんなになるまで自覚的なことはなかったんですか。だるいとか、喉《のど》が渇くとか……」

「それじゃあ、まるで糖尿病扱いじゃないか。自覚症状なんてなかったよ」

柿崎は、ごろんと横になった。

「あしたは、おやすみになれるんでしょう」

「そうはいかない。いまがピークだからな」

「松島さんは、ゆっくり休みなさいと言ってくださいましたけど」

「なに言ってるんだ。それが気やすめだってことは、課長がいちばんよく知ってるよ。日曜出勤は僕だけじゃない。現場の連中は、皆んな頑張っているんだ。こんな状態がいつまでも続くわけじゃない。あとひと月かそこらの辛抱だよ」

柿崎は、天井を睨《にら》んだままの姿勢で言った。

大分石油化学コンビナートの建設は、昭栄化学工業にとって、まさに乾坤一擲《けんこんいってき》の社運を賭《か》けた一大事業であった。昭栄化学工業は、川崎地区で高密度ポリエチレンなどの石油化学製品を企業化しているが、中間原料のエチレン、プロピレンなどは他社に依存していた。鉄鋼業の高炉に匹敵する石油化学工業の中核設備であるナフサ分解（エチレンプラント）部門に初めて進出し、本格的な石油化学コンビナートを展開しようとしていたのである。

3

柿崎仁が大型のボストンバッグと風呂敷《ふろしき》包みを抱えて大分空港へ降り立ったのは、一年前の昭和四十二年五月八日の午後三時過ぎのことだ。

当時の大分空港は、いかにもローカル空港のおもむきがあり、滑走路も短く、ジェット機の離着陸など思いもよらなかった。柿崎を出迎えたのは、山野修と相川敏彦の二人である。二人ともその年の三月に、地元の工業高校を卒業して、四月に昭栄化学工業に入社したばかりの新入社員で、少年の初々しさをまだ面皰《にきび》の消えない面に残している。

「柿崎さんですか」

と、空港ロビーで呼びかけられて、柿崎は足を止めた。

「そうです。柿崎ですが」

「山野です。よろしくお願いします」

「相川です」

ひょろっと上背のあるほうが相川で、山野はずんぐりしている。グレーの作業服が柿崎の眼にすがすがしく映る。

「荷物はこれだけですか」

山野が、柿崎の手からバッグを取った。柿崎がうなずくと、さも意外そうに首をかしげている。

「それ、自分が持ちます」

相川が風呂敷包みに手を触れた。

「いや、大丈夫だ。二人で迎えに来てくれるほどの荷物がなくて悪かったかな」

「………」

相川は、先を越されてしまったと言いたげな顔を、山野の手にあるボストンバッグに向けている。

「総務課長が宿舎に荷物を運ぶように言うてましたが……」

「いや、その必要はないな。事務所へ直行しよう。早速、現場を見せてもらうよ」

柿崎は、山野に答えて、待機させてあるクルマの方へ足を運んだ。

昭栄化学工業が大分県と大分市から払い下げを受けた大分二号埋立地は、百五十万平方メートル以上、ゴルフ場が二つできるほど広大な工業用地で、昭和三十九年九月に土地譲渡に関する契約が当該自治体との間に締結されている。通常、公用地の譲渡契約には転売禁止条項がはいっているが、大分の場合は転売が認められている。したがって、昭栄化学工業の判断で、関係企業を大分へ誘致することが可能である。転売が禁止されていると土地効率をすべて自社で高めていかなければならない。この点は、石油化学コンビナートを形成していくうえで、有利な条件といえるが、それにしても大分は遠い、というのが柿崎の実感であった。飛行機なら三時間足らずとはいえ、東京周辺からはるかに遠く離れており、一割経済といわれる九州の大分くんだりまで都落ちしなければならないのか、という思いにとらわれたのは柿崎ひとりではなかった。一割経済とは日本全体の工業生産、消費量等に対し、九州は十分の一を占めているにすぎないという意味である。

もっとも、京葉、阪神《はんしん》、中部などの大消費地周辺の工業地帯は立地難で、新たにコンビナートを展開することなど望むべくもない。必然的に中央指向から地方の時代を迎えようとしていたのである。しかも、別府《べっぷ》湾は天然の良港として知られ、泊地は水深十三メートル、幅四百七十メートルと申し分ない。土地は、三・三平方メートル（一坪）当たり四千五百円、六年分割払いで手当てでき、増設の余地を十分残している。大野《おおの》川を源とする工業用水の供給能力は一日当たり十二万五千トンと豊富であり、一立方メートル当たり三円五十銭と割安である。海上輸送費にしても西から東へ帰る船は空荷になりがちなので、荷主にとって有利に運賃交渉が進められるし、距離の遠近による運賃差はごくわずかである――。こうみてくると、消費地との距離感からくるハンディキャップは実際問題として、さしたることはなく、逆に利点の大きいことが経済効果上の計算では示されていた。

その上、労働力を確保しやすく、新産業都市の指定を受けて、地元が企業の誘致に熱心なことも昭栄化学工業の経営陣の決断を促す要素になったと言える。

大分進出を積極的に推した佐藤治雄副社長は、「問題はコストのいかん、競争力の有無である。一割経済というなら、全国エチレン生産能力の一〇パーセントに当たるエチレンセンターが九州にあって当然ではないか。東に片寄りすぎた石油化学工業全体のバランスを考えても、西に立地することは有利なはずだ」と、強調してやまなかった。

〝都落ち〟と思うのは感傷にすぎない、と柿崎はわが胸に言いきかせながら、疾駆するクルマから茫漠《ぼうばく》とした埋立地の広がりを眺めやっていた。

土木工事の初期の段階は、建物といえば急造バラックの建設事務所が一棟あるきりで、構内道路もなく、当時、工事現場に足を踏み入れた技術屋仲間から「半長靴で砂地の中をジープで走り回るさまは、さながら北アフリカ戦線といった感じだ」と聞いた憶《おぼ》えがあるが、柿崎が大分入りしたこの時期は、そろそろ石油化学コンビナートの建設工事が本格化しつつあったので、現場のムードはそれなりに盛り上がりを見せていた。

建設業者は、元請三十五社、下請約百社に及び、最盛期の建設作業員は日に一万人を数えた。主な元請業者をみると、土木工事は大成建設、清水建設、飛島建設、前田建設、鹿島建設、梅林建設。機械装置は日立製作所、日本製鋼、日本揮発油、神戸製鋼所。タンクは石川島播磨《はりま》重工業、日本鋼管、石井鉄工所。配管は新潟鉄工所、東西外業、八幡《やわた》製鉄。用水は神鋼ファウドラー、栗田工業、オルガノ。電気は九州電気工業、近畿《きんき》電気工事、八幡電設工業。道路は東亜道路工業、日本舗道。煙突は三菱《みつびし》重工──などである。

柿崎は、建設事務所で赴任の挨拶《あいさつ》もそこそこに、背広を作業服に着替え、ヘルメットをつけてジープで現場へ向かった。

建設本部の機能は東京から大分へ移され、第一技術室から第六技術室までとシステム室の七室が工事を担当している。柿崎が所属するシステム室は、全プラントの計装、制御部門を受け持ち、柿崎は第一班のチーフで、エチレンプラントのコンピュータ・システムを任されている。

室長の木原と課長の松島が現場で肩を寄せ合って話し込んでいた。ジープの柿崎の眼に、二人の白いヘルメットに西日が反射してまぶしい。

松島は、柿崎がジープから降りるのが眼に止まったとみえ、手を挙げた。

「やあ。カキさん」

「ただいま、着任しました」

柿崎は、小走りに二人に接近して挨拶した。

「これで、システム室のメンバーは揃ったな。きみが現れないことには、始まらないからね」

木原が手を差し出して、握手を求めた。

「どうだい。これだけ広いと、雄大な気持ちになってこないか」

松島が両手を広げてあたりを見回した。

「しかし、あんまり広すぎて、ちょっと心細くなりますね。これだけの土地をプラントで埋ずめ尽くすのは容易じゃないですよ」

「川崎あたりじゃ、そんな贅沢《ぜいたく》は言えないぞ」

「コントロールルームはこのあたりに建てることになるかな」

木原が、後方を振り返って言った。木原は柿崎より十年先輩である。

「カキさん、なんといっても大分コンビナートの最大の特色は、コンピュータ・コントロール・システムにあるわけだからね。世界的にも例のないことをわれわれはやろうとしている。これが失敗したら、このコンビナートは成り立たないぐらいの気持ちで取り組まなければならないが、とくにエチレンプラントを担当するきみの双肩にかかっている」

松島は、まじめくさった顔で言い、柿崎の肩にしなだれかかった。

「柿崎君を煽《あお》るようなことを言いなさんな。これ以上、この男に張り切られたら、こっちは身が持たんぞ」

「失敗なんて考えられませんよ。任せて下さい」

木原に向けられた柿崎の笑顔は、自信に満ちていた。

四十二年五月当時、大分はホテルも旅館もない田舎町であった。昭栄化学工業では、日豊《にっぽう》線で大分駅から一駅の鶴崎駅に近い割烹《かっぽう》料理屋「丸川」と契約し、「丸川」の別棟を借り受け、出張者の宿泊所兼単身赴任幹部社員の下宿に充《あ》てていた。

柿崎が赴任した日の夜、木原、松島、それに取締役大分建設本部副本部長で現場の責任者でもある上野寛《こうずけ》の三人が丸川の本館で、柿崎の歓迎の宴を張ってくれた。上野は、土木関係が専門で土建屋をもって任じている。鼻筋の通った顔立ちで一見紳士風だが、べらんめえ調で親分肌の男である。酒もやたら強い。ビールから酒になり、そしてウイスキーの水割りを飲み、最後は麦焼酎《むぎしょうちゅう》になった。

「カキさん、これが上野流の洗礼というやつだ。こんなうわばみみたいな人とは、まともに付き合えないよ。きみも、ほどほどにしてトイレにでも立つようなふりをしてずらかったほうがいいぞ」

松島がこっそり耳うちしてくれたが、意地っ張りなところのある柿崎は、上野のほうから腰を上げるまで、頑張るつもりになっていた。

いつの間にか木原も松島も宿舎へ引き取り、麦焼酎まで付き合わされたのは柿崎だけだった。

「一週間ほど前に、安田社長が現場を視察されたが、そのときおもしろいことを言ってたぞ。〝お稲荷《いなり》さんを正門の脇に祠《まつ》ったらどうかね〟って言うんだなあ。おまえ、どう思う？」

二人きりになったとき、上野が、焼酎の瓶を柿崎のコップにかたむけながら、出し抜けにそんなことを言った。

「そう言えば、ある化学会社は、工場はもとより本社ビルにもお稲荷さんを祠っている、という話を聞いたことがあります。そこの会社の社長は技術屋社長という話ですが、その話を聞いたとき、私は、自然科学を勉強した人ほど、なにかこう縁起をかつぐようなところがあるのかなと思いました。しかし、そこに安心立命というか心のやすらぎを感じるなにかがあるとすれば、それもいいんじゃないか、という気がするんです。ただし、私は、お稲荷さんに礼拝する気になれませんけど」

「その会社の社長は、礼拝を社員に強制してるのか」

「さあ。しかし、若い社員はお稲荷さんを祠ること自体に抵抗感があるとみえ、社長に直訴したそうです。それに対し社長は、〝別に他意はないが、一つの決まりがつくので習慣としてやっている。毎日お稲荷さんに朝礼するために、社長も早朝出勤を励行できるのだから、それだけでも意味があるはずだ〟と答えたそうです」

「しかし、時代の最先端を行く石油化学工業と、お稲荷さんというのも、取り合わせがちぐはぐじゃねえか。ぶちこわしというか艶消《つやけ》しもいいところだぜ。おめえ、心のやすらぎなんてお上手言ってるけど、ほんとうにそう思うか。正直に言ってみろや」

「正面玄関のすぐそばにお稲荷さんを祠ったら、やっぱりおかしいですねえ。外国の人たちも大勢見学に来ると思いますが、そのとき必ずお稲荷さんについて質問されるでしょうね。それを考えただけでも、めんどうかなあ」

「どうも素直な答えじゃねえなあ」

「それで副本部長は社長になんて答えたんですか」

「俺は正直に言ったよ。いくらなんでもお稲荷さんはないでしょうって」

「それで社長は……」

「とくに固執しているようには見えんかったな。それなら、記念になるものをほかに考えろって言ってた」

昭栄化学工業社長の安田一郎は、財界の重鎮として知られている。柿崎などにとっては、文字どおり雲の上の人である。しかも名うてのワンマンといった印象が強い。その安田社長に対して自分の意見を率直にぶつけた上野に、柿崎は半ばあきれ、半ば敬服した。内心、酒ばかり強いががさつな土建屋ぐらいにしか見ていないでもなかったから、柿崎は上野を見直す思いになっていた。

「お稲荷さんに替わる良い対案はありましたか」

「皆んなで相談してるところだが、まだ時間はたっぷりあるから、おまえもなんかアイデア出せや。竣工式《しゅんこうしき》に間に合えばいいわけだからな」

とりとめもなくそんな話をしたあと、クルマを呼んで上野が借り上げ社宅へ引き揚げたのは、午前一時過ぎであった。

柿崎は、上野に勧められて、その夜は「丸川」に床をとってもらった。上野と話しているときはそれほど酔ったという感覚はなかったが、ひとりになると、腰が抜けたように足をとられ、トイレへ立つのがやっとで、したたかに酔っていることに気づいた。

上野が、帰りが同じ方向なのに、俺をここへ泊めたのは思いやりだろうか、お稲荷さんの話はおもしろかった、と朦朧《もうろう》とした頭で考えているうちに、柿崎は深い眠りに引き込まれていた。

建設本部の技術陣は、全員朝八時から夜九時過ぎまで汗まみれになって作業に従事した。仕事量が多いため、それを遅滞なくこなすには土曜も日曜もなかった。それでも月に一度か二度は、日曜休日にありつける。

そんなとき、柿崎は昼間は、たまりにたまった洗濯に精を出す。煮しめたような下着を三日、四日と肌に着けていると、さすがにわれながら汗臭くてやりきれなくなる。下着類が底をつき、仕方なしに汚れ物の中からましなのを引っ張り出して、身につけたこともある。靴下の異臭だけはどうにも我慢できなかったから、終《しま》い湯のときに、こっそり洗濯した。いちど洗剤を使いすぎて、そこらじゅうを泡だらけにしてしまい、泡がなかなか流れず往生したことがある。洗濯が終わると、事務所へ顔を出し、システム室の部下である相川や山野を集めてプロセス・コンピュータに関する話を聞かせるならわしだ。

運転用員《オペレーター》の相川たちは、日曜日に出勤する必要はなかったから、柿崎の休日は、彼らにとって厄日のようなものだった。

「柿崎班長はサディストとちがうか。土曜も日曜も勉強なんて、聞いたことないぞ」

「奴隷商人や」「働き病《ワーカホリック》いうらしいぞ」

初めのうち、柿崎の評判はすこぶる悪く、なんだかんだ理屈をつけて、サボろうとする者がほとんどだった。だが、「プロセス・コンピュータとはなにか。化学プラントにおける計装・制御システムがなんであるかを頭にたたきこんだ上で運転操作するのと、そうでないのとでは、まるで違う。いざというときに、必ず役に立つはずだし、なんに限らず学ぶことの尊さをわかってもらいたい。休日だから強制はできないが、私としては強制したいくらいだ」という柿崎の熱意が若い社員の気持ちを動かした。いつしかほかの技術室の社員までが柿崎のミニ・ゼミナールに顔を出すようになっていたのである。

柿崎は、コンピュータ制御のフィロソフィから説いた。

「石油化学コンビナートの規模が今日のように大型化、複雑化してくると、プロセスに異常が発生した場合の損失は計り知れないものがあります。それだけにプラントの神経系統とも言える計装・制御システムは、コンビナート全体の生死を握っているといっても過言ではありません。計装・制御システムの信頼性、安全性が強く要求されるゆえんであります」「プラントは、一つは公害を発生させないことを含めて安全運転が行われなければならない。二つには安定した運転、さらに三つめは最適経済運転を目的にしていますだとすれば計装・制御システムもこれらの目的を十分果たすように構成されなければなりません。ここでとくに留意すべきことは、計装・制御システムは、コンビナートという大きなプラントの中の一つのサブシステムであり、プロセス設計、機器設計との密接な相互関連の中でこれが行われているということです」

さらに、柿崎は、①安全運転の面からのシステム構成の考え方、②安定運転の面からのシステム構成の考え方、③最適経済運転の面からのシステム構成の考え方——について、嚙《か》んで含めるようにして話して聞かせた。

ときには、コンピュータの適用例を列挙したり、大分コンビナートのコンピュータ・システムを図解して、

「ソフトの開発は、われわれが運転を通じて行うべき性質のものです。つまり、オペレーション・ノウハウの蓄積によるわけです。川崎工場の経験を生かして、大分にＩＢＭ８００電算機を導入し、重装備のプロセス・コントロールを実施しますが、これをより発展させることができるかどうかは、きみたちの努力いかんだと思います」

と訴えた。

柿崎が大型のボストンバッグいっぱいに汚れた下着類を詰め込んで、大分転勤後初め

て横浜の社宅へ帰ったのは八月初めのことである。妻の志保子からこの三月ほどの間に五度も手紙が届いたが、柿崎は、たった一度ハガキを出しただけだ。五度目の手紙で、子供に顔を忘れられてしまいますよ、と痛いところを突かれ、さすがに気持ちが動いた。

上の娘の弘子は幼稚園の年少組で当年四歳、下の陽子は、満二歳の誕生日を迎えたばかりで、可愛いさかりだった。柿崎は、子煩悩ではないにしても子供に逢《あ》いたい、と思わぬわけがなかった。本社に出張の用事をつくって帰宅することはできたはずだし、休暇もとれないことはなかったが、現場を離れればそれだけ仕事がたまってしまうことがわかっていたし、エチレンプラントの計装の担当者として現場を離れる気にはなれなかったのである。

「よく迷子になりませんでしたね」

さっそく志保子に皮肉を浴びせかけられたが、柿崎は動じなかった。

「臨戦態勢だから、仕方がないんだ。工場が完成するまでは我慢してくれよ」

志保子は、社宅が同じ松島は月に一度は帰宅しているのに、と思わぬでもなかったが、課長と課長補佐では扱いがちがうのだろうか、とけなげに考えることにした。

「工場が完成するのは、いつですか」

志保子がボストンバッグから汚れものを取り出しながら訊《き》いた。

「来年の夏まではかからないと思うがな」

「夏までって、あと一年かかるんですの」

「今年の秋には大分に社宅が完成するそうですね」

「…………」

「聞いてないな」

「松島さんの奥さんが話してましたわ」

「そうか。しかし、建設が終わって、運転が軌道に乗ったら本社勤務になることがはっきりしてるんだから、きみらを大分へ連れて行く気にはなれないな」

「松島さんのご家族は大分へ引っ越すそうですよ」

「学校のこともあるし、めんどうじゃないか」

「だって、弘子はまだ幼稚園ですよ。小学生のうちなら、どこだって同じです」

志保子は、色白の美しい顔をかすかにしかめて抗議した。

「なにを言ってるんだ。わずか一年か二年の辛抱じゃないか」

柿崎は取り合わなかった。頭の中はコンピュータのことでいっぱいだった。それよりなにより、戦場に女子供を連れていく手はない、と思っていたのである。

「こんなに汚れるまでよく我慢できますね。皆さんに嫌われますよ。私も恥ずかしいし……。お洗濯なんてあなたには無理なんです」

志保子は、搦手《からめて》から夫の気を引いてみたが、柿崎はけろっとしている。

「けっこうやってるよ。寮に大型の洗濯機があるからね。学生寮に入っていたころにくらべれば、らくなもんだよ」

志保子が知恵をつけたわけでもあるまいが、あくる日、弘子が、

「パパ、帰っちゃいや」

と、うずくまるようにしてボストンバッグを抱え、陽子も足もとにまつわりついたが、柿崎は多少つらい思いはしても、気持ちを変える気はなかった。そして、柿崎は一年三か月の間、若い独身社員にまじって寮生活を続けたのである。

4

日曜日、松島が十時過ぎに出勤したとき、柿崎はすでに建設現場へ出ていた。日曜日だというのに、建設本部の大部屋は、いつもと変わらず人の出入りが激しい。しかし、さすがに女性社員は休んでいるので、茶を淹《い》れるのもセルフサービスである。

昭栄化学工業・大分石油化学コンビナートの第一期建設工事は急ピッチに進み、先月の七月中旬には総合事務所が落成、柿崎たちはバラックの仮設事務所から、クーラーの完備した鉄筋コンクリート三階建ての新事務所へ移った。

柿崎は、現場へ出ていることが多かったのでさほど苦にならなかったが、事務部門の者は、蒸し風呂《ぶろ》のようなバラックの暑さに音をあげていたので、総合事務所の完成で夏場の仕事の能率はぐんと向上し、現場の工事までスピードアップされたように見受けられた。

松島が、昼食のサンドイッチを食べ終えて、冷蔵庫から麦茶の入った瓶を取り出してコップに注いでいるところへ、柿崎が事務所へ戻ってきた。

「きみもやるかい？」

「いただきます」

柿崎は最近、弁当持参組の仲間入りをしたばかりである。いままでは、日曜以外は事務所の食堂を利用していた。柿崎は、自席で弁当の包みを広げた。海苔《のり》で巻いたおむすびと、タッパーウエアの容器に、卵焼き、魚の照り焼き、いんげんのいため煮などが詰まっている。

「おいしそうだな。やっぱり、奥さんをそばに置いとくに限るだろう」

「ひとつどうですか」

「惜しいことをしたな。いま、サンドイッチをたいらげちゃったところだから。それより、なんで休まなかったの？」

松島のにこやかな顔が途中からくもり、詰問調になっていた。

「課長、無理矢理病人にすることはないでしょう。だいたい病気とは縁が薄いほうなんですから」

「それならいいが、あした病院へ行くことだけは約束してくれ」

「わかってます。どっちにしても眼科で眼鏡を調整してもらおうと思ってますから」

「きょうは、午後は帰れないのか。柿崎教室は休講にしたらいいね」

「ええ。八月から日曜日は休むことにしました」

「それから、食事が済んだら帰ったらいいな」

「月曜日に半日つぶされるとなると、片づけておかなければ……」

「私がかわりにやるから、行ってくれないか」

「自分でやりますよ」

柿崎は、投げやりな口調で言って、にぎりめしを食べはじめた。

松島は、柿崎が食事中なので、しゃべるのをやめたが、眼が書類の文字を上すべりし、つい柿崎のほうに盗み見るような視線を送ってしまう。

柿崎は、やはり元気がなかった。三個持ってきたにぎりめしを二つ残してしまったのである。それに、地声の大きいことで知られているのに、声がくぐもって張りがないように思える。

あくる朝の七時過ぎ、松島は諄《くど》いかなと思い、いくらか気がさしたが、柿崎の家へ電話を入れた。

「柿崎でございます」

志保子の声だった。

「松島です。私がお伴《とも》したほうがよろしいですか」

「ありがとうございます。でも、わたしでつとまりそうです。昨夜までは駄々っ子みたいなことを申してましたが、けさは観念したようですわ」

「それなら、あんまりお節介を焼くと嫌われますから、私は遠慮します。良い結果が出るように期待しています」

「ありがとうございます」

「それから、弘子ちゃんの幼稚園の送り迎えと、陽子ちゃんをおあずかりしますって、家内が言ってますよ」

「まあ、そんな。それじゃ申し訳ありませんわ」

「いや。家内は、むしろそれを楽しみにしてて張り切ってますから、任せたらいいですよ。病院って、案外時間をとられるし、子供連れじゃ大変だから」

「ほんとうにご迷惑ばかりおかけして……」

「病院へは何時ごろ出かけますか」

「弘子を幼稚園に送りがてらと思ってたのですが……」

「それなら、そのときに家へ寄って下さい」

松島は、電話を切って、出勤の仕度にかかった。柿崎の渋面が眼に見えるようだった。

実際、その時間、柿崎はむすっとした顔で、食事を摂《と》っていたのである。

糖尿病などとおどかされなければ、病院へ出かける気にはなれなかったろう。眼がかすんで新聞記事の一号活字はぼやけてしまうが、眼鏡でもかければこと足りるぐらいに、柿崎は軽く考えていたのである。レポートの清書を志保子に頼んだのは、緊急を要したからそうしたまでで、他意はない。

一昨日《おととい》の打ち合わせは、建設予算について切り詰めるべき点がないかをチェックすることに目的があった。現場の技術者は、とかく安全性にとらわれるあまり過剰投資に陥りがちで、安全性と経済性の折り合いのつけ方が問題となる。建設本部長の西本が建設担当の技術者に対して「趣味に陥っていないか」と口をすっぱくして念を押すのは、経済性を重視しているからにほかならないが、それは、管理者、建設の責任者として当然で、建設途上であれ、その点はつねに気を引き締めて厳しくチェックしなければならない。建設コストの節減が果たす経済効果は少なくないのである。

化学プラントは、システム構成、アプリケーション・システム、ディテールの三段階の設計作業を経て建設工事に入るが、コンピュータを含めた計装・制御システム部門の場合、文字どおりごくシステマティックに進められるため、初期のシステム構成段階ですべてが決まると言えるほど、基礎設計は重要であり、この段階で徹底的にディスカッションが行われる。コンピュータ・コントロール・システムについて言えば、どういう機種のコンピュータをいかに組み合わせるか、それによってどれだけの経済効果が生まれるか、といった基本的な考え方、フィロソフィともいうべきものは、システム構成の段階で明確になっていなければならない。逆に言えば、建設工事が進捗《しんちょく》している段階で、予算を切り詰められる余地はほとんどないと言える。

それでも、ゼロではないはずだし、建設本部のセクションの中でシステム室だけを除外するわけにもいかなかったので、西本は、システム室に工事の進捗状況なども含めて経過報告を求めたのである。

柿崎が提出したレポートは、システム部門に関する限りリダンダンシイ(冗長性)はまったくない、と自信をもって結論づけていた。西本が内心唸《うな》ったほど理路整然とし、完璧《かんぺき》な出来栄えであった。

西本のダメ押しの質問にも柿崎は要領よく答えた。


「電話、松島課長だろう」

「ええ、松島さんの奥さま、陽子の相手をして下さるって言ってるそうですけど、それじゃ申し訳ないわ」

「どういう意味だ」

「陽子を病院へ連れて行くのは……」

「だれが陽子を連れて行くと言った」

「あら、私、一緒に行かなくていいんですか」

「あたりまえだ。子供じゃあるまいし、なんできみが付いてこなければならないんだ」

「ご機嫌ななめですこと」

志保子は、にこりともせずに言い放った柿崎をそっと睨《にら》んで、食事を片づけにかかった。

柿崎が大分県立病院にやってきたのは、その日の九時過ぎである。柿崎は、外来受付で受付票に所要の事項を記入するとき、活字が見えなくて、志保子を連れてくるべきだった、と軽く後悔した。それでも、いったん外へ出て、小さな紙片を太陽の光線にかざしてみると、なんとか読み取れた。

柿崎はかがみ込んで、風呂敷包《ふろしきづつ》みから本を取り出し、それを下敷に「初診」の欄を丸で囲ったり、「氏名」「住所」「保険証番号」などを記入して受付へ戻った。家を出るとき、風呂敷包みは必要ないのではないか、と志保子に言われたが、これを脇に抱えていないと落ち着かないのだ。紫の染めが色褪《いろあ》せて、白っぽく変色している風呂敷の包みを柿崎は片時も放したことがない。大部な専門書や書類、ときには弁当箱が包まれてある。

「よけいなことを言うな」

最近、専門書に直接眼を通すことがないので、なんだか皮肉を言われたような気がして、柿崎はささくれだったが、変なところで風呂敷包みが役立って、思わずひとりにやついていた。

外来待合室は患者であふれている。外来受付で健康保険証を提出してから、眼科で呼び出されるまで五十分を要した。眼科でこれでは、内科なら一時間半はかかるとみなければならないな、と思いながら、柿崎は眼科の診察室へ入って行った。年配の肥えた大柄の女医に、躰《からだ》に似合わぬ優しい声で、問診されたあと視力テストが行われた。丸い輪の欠けた部分が上下左右のどっちを向いてるかがさっぱりわからない。大小に関係なく黒い輪がぼーっと霞《かす》んで見えるきりだ。

向かい側で眼底カメラを覗《のぞ》いていた女医から「出血してますね」と言われたとき、柿崎は糖尿病との因果関係など思いもよらなかった。

「糖尿病と言われたことはありますか」

「………」

「内科の先生に診てもらったことはありませんか」

「子供のころありますけど……」

「会社で健康診断は？」

「やったことはありましたけど、悪いなんて言われたことないですよ」

「内科で詳しく検査してからでなければ、はっきりしたことはわかりませんが、私の所見では、あなたは糖尿病ではないかと思います」

女医はあきれ顔で言って、柿崎の顔をまじまじと見やった。

「出血も少ないし、網膜に白い斑点《はんてん》ができているだけですから、まだ単純性の網膜症の範囲にとどまっていますが、このまま放っておくと、確実に失明しますよ。こんなになるまで、気がつかないなんて……」

女医は、鈍感という言葉を呑《の》み込み、カルテに走らせているペンを止めて、また柿崎をじっと見つめた。

第二章　選挙フィーバー

1

大分石油化学コンビナートの建設現場は日々変貌《へんぼう》してゆく。昭和四十三年十一月下旬には低密度ポリエチレン年産四万トン能力のプラントが完成、翌月三日の午前十時から竣工修祓式《しゅんこうしゅうばつしき》が行われた。修祓式といっても出席者は昭栄化学工業の社員だけで、ごく内輪のものである。

銀色に塗装された反応塔などのタワー群は、まばゆいばかり輝いている。角度によって太陽が反射し、鏡のように鋭い光を放つ。プラントを前に、神主が祝詞《のりと》をあげて、お祓《はら》いをする。列席者は全員起立し、神妙に項《うなじ》を垂れている。柿崎もその一人であった。

修祓式のあとで、建設本部長の西本康之が列の後方の柿崎に気づき、近づいてきた。笑顔に誘われて、柿崎から白い歯がこぼれた。二人とも、スーツの上にグレーの作業衣を着こんでいる。寒さのため吐く息が白い。

「元気そうだね」

「はい。一応節制してますから」

「糖尿病は、それに限る。食事療法が主力で、薬はあくまで補助的なものだと、ものの本に書いてあったが、違うかね」

「そのとおりだと思います」

「きみが糖尿病だと聞いて、むかし読んだ本をひっぱり出して、また眼を通したんだが、怖い病気らしいねえ」

「………」

「視力のほうはどう？」

「ほとんど元の状態に戻りました」

「それはよかった。きみはインシュリン非依存型らしいね。毎日インシュリン注射をしないだけでも、ついてるよ。薬はなにか服《の》んでるの？」

「血糖降下剤と血管を強くするとかいう薬を服まされてますが、どうせ気休めですよ。もうすっかり良いんです。もともとたいしたことはなかったんですから」

「病気に負けないのはいいが、しかし甘くみたらいかん。一応などといわずに節制に努めてほしいね」

西本の後ろ姿を見送りながら、こういうところが部下の気持ちを惹《ひ》きつけずにはおかないのだな、と柿崎は思った。医学書を読んだ、とは泣かせるではないか——。直接の上司である松島課長や木原室長、上野副本部長から、折に触れて本部長がえらく心配してたぞ、と言われていたが、こうして声をかけられてみると、西本の温かい肌ざわりがじかに伝わってくる。

あの日は、実際厄日だった、と柿崎は回想する。眼科から内科へ回され、採血、検尿、そして、さんざん内科医に油をしぼられた。さらに翌日は、インシュリンの検査のため、朝食抜きで病院へ行かなければならなかった。必ず奥さんを同伴するようにと厳命され、子供の世話を松島夫人に頼んで志保子と二人で栄養士の説教を小一時間も聞かされたのである。

「糖尿病が悪化すると、糖尿昏睡《こんすい》といって生命にかかわることがあるし、合併症も怖いですよ。腎臓《じんぞう》をやられたり、心筋梗塞《しんきんこうそく》にもなりやすい。それに血管がぼろぼろになって壊疽《えそ》が起こることもあるそうよ」

若い女性の栄養士は、医者のような口をきいたが、それでも威《おど》したりないとみたのか、

「私なら即刻入院させるわ。自宅療養ではわがままが出るから、病院で厳重に管理すべきなんです」と、言い募った。

柿崎は、こうるさい女だ、とでも言いたげに不機嫌そうに押し黙っていた。志保子のほうがおろおろしている。

「ほんとうに糖尿病って怖い病気なのよ。奥さん、しっかり監督してくださいよ」

「はい。よくわかりました。私の言うことなど聞いてくれる人ではありませんが、一生懸命頑張ります」

志保子は、ノートを閉じて、柿崎を見遣《みや》った。

「あなたも今度ばかりは懲りたでしょう」

「わかったよ。余計なことは言わんでもいい」

柿崎は上の空で、ほとんど栄養士の話を聞いていなかった。この期に及んでも仕事のことが気になって仕方がなかったのである。計器室のコンピュータの位置を右側へ少しずらしたほうが操作しやすいのではないか、などと途轍《とてつ》もないことを考えていたのである。柿崎は週一回の通院を続けるうちに、視力も奇蹟《きせき》的といえるほどの回復ぶりを示していた。

2

修祓式から建設本部長室へ戻った西本は、建設副本部長の上野、事務部長の広瀬雅夫とともに仕出し屋から取り寄せた昼食の幕の内弁当を食べながら雑談していた。広瀬が三つの湯呑《ゆの》み茶碗《ぢゃわん》に土瓶をかたむけ、緑茶を注ぎたしながら、さりげなく言った。

「二月の市議会選挙にコンビナートの代表を立てたらどうか、って篠原君たちと話したんですが……」

篠原明は、総務課長で、広瀬の部下である。

上野が箸《はし》を止めて、弁当箱をテーブルに戻した。

「急な話だなあ。選挙となれば周到な準備が要るんじゃないか」

「投票日まで三か月足らずですから、忙しいことは忙しいんですが、今回見送るとなると四年先で、間がありすぎることもたしかです」

広瀬は、西本のほうをうかがったが、西本は黙って食事を続けている。

「大分市の公害対策委員会にはずいぶんいじめられ、市会議員に誰かおらんかと思ったことは一度や二度じゃない。本部長には話しておらんが、〝さんざん甘い言葉で誘致しておきながら、出て行けがしのことを言うとはなにごとか、それならたったいま工場の建設工事は中止します〞って尻《けつ》をまくったこともあるんですよ」

「そういえば、副本部長はやめられるものならやめたい、ってよく言ってましたね」

「うむ。ある知り合いの財界人に、〝大分と熊本だけは風土的にも企業が育つようなところじゃない、大分に工場を建てるなんて無謀も極まれりだ〞って忠告されたことがあったな。つまり、それだけ閉鎖的だというわけだ。言われてみれば思い当たることばっかりだ」

上野は、一瞬遠くを見るような眼を見せた。

「で、副本部長は、選挙について賛成ですか、反対ですか」

「もちろん賛成だ」

「本部長はいかがですか」

広瀬に顔を覗《のぞ》き込まれて、西本は考えをまとめるように、弁当箱と湯呑みを持ち替えて、煎茶《せんちゃ》を口に含んだ。

「いいじゃないの。上野さんの判断に任せますよ。善は急げということもある……」

西本は、かつての先輩社員を立て、茶をすすって続けた。

「われわれは、好むと好まざるとにかかわらずコンビナートの新しい歴史をつくらなければならない。その使命を帯びてるわけでしょう。選挙は、地元の人々の中に融《と》け込む早道でもあるんじゃないかな」

「そのとおりです」

広瀬が顔を上気させて、突拍子もなく高い声を放った。建設本部長の西本に反対されたら、諦《あきら》めざるをえない。篠原に、「本部長は反対するわけがない」と自信ありげに言われていたが、建設工事が終盤の詰めにさしかかっている時期に、選挙にうつつを抜かしていられるか、と一喝されやしないかと、一抹の危惧《きぐ》の念がないでもなかったのである。

「大分へ転勤を命じられたときに、社長から〝きみの使命は地域対策だよ〟と何度も念を押されました。私は、鶴崎地区の一万九千世帯を一戸残らず訪問して、地元と一体となったコンビナートということについて話したいと思ってるくらいです。選挙は地元の人たちと対話するチャンスです。それにコンビナートの利益代表を市議会に送ることのメリットもあります。自治体とのパイプ役がいるのといないのとでは大変な違いです。道路一本、それどころか土管一本埋めるにも自治体の許認可が要る時代ですから……。釈迦《しやか》に説法ですが……」

広瀬の歯切れのいい口調はまったくよどみがない。眼に光がある。社内では切れ者で通っているが、人の話を逸《そ》らさず、当たりは柔らかいほうだ。

「もうひとつの波及効果は、各工場からの寄せ集めの集団が、目的を一《いつ》にして火の玉になりますから、血の通った生きた集団になることです」

「それで、選挙に勝てる見込みはあるの？」

西本の質問に、広瀬は「もちろんです」と答えたが、それほど自信があるわけではなかった。

「とにかく現場の判断に任せます。社長と副社長には私から話しておきます」

広瀬は、起立して、西本に低頭した。よほど嬉《うれ》しかったとみえ、顔が湯上がりのようにのぼせて赤く染まっている。

「ウチが大分県と大分市から土地を購入したのは四年前でしょう。早く着工しなければ払い下げ認可を取り消すって、ずいぶん責められたじゃないですか。そんなこと言われても、ウチだけの都合で着工できるわけがないんです。業界の設備調整の問題もあるし、通産省の認可も必要だ。とくに、ウチの計画は外資の力を借りてやるわけだから、フィリップスの出資比率がどうのこうのとややっこしいことを言われるし、おまけに大型化指向から通産省はエチレン認可基準を年産三十万トンに引き上げた。ウチは、十万トン計画が進んでたのに、いっぺんに三倍にしろっていうんだから、ひどい話ですよ」

上野の話はどんどんそれていくが、西本は黙って聞いていた。

「なんとか二十万トンで認めてくれって御上にお願いしたが、絶対だめだっていうんだから、泣く子と地頭には勝てませんや」

御上という古めかしい言い方に、西本は微笑を誘われた。

「そう言えば、通産省との渉外をやっている下川君はずいぶん苦労したようですね。通産省にどれだけ日参したか……」

「この問題だけで、一年近く通いづめに通ったんじゃないですか。ウチのエチレン十万トン計画の認可が一昨年《おととし》の七月で、十五万トンなら許容《アローワンス》の範囲だというわけで、表向き十五万トンの修正計画が認められたのが去年の七月だから、あの男も辛抱強い……」

下川とは、本社の企画部課長の下川秀太郎のことである。下川は、昭栄化学工業の官庁関係の窓口として、石油化学部門に限らず許認可事項に関するすべての渉外を担当し、辣腕《らつわん》を振るっていた。いや、辣腕というには当たらない。苦労人の下川は、人の気持ちを汲《く》み取るのが得手な男で、誠心誠意正攻法で押してゆくタイプである。昭栄化学工業・大分石油化学コンビナートの起工式は昭和四十二年八月十六日に挙行されたが、外資法に基づいて、エチレン十五万トンの修正計画の認可を正式に取得したのは、前日の十五日のことである。下川は、十か月ほどの間、通産省の担当官から幹部までの間を夜討ち朝駆けまがいのことをして、二十万トン計画の認可を迫った。もちろん、ときには安田社長、佐藤副社長、西本建設本部長らの首脳陣も動員されたが、相手によっては経営トップを差し向けたほうがより効果があるという下川の判断に従って動いたまでである。

昭栄化学工業が当初のエチレン十万トン計画を二十万トンに方針変更したのは、通産省が三十万トン基準を打ち出し、規模のメリット、国際競争力の強化を強調しはじめたため、十万トン規模に不安を持ったことによるが、基準どおり一挙に三十万トンに拡大する実力はなかったのである。エチレン規模を三十万トンに拡大するということは、とりもなおさず合成樹脂、合成繊維原料、合成ゴムなどの誘導品をそれに伴って増強して、エチレンとの整合性をとらなければならないが、非財閥系で後発メーカーの昭栄化学工業には、販売力もなければ、資金調達力もなかった。また、原料のナフサ（粗製ガソリン）を確保する手だてもなかったのである。

しかし、三十万トン基準に固執する通産省当局に、二十万トン計画を却下され、ハードネゴシエーションの結果、十万トンから十五万トンへの変更が認められ、四十二年六月二十四日に変更申請書が大蔵・通産両省など関係当局に提出された。

昭栄化学工業は、同年八月十五日付でエチレン十五万トン修正計画の認可を取得するが、スピード処理のため、下川は関係省庁間を駆けずり回り、十五日の夜八時過ぎまで大蔵省外資課でねばって、持ち回り外資審議会で認可を取り付けるという離れ業をやってのけたのである。間一髪、十六日の起工式に間に合わせた下川のねばりは、語り草になっている。

「下川は度胸もありますな」

茶をすすって、上野が続けた。

「建設本部がいよいよ機器を発注する段になって認可枠どおりエチレンの設計能力を十五万トンにするか、こっそり二十万トンでやるか揉《も》めたときに、下川の意見を訊《き》いたことがありましたな。あのとき、あの男は、〝私が責任を持つから二十万トンで進めてください〟と胸を叩《たた》きおった。下川があぁ言ってくれなかったら、二十万トンには踏み切れなかったですよ。実際、あのときは泣けてきましたわ」

「そんなことがあったなあ」

西本がつぶやくように言った。

エチレン設備の心臓部門である大型圧縮機《コンプレッサー》は、工期の関係で早めに発注しなければならないが、昭栄化学工業はコンプレッサーの能力を密《ひそ》かに十五万トンの枠を超えて二十万トンで発注していたのである。

「ところで、何の話だったかな」

上野は、ようやく話を元へ戻す気になったとみえ、広瀬のほうに顔を向けた。

「市の公害委員会で、副本部長が啖呵《たんか》を切ったっていう話ですよ」

広瀬が、にやにやしながら答えた。その話を広瀬は、上野から二、三度聞かされている。本部長の西本に伝わっていないのが不思議なくらいだ。

「うん、その話か」

アクセントをつけて、上野は言った。そして、西本のほうに接近するようにソファから尻《しり》をずらした。

「工事の初期の段階で、下水管を埋設し終わったところで、市の公害対策委員会に呼び出されたんです。即刻、取り払って元どおりにしろって、こうですわ。下水管工事が始まった直後ならまだわかるが、意地が悪いじゃないですか。極端な話、別府湾へ石一つ放り投げただけでも、ここの漁業組合はいちゃもんをつけてきますぜ。ウチに対するヨソモノ意識は、そうとうなもんですわ」

上野は、相当にやけに力を入れた。

「公害対策委員会に呼び出されて、どうしました?」

西本は先を促した。

「あやまる一手ですわ。公害対策委員会というのが医者や地元の有力者ばっかりで、この連中とやりあうわけにはいきませんから、私は、市役所の会議室で土下座しましたよ。ほんとに、カーペットに頭をこすりつけて……」

上野が腰を浮かせて、いまにも実演してみせかねない気配を見せたので、西本は手で制した。

「上野さんにしては、よく辛抱しましたね」

「そりゃあ、そうですよ。内心むかむかしてたが、ここで話をこじらせたら、あとが大変だ。しかし、公害対策委員会の中にも、ちゃんと良識派もいるんですね。〝昭栄化学工業といえば超一流会社じゃないか。仮にもそこの重役さんに、ここまでやらせるのは行き過ぎだ〟って、若い委員が言ってくれたんです。そしたら、〝だいたい事前に計画書が市に届け出されて、パスしてるんだから、言いがかりみたいたことを言っても仕方がない〟って、何人かの委員が同情してくれました。大の男が土下座なんてカミさんや部下に見せられた図じゃありませんがね」

西本が、土下座と尻《けつ》をまくる、とではえらい違いではないか、と思ったとき、上野が言った。

「いちばん腹が立ったのは、市の公園課に出頭を命じられたときです。九州石油からの原料パイプが公園を横切るかたちで、土中に埋設されていますなあ。先にパイプが敷設されて、その上に公園をつくることになっていたが、公園法違反だから、パイプの敷設はやめてくれというわけです。公園だってウチが寄付してつくったんだが、公園だけつくらせて、パイプラインは敷かせないなんて莫迦《ばか》な話はない。〝日比谷《ひびや》公園の中をパイプラインが走ってるか〟って屁理屈《へりくつ》を言われたが、それとこれとはわけが違う。一事が万事この調子ですからな。私が尻をまくったのは、そのときですよ。〝あなたがたは、昭栄化学工業にコンビナートを建設させたくて誘致したんじゃないんですか。それとも建設させたくないんなら、そう言ってください。即刻出て行きます。なんだかんだといちいちケチをつけてくるが、出て行けがしのことを言われる憶《おぼ》えはない〃ってね」

「堪忍袋《かんにんぶくろ》の緒を切らしたわけですね。上野さんにドスの利いた声で啖呵を切られて、皆んなびっくりしたでしょう」

西本に言われて、上野はまんざらでもなさそうに尖《とが》った顎《あご》を撫《な》でている。

「ティピカルな例はほかにもいくらでもあるが、それ以来、地元のウチに対する態度がちょっと変わったような気がします」

「ちょっとどころか、大変な変わりようですよ」

広瀬に持ち上げられて、上野はいかにも嬉《うれ》しそうな笑顔を見せた。

「もっとも、心底からは打ち解けてはくれませんね。われわれに対するよそよそしさは、ちょっとやそっとでは払拭《ふっしょく》できませんよ。だからこそ、選挙をやって、垣根を取り除く必要があるんじゃないでしょうか」

「広瀬君の言うとおりだ。まったく同感です」

上野は、ゆるんだ表情をひきしめた。

「ただ、どうかな。上のほうから押しつけるんじゃなく、できたら組合の発意として、ことを運ぶようにしたら、それだけ選挙運動も盛り上がるんじゃないですか」

西本の話を聞きながら、上野と広瀬が大きくうなずいた。

3

その日の夕刻、事務部長の広瀬雅夫、総務課長の篠原明ら建設本部の事務部門と組合幹部の懇談会の席上、広瀬が選挙問題を持ち出した。

「このコンビナートから市会議員を一人出すことは考えられませんかねえ」

「来年二月二十三日の選挙です」

篠原が補足した。

「思いつきみたいにとられるかもしれませんが、われわれはかねがね考えていたことで、地元の人々の中に融《と》け込む早道は選挙をやることだと思うんです。地域社会から浮き上がったコンビナートであってはならないし、われわれは地域社会との共存共栄を念願しているわけだから、そのためには地域の人たちと理解し合うことがなによりも大切です。われわれが初めて、ここ大分の鶴崎地区に足を踏み入れてから満二年が過ぎましたが、果たして地元の人たちとどれほど親密な関係にあるかを考えると、まことにお寒い限りで、見えざる壁にいかに悩まされているかわかりません。一つの閉鎖社会を構築しているといえますが、われわれは地域社会に対して排他的であってはならないと思うんです……」

広瀬の熱っぽい長広舌を、篠原が遮った。

「大分事務所を開設したとき、広瀬部長と、いちばん先に飛び込んできた酒屋を指定しようと話したんだけど、待てど暮らせど来ないんですよね。三週間ぐらい待ったんですが、いいかげんしびれを切らして、〝大分の酒屋っていうのは、ずいぶん鷹揚《おうよう》なもんですね、仕方がないからこっちから頼みに行きますか〟と話していたら、ある県会議員から電話で髙田酒店を使ってくれって言ってきました。酒屋に限らず一事が万事この調子で、どうにも親しみの持てない、ややっこしい土地柄だ、というのが私の実感です」

「そんなことがあったなあ。われわれはよそものだから、地元の人たちにしてみれば、なにかこう胡散臭《うさんくさ》く見えるのかもしれないが、なにかと言えば、県会議員とか市会議員を通じて話が持ち込まれる」

「地元高校の生徒の就職依頼でも、県会議員が口入れ屋みたいなことをやってますね」

隣り合わせた広瀬と篠原のそんなやりとりを聞きながら、柿崎は、事務部門は事務部門でけっこう苦労してるんだな、と思いながらも、選挙に賛成する気にはなれなかった。

柿崎は、建設本部の若い技術者仲間から組合支部の執行委員に選出されていた。誰もなり手がなかったので、抽選になったが、柿崎が引き当ててしまったのだ。任期は一年で、来年三月末日まであと四か月ほど残っている。建設工事がピークにあったから、柿崎は組合の会合を忘れたり欠席することが多かったが、皆んな大目に見てくれている。

「なるほど選挙ですか。面白いアイデアですねえ」

組合支部長の吉田一郎は、広瀬の話に乗り気を見せた。吉田は、事務部の課長補佐で、柿崎より一年後輩である。

「柿崎さん、事務部長の提案、どう思います？」

「反対です」

柿崎は間髪を入れずに答えた。

「その理由は？」

篠原が微笑を消さずに訊《き》いた。

「だって、本末転倒じゃないですか。コンビナートを建設することがわれわれの使命じゃないですか。選挙などにかまけて、万一、事故でも起こしたら誰が責任を取るんですか。工事のピークは過ぎましたけれど、まだまだ手を抜ける時期ではありません。はっきり申し上げて、われわれにはそんなひまはないですよ」

「手きびしいなあ」

広瀬が苦笑を洩《も》らした。

「ほかの方のご意見はどうですか。正直言って、組合幹部の皆さんに反対されたら、撤回せざるをえませんが……」

広瀬は座を見回したが、内心、賛成でも柿崎の意見は正論のように思えたし、それなりに説得力があったから、正面切って異を唱えにくい雰囲気がかもし出され、七人の執行委員は顔を見合わせるきりで、発言しなかった。真っ先に賛意を表明した恰好《かっこう》の吉田は、バツが悪そうに煙草をふかしている。

広瀬が柿崎にまっすぐ視線を向けたままで話しだした。

「実は、建設本部長も副本部長もこのアイデアに賛成してくれました。ただし本部長は、組合の発意ということでやってほしいという意見です。選挙をやることによって、われわれ自身も結束ができ、燃えることができるんじゃないか。いろいろなサムシングが期待できると考えているわけです。たしかに、火事場騒ぎのような中で、選挙などとふざけないでほしい、という意見も、もっともだと思います。しかし、皆んな忙しい中でやりくりして少しでも時間をつくり、選挙運動を通じて地元の人たちと対話をすることの価値は必ずあると思うんですよ。建設工事のために寝食を忘れて仕事に打ち込んでいるあなた方からすれば、事務方のわれわれがのんびりだらだらとやっているように見えるかもしれませんが、これでも苦労してるんですがね。もちろん、選挙どころではない、という人はそれでけっこうですし、強制するつもりはありません」

「実は、私は横浜工場で選挙を経験してますが、初めはしらけてる人でも、いつの間にか燃えてしまうものですよ。部長も川崎工場で経験してるんじゃないですか」

広瀬は、篠原にうなずき返してから、柿崎をとらえて言った。

「なるべく現場の人の手をわずらわせないように、われわれのほうで頑張りますから、なんとか了承してくれませんか。組合で機関決定していただければ、ありがたいんですがねえ」

「少なくとも組合として検討に値する問題ではありますね」

吉田にとって、広瀬と篠原は上司でもあったし、会社の意向も理解できたので、気を取り直して、婉曲《えんきょく》ながらあらためて賛意を表したが、柿崎は頑《かたく》なな姿勢を取り続けた。

「組合の機関決定とは、いかになんでも大袈裟《おおげさ》すぎませんか。それじゃあ、無理強いしているのと変わりませんよ」

「いや、選挙をやるからには勝ちたいし、そのためには万全の態勢で臨むことを考えるべきじゃないかな」

篠原は気色ばんで、うそぶくような言い方になった。

広瀬がとりなすように言った。

「ま、ともかく組合として検討してみてくださいよ。なんなら、われわれの意のあるところを組合の集会で説明させていただいてもいい……」

「われわれとしては、今日明日にも組合の同意を取り付けたいと思ってます。なんせ、二月二十三日が投票日ですから、一日たりともムダにできないんでね」

「だいいち、誰を立候補させるかも決まっていないのに」

「篠原君は、それぐらい切迫していると言いたかったんでしょう」

広瀬は、調子っぱずれな声を張り上げた若い執行委員を一瞥《いちべつ》して、

「必ずわれわれの選択の正しかったことがあとでわかってもらえると思いますよ。この場で結論を出せというのも無理な注文ですから、今日はこのぐらいにして、後日、また意見を聞かせてください」

と、腕時計に眼を落として言った。広瀬は、篠原を促して会議室を後にした。

「柿崎君は、あれで糖尿病なんですかね。ちっともしおらしいところがないじゃないですか」

「一時、視力が落ちたことは間違いないようだ。あまり付き合ったことはないが、技術陣のエース的存在で、技術屋仲間では一目置かれているようだ。いつだったか、めったに人を誉めない副本部長が、いやに誉めていたな」

「なんとか、そのクールな男を選挙戦で燃え立たせたいもんですね」

「うむ。ここのところ糖尿病のほうもだいぶ良いらしいし、声の大きなやつだから、組合が柿崎に引っ張られるようなことになると、まずいな」

「本部長から一発やっとく必要はありませんか」

「本部長は、今日午後の飛行機で東京へ帰られた。来週も見えるはずだが、それまで待てないな」

「電話でどうですか」

「いや、副本部長からネジを巻いてもらおう」

広瀬と篠原は、そんな会話を交わしながら、二階の会議室から一階の事務部まで肩を並べて歩いた。

4

柿崎が、上野から建設副本部長室へ呼び出されたのは、明くる日の昼休みのことだ。

「きみは、選挙に反対らしいな」

上野は、柿崎の顔を見るなり、切り込んできた。

柿崎の顔が一瞬こわばった。

「はい」

「どうしてだ」

「昨夜、事務部長と総務課長に申し上げました……」

当然、聞いているはずではないのか、と言いたいところだったが、柿崎は、デスクを挟んで上野を見下ろすかたちで話した。

「まず、われわれには時間がないと思うのです。正直言って選挙なんていわれても、ぴんときません。唐突すぎるんじゃないでしょうか。われわれの使命はコンビナートを建設することにあるわけですし……」

「それは、聞き捨てならんな。コンビナートを建設すればそれでいいのか。たしかに、われわれは建設部隊だが、後に残る者のことを考えてやらんでいいのか。このコンビナートは永遠のものでなければならんのだ」

上野は、顎《あご》をぐいと突き出すように柿崎を睨《にら》み上げながら、巻き舌でまくし立てた。

「おまえの言ってることは、手前勝手な言い分だ。時間がないかどうかしらんが、時間がないものばかりではないだろう。選挙をやることに、コンビナートの代表を市政に送り出すことに意義はないのか。おまえは、エチレン設備のコンピュータを任されたくらいで、独りでいい気になっているようだが、建設が始められるようになるまで、建設が軌道に乗るまでに、俺たちがどれほど苦労したかわかってるのか。俺は、市役所へ呼び出されて土下座までさせられたんだ」

「私がいつ独りでいい気になってますか。いくら副本部長でも、言っていいことと悪いことがあります。撤回してください」

柿崎は、さすがに泡立つ気持ちを制御しかねた。

「そんなことはどうでもいい。問題は選挙に賛成か反対かだ。俺がここまで言ってるのに、あくまで反対だと言い張るなら、辞表を出せ！」

上野は、こぶしでドンとデスクを叩《たた》いた。灰皿が飛んできかねない勢いである。

「わかりました！」

柿崎は、血相を変えて、副本部長室を飛び出した。選挙に反対したくらいで、辞表を出せなどと不条理な話がどこの世界にある。出せというなら、出してやる。柿崎はそんな気持ちだった。

柿崎は、自席に戻ったが、弁当を食べる気にもなれず、乱暴にデスクの抽斗《ひきだし》を開けて、セブンスターを取り出した。柿崎は、時たま思い出したようにふかす程度だったから、煙草を持ち歩くことはせず、会社と自宅のデスクの抽斗にセブンスターをしのばせていた。どうかすると、一箱吸うのにふた月もかかることがある。ところが、この日は続けて二本目を口に咥《くわ》えた。それでもどうにも気持ちが鎮まらなかった。応接室から松島が出てきた。弁当をつかっていたとみえる。

「やあ、帰ってたのか」

松島に声をかけられたが、柿崎は返事もせずに煙草をすぱすぱやっていた。

「どうした？　なにをそんなに怒ってるんだ」

「副本部長から辞表を出せと言われました」

「…………」

「選挙に反対したらクビになるんですかね」

「ハハハハッ」

「笑いごとじゃないですよ」

「辞表を出せ、は上野さんの口ぐせみたいなもんだ。私なんか三度も言われてるよ。それを真に受けて、人事課長のところへ辞表を持って行ったのがいるらしいが、上野さんのショック療法みたいなもので、能力があるくせに出していないと思われた者は、一度や二度は辞表を出せと言われてるんじゃないか。事務部長なんか、また始まったか、ぐらいにしか思ってないから馬耳東風をきめこんで涼しい顔をしてるよ。上野さんにカミナリを落とされるのは課長以上と相場が決まっているはずだが、きみはそれだけ見どころがあるから別格扱いなんだ」

「そんな！　しかも、コンピュータを任されたくらいでいい気になるな、とまで言われたんですよ」

「それは、言い過ぎだ。しかし、そうムキになるな。悪気はないんだから。きみに本気で辞表を出されたら、それこそ副本部長のほうが辞表を出さなければいかんことになる。あれで傷つきやすいところがあるからな」

柿崎は、にこりともせずに返した。

「なにが傷つきやすいですか。傷つけやすいの間違いでしょう」

「実は、けさの部課長会でも選挙の話が出たんだ。きみが反対したことも話題になった。部課長会でも一、二異論があったが、結論としては、建設本部ぐるみで選挙戦をやろう、ということになった。したがって、組合の執行委員の中で反対したきみを説得しなければならない、という話になり、私がその役を買って出たが、副本部長がいやに張り切っちゃって、俺が話すってきかないんだ」

「課長は、賛成ですか」

さも、あきれたといわんばかりに言われて、松島は具合悪そうに照れ笑いを口元に浮かべた。

「いや、大いに疑問を感じたんだが、上野さんや、広瀬さんの張り切る気持ちもわかる。

それに土下座までさせられた、なんて言われると、ちょっと反対しにくいやね」

「そう言えば、私にもそんなこと言ってましたが。なんですか、その土下座って……」

「聞いてなかったの？」

松島は、土下座の一件を、その場に居合わせて目撃したもののように克明に話して聞かせた。

「そんなことがあったんですか……」

柿崎がぽつっと言った。どうやら心境に変化が生じたようだ、と松島は、柿崎の胸中を忖度《そんたく》した。

「上野さんは、徳山《とくやま》の工場建設にもタッチしたが、建設反対の漁民に筵旗《むしろばた》を立てて工場に押しかけられて、弱ったことがあるそうだ。地域社会との融和、相互理解がいかに大切か骨身に沁《し》みてるんじゃないかな。阿賀野《あがの》川の有機水銀中毒事件にしても、その原因が当社の鹿瀬《かのせ》工場にあるとは到底思えない。普段からもっと地元民と対話し、意思の疎通を図っていたら、当社の主張は地元民に理解されたんじゃないだろうか。このことは、さっき広瀬事務部長も話してたが、阿賀野川事件の反省というより、経験を生かす意味でも地元と一体となったコンビナートの運用ということに、われわれはもっと思いを至す必要があるかもしれないな」

松島は、話しながら、柿崎の眼が光を帯び、いつもの真剣な面差しに変化してゆくのを見てとった。

阿賀野川有機水銀中毒事件は、昭和三十九年八月に新潟県の阿賀野川河口付近で川魚が浮上し、原因不明の患者が発生したことに端を発している。翌四十年六月、患者を診断した新潟大学医学部が、患者は有機水銀中毒によるものであり、この原因は、有機水銀によって汚染された阿賀野川の魚介類を摂取したためであると発表したことから、にわかに世上で問題化した。厚生省は同年九月、臨床班、試験研究班、疫学研究班からなる特別研究班を編成して患者の発見、汚染態様の解明、汚染源の究明に当たらせたが、翌四十一年三月、疫学研究班が汚染の原因は「昭栄化学工業鹿瀬工場のアセトアルデヒド製造工程からの廃液と推測される」という報告書を厚生省に提出した。汚染源の解明に関する報告は、その後も四十二年四月の疫学研究班最終報告書、同年八月の食品衛生調査会答申、翌四十三年九月の科学技術庁が発表した国の統一見解と続く。これに対し、昭栄化学工業は終始一貫、工場廃水説を否定し、「汚染源は昭和三十九年六月十六日に新潟市を襲った地震津波による被災農薬である」と主張し続けた。

この間、患者家族十三名は、中毒病の原因が鹿瀬工場からの廃水に含まれるメチル水銀にあるとして、四十二年六月、昭栄化学工業を相手どり、総額四千四百五十万円の慰《い》藉料《しゃりょう》請求を新潟地方裁判所に提訴し、同年九月に初公判が開かれた。原告側は、「昭栄化学工業鹿瀬工場は、昭和十一年から四十年一月まで無機水銀を触媒としてアセチレンからアセトアルデヒドを製造してきた。その工程中に生じるメチル水銀化合物は、廃水の中に混入していたが、これを取り除く手段を講じることなく、無処理のまま阿賀野川に放出した。このためアセトアルデヒドの生産量の増加とともに阿賀野川の汚染度が増し、そこに棲息《せいそく》する魚介類の体内に食物連鎖によってメチル水銀化合物が蓄積した。この汚染魚を反復して大量に摂取したため、原告らの体内にもメチル水銀化合物が蓄積され、有機水銀中毒症が起こった」

この主張に対して、昭栄化学工業は次のように反論した。

「鹿瀬工場のアセトアルデヒド製造は、操業開始以来二十八年あまり経過しているが、この間、このような事故がなく、新潟地震の直後、三十九年八月に至って突如として患者が発生した。そして患者の発生地域は工場下流六十キロメートルの河口から六キロメートルの地域に限られている。しかも、この時期に河口付近に川魚の浮上という異変も見られており、さらに患者の毛髪中の水銀保有量の経時的変化も地震後に急増している。これらの状況は明らかに地震後の河口付近における局所的一時濃厚汚染があったことを示しており、汚染態様の解明に当たった試験研究班も濃厚汚染を重視している。調査によると、地震のため、新潟港埠頭《ふとう》付近の農薬保管倉庫の倒壊、津波による水没などの事実があった。このため、倉庫に保管されていた水銀系農薬が日本海に流出し、信濃《しなの》川河口付近から阿賀野川河口付近にかけての旋回流に乗り、その一部は塩水楔《えんすいけつ》によって阿賀野川を遡上《そじょう》し、底棲魚《ていせいぎょ》を汚染した。また、河口付近に、これらの被災農薬を投棄したことを推測させる事実もある。これら有機水銀農薬に含まれていたメチル水銀化合物が、阿賀野川下流地域における有機水銀中毒事件の原因である」

この物語が進行している昭和四十三年十二月の時点では、阿賀野川事件は係争の最中にあり、被告である昭栄化学工業の上訴権の放棄という劇的な結末を迎えるのは二年半ほどのちのことである。

同係争は、双方の証人喚問や検証が重ねられた末、四十六年五月十九日に結審となったが、この間、四十六年一月の第八次訴訟までに原告は三十四家族七十七名、慰藉料の請求総額五億二千万円余に上っていた。昭栄化学工業の首脳部は、新潟地方裁判所の判決が出される四十六年九月二十九日を目前にして最終的な態度について協議した結果、「現実に中毒患者が発生し、適切な救済手段も講じられずに病苦にさいなまれている実情を黙視することは人道上忍びがたいことである」とし、一審の判決においてどのような不利な結果が出たとしても、控訴は行わないという方針を決めたのである。判決を直前にして、人道上の見地から、従来の係争事件の常識では考えられない上訴権の放棄という思い切った措置に踏み切った昭栄化学工業経営陣の決断は、その後も長く語り継がれることになる。ちなみに昭栄化学工業は一審で敗訴したが、潔く判決に服し、総額二億八千万円に及ぶ賠償額の支払いに応じ、四年有余に及ぶ裁判は終わった。

大分の地にあっても、松島や柿崎に限らず昭栄マンなら誰しも阿賀野川事件に関する係争の行方が気が気ではなかったし、昭栄化学工業の勝訴を念じてやまなかった。いや、会社の潔白を信じて疑わなかったのである。

図らずも阿賀野川事件の話題が松島の口をついて出たことによって、柿崎は、粛然とした気持ちになっていた。大分の地元紙に、公害企業のレッテルを貼られ、〝コンビナート公害対策は万全か〟などと書き立てられ、悔しい思いをしたことも一再ならずあった。

「それで、誰を立てるんですか。当選する可能性はどうなんです？」

「そこが問題だが、篠原総務課長の話を聞くと、とてもじゃないけど、見通しは暗いんだよな……」

松島の口調がおどけたのは、柿崎の態度が軟化したことを映していた。

「大分市会議員の当選ラインは二千票ということだが、基礎票はわずか三百票しかないそうだ」

「………」

「全市一区制ではなく、鶴崎地区として独立した選挙区になっているので、われわれ明野地区の住民は区域外で、票としてカウントできないし、コンビナートの従業員は約七百五十人だが、大半は地元採用の未成年者ときている」

「基礎票は当選ラインの七分の一ですか」

「そう。たったの七分の一。鶴崎地区の定員は六名に対して、今のところ立候補予定者は、現職の自民党四人、社会党二人の六人と共産党の一人で、いわば現職安泰の無風選挙ということらしい。そこへ、ウチから無所属で一人立てるとなったら、少数激戦で大変なことになる。現職のうち誰か一人を落とさなければ勝てないんだから、これは事件だよ」

「平地に波瀾《はらん》を生じるようなことをして、地元に融《と》け込めるんですかねえ。逆効果ということにはならんのですか」

「わからない。副本部長や事務部長は、はるかにプラスのほうが多いと計算してるようだ」

松島は、煙草に火をつけた。両切りのピースが一日に三十本は下らないということだから、ヘビースモーカーのくちである。

「総務課の林君を立てたいという話だったな。口八丁手八丁で、世話焼きのあの男なら市会議員の先生として十分通用すると思うし、こじつけみたいな気もするが、やっこさんの両親が大分の出身だから、まんざら地元と縁がないわけでもない、っていうのが篠原さんの推薦の弁だった」

「…………」

柿崎はかすかにうなずいて、煙草を灰皿に捨てた。

林弘《こう》は総務課の環境保安担当の係長で、柿崎が家族を大分に呼び寄せたとき、社宅の世話などで親身に世話を焼いてくれた。まだ三十歳そこそこだが、実に行き届いた男である。

「どう、翻意する気になってくれたかな。どうにも気に染まないということでも、組合で大きな声を出さんでほしい、というのが上層部の切なる願いなんじゃないかな」

と、松島が言ったとき、ドアが開いて上野の顔が現れた。柿崎の顔を認めると、上野は、「おっ」と、感に堪えないような声を発したが、端正な顔をにやりとくずした。柿崎は、にやつき返すわけにもいかず、硬い顔で、手洗いに立とうと腰を上げ、廊下に出ると、上野が小走りに接近してきた。

上野は、軽く柿崎の肩を叩《たた》きながら、耳元へ口を寄せて、ささやいた。

「信頼してるよ」

柿崎は、呆気《あっけ》にとられて立ち止まった。振り返ると、もう上野はきびすを返し、背中を見せていた。

5

大分建設本部事務部総務課の係長、林弘の大分市会議員立候補を労働組合が正式に推薦すべく機関決定したのは、十二月二十八日のことである。事務部長の広瀬が組合との懇談会でこの問題を持ち出してから三週間以上経過している。選挙を来年二月二十三日に控えて一刻を争っているにしては対応が緩慢に思えるが、地元の有力者の一人で、昭栄化学工業の大分誘致に一役買った鶴崎海陸運輸の引地修社長の協力を取り付けるなど、準備に時間を要したのである。

鶴崎海陸運輸とは、大分臨海工業地帯建設による漁業補償を元手に設立された企業で、大分コンビナートの構内作業などを請け負う出入り業者の一つであった。同社は全国の新産業都市転業組の中で数少ない成功例として挙げられている。

引地にとって新人の林を推薦することは、大きなリスクが伴う。現職議員を敵に回すとなれば、商売にも差し支えかねない。中立をきめ込むことが最も賢明な在り方と思えたが、引地は敢《あ》えて林の応援を買って出た。地元との融和が第一義的な目的で、勝敗は二の次というのは、表向きのフレーズにすぎない。立つからには当選したい、立たせるからには勝たせたい、と思うのが人情だが、引地の支持表明が昭栄陣営をどれほど奮い立たせたかわからない。

だが、林の出馬は、地元に予想以上の反響を呼んだ。というより反感を買ったというべきであろう。無風選挙のはずが突如、石を投げ込まれ、暴風選挙の様相を呈したのだからそれも当然である。

林はもちろんのこと、総括責任者の広瀬、支持者の引地と鶴崎海陸運輸の社員の自宅にまで嫌がらせや脅しの電話、怪文書の類《たぐ》いが殺到した。妨害の凄《すさ》まじさは、昭栄関係者の想像を絶し、ノイローゼぎみの妻に、辞退してほしいと泣きつかれた林が弱音を吐いたことは一度や二度ではない。川崎、横浜の工場勤務時代、市会議員選挙戦の経験を持つ広瀬や篠原も、さすがに辟易《へきえき》し、口にこそ出さなかったが、こんなはずではなかったといった思いでげんなりした顔を見せている。山のようなデマ投書に閉口した鶴崎警察に、広瀬は何度か呼びつけられ、署長から暗に林の立候補を見合わせるよう慫慂《しょうよう》されたこともある。投書のほとんどは、〝昭栄化学は金品で有権者を買収している〟といった他愛ないものだったが、その物量の凄まじさに警察も手を焼いていたので、昭栄化学が自発的に林を降ろしてくれるに越したことはなかったのだ。

一月下旬のある日、地元選出自民党代議士のNが建設事務所へ上野を訪ねてきた。Nは、配下の現職市会議員に泣きつかれて、林の立候補辞退を取り付けるべく足を運んできたのである。上野が留守で広瀬が応対した。

「コンビナートの代表を国政に送り出す考えはないですか」

「………」

「いきなり中央というわけにもいかんかな。県会という手もありますな。応援させてもらいますよ」

「私どものような新参の弱小企業は、市会が分相応です」

「きみ、それは、間違っちょる。心得違いですぞ。市会ちゅうのは、いっとう難しい」

Nは、大分弁を交じえて、早口にまくし立てた。大ぶりの赭《あか》ら顔がぐっと広瀬に接近してきた。

「早い話、一家族で五票持っているとする。一人一人の票が固定票で、じいさん、ばあさんはA、おやじはB、おふくろはC、倅《せがれ》はD、娘はE候補に投票するようになっちょる。固定票の一票をひっくり返すのは大変なことですわ。血の雨が降るようなことになる」

「浮動票もあると聞いていますが」

「浮動票は商店街だけで、わずかです。悪いことは言いません。本気になったらいけん。今度は演習にして、頃合いを見て辞退したらええのじゃないですか」

「しかし、労働組合が正式に推薦してますから、ちょっと辞退するのは無理だと思います。先生のご意見は、林本人はもちろんのこと、上のほうにも申し伝えますが……」

「社長さんに必ずお伝え願いますよ。Nがこう言うちょったと」

しかし、いわれなき中傷やデマは、かえって闘志を掻《か》き立て、内部を結束させた。この程度のことで引き下がったら、昭栄化学末代までの名折れだ、といちばん血気さかんなところを見せたのは上野である。妻の元子もハッスルした。

上野夫人は、「鶴崎海陸運輸の社員など地元の人たちが林さんの応援に立ち上がってくれてるのに、私たちが傍観者であっていいわけはないでしょう」と、昭栄化学、すなわちSKK婦人部隊を率いて、獲票運動に乗り出したのである。

昭栄びいきの「丸川」の女将《おかみ》が、林の当選を念じて、近くの神社でお百度を踏んだり、毎朝、水垢離《みずごり》を取っている、という噂が広まり、上野夫人は、それにいたく刺激されたもののようだ。

松島夫人を通じてSKK婦人部隊に加わるよう求められた志保子が、柿崎にそのことを告げたのは、大分市の選挙管理委員会が告示し、選挙事務所が開設された二月十三日、すなわち投票日十日前の夜のことだ。

「皆さん、すっかり選挙に取りつかれちゃって大変ですわ。私もなにかお手伝いしなければ申し訳ないみたい。松島さんの奥様も、選挙事務所に顔を出したそうよ」

「選挙事務所に顔を出して何をやってるのかね」

「炊き出しとかなんとか、猫の手も借りたいくらい忙しいそうです。上野さんの奥様から、きょう名指しで、私にも顔を出すように言ってきました。あした、さっそく行ってきます」

「そんな必要はない」

柿崎は、にべもなく言った。

「でも、そうもいきません」

「選挙が好きな連中に任せとけばいいじゃないか。主婦が家事を放り出して、選挙にうつつをぬかすなんて冗談じゃないぞ」

「皆さん、会社のためを思って、一生懸命になってるわけでしょう。すこしでもお手伝いしたいっていう奥様たちのけなげな気持ちを汲《く》んであげるべきだわ」

志保子は、珍しく強い調子で返した。

「いかん。子供の面倒は誰が見るんだ」

「それも当番制で、子供会形式でちゃんとやってるようですよ」

志保子は、柿崎の遅い夕食の後片づけを終えてから、また話を蒸し返した。

「丸川の女将さんってどんな方ですか」

「どんなって?」

「林さんのために水垢離を取っている、って聞きましたけど、ずいぶん古風な方だと思って……」

「一度会ったことがある。大分へ赴任してきた日に副本部長、室長、課長の三人が丸川で一席持ってくれたんだが、そのとき、ちらっと挨拶《あいさつ》に顔を出した人じゃないかな。あれで四十二、三というとこかなあ。可愛い感じの人だったよ。丸川の女将が水垢離を取ってるなんて聞いて、ウチのエライさんたちも感激してたが、アナクロニズムとまでは言わないけど、どうもいただけないな。好きでやってる人にはやらせておけばいいけどね」

「あなた、そんな拗《す》ねたような言い方はなさらないほうがいいことよ。素直に感激したらいいと思うわ。照れやさんのあなたには無理でしょうけど」

「………」

「とにかく、わずか十日間のことですから、私もできる限りのお手伝いをさせてもらいます」

「いかん。きみが断れないんなら、俺が上野夫人に話してやる」

柿崎は、いくらか感情的になっている自分を意識していたが、なんでこうまでして大騒ぎしなければならないのか、と距離を置いて眺めていたことはたしかである。松島や木原まで夢中になって、若い従業員の家庭を訪ねたり、立ち会い演説会に出席したりしているのが不思議でならない。建設本部全体が異様なフィーバーに包み込まれている。

二日後の朝、上野が建設本部の大部屋へやってきた。上野は、大股《おおまた》で柿崎の席へ近づき、ぶっきらぼうな口調で言った。

「糖尿のほう、よくないのか」

「いいえ。そんなことありませんが」

「ウチのやつが心配しとったぞ。きみのカミさんがそれらしいこと言っとったんじゃないか」

「そうですか。だとしたら、口実でそんなこと言ったかもしれませんね。選挙運動に駆り出されそうだって言うから、反対したんです」

柿崎は、木原や松島にあてこすったつもりはなかったが、二人とも皮肉と取ったのか、複雑な視線を柿崎のほうへ向けてきた。

「きみがしらけてるのはいいとして、カミさんまでしらけさせることはないだろう。きみに無理をさせる気はないが、カミさんが亭主に代わって選挙運動に協力するくらいのことはあってもよかろうが」

「しらけてなんかいません。しかし、ワイフに選挙運動をやらせるのは勘弁してください」

「美人の女房をそんなに籠《かご》の鳥にしておきたいんか。応援演説やれと言うわけじゃないぞ。ちょっと手伝うだけだろうに。気持ちの問題を言っとるんだ」

上野も、意地になってるのか、顔をひきつらせて大きな声を出した。

「私が、なるべく時間をつくってお手伝いをさせてもらうようにします。これでもワイフよりはましですよ。それに、副本部長にまた辞表出せって言われるのはかないませんから」

柿崎は、気圧《けお》されたふうもなく、いたずらっぽく上野を見上げた。

「こいつ。へらず口を叩《たた》きおって」

上野は、さび声で言い放ったが、松島のほうに向けた顔が照れくささそうにゆがんでいた。

6

建設本部の大部屋から上野が退室したあとで木原が言った。

「カキさん。きみは要監察者というか、普通の健康な者とはわけが違うんだから、選挙運動のほうはわれわれに任せてくれないか」

「いや、できる範囲でお手伝いさせてもらいます。それにいつまでも病人扱いされるのはかないませんよ」

「そう意地になるな」

「意地を張ってるわけじゃありません。ほんとうです」

ほんとうです、という柿崎の言い方がバカにしおらしく聞こえ、木原の表情がなごんだ。

「しかし、きみはやりはじめるとのめり込むほうだから、やっぱりやめてもらったほうがいいな」

「私は員数外ですか」

「そうだ。エネルギーを建設のほうに向けてくれ」

松島がとりなすように口を挟んだ。

「ウチの女房もいやに張り切っちゃって、けさなんかもいそいそしてるんですよ。選挙が相当な刺激になって、のろけるわけじゃないけれど、なんだか若返ったような気がするんです」

「ウチのワイフもそんな感じがあるな。選挙の必然性がわかってるのかどうか知らんが、わが身にかかわる一大事っていう張り切りようだから、こっちがあおられてしまう」

第三技術室長の池口守だった。池口は、高密度ポリエチレンの建設を担当している。第一技術室長でナフサ分解担当の村田等も、木原を中心とした立ち話の輪の中にいた。村田は、七人の室長の中では先輩格で、部長待遇だが、他の六人はいずれも次長職である。

「事務屋にばかり押しつけて、技術屋が知らんぷりしてるわけにはいかんだろうな。その点、池口君や、松島君は奥さんが亭主の分まで頑張ってくれるから、いいようなものの、木原君もそうだが、俺みたいに単身できてる者は、なにか手伝わなければとは思ってるんだけれど、なにをやっていいかわからない。選挙事務所の周りをうろつくわけにもいかんし、昼間は動けないから街頭演説はできないしねえ。正直なところ焦ってるんだ」

村田の話には実感がこもっている。部下思いの誠実な男だ。村田が柿崎のほうを振り返った。柿崎は、もうデスクに向かって仕事にかかっている。

「柿崎君、なにかアイデアはないか。事務部の連中が舌を巻くような……」

「なんのアイデアですか」

「………」

村田は、しばし世をはかなんだような顔をして、一同を見回した。この男の頭の中にはコンピュータのことしかないのだろうか。選挙のことはとっくに放念している——。

松島が、村田に代わって答えた。

「もちろん選挙についてでしょう。なにかうまい仕掛けはないかってことさ」

柿崎は、それでもいくらか考える顔になっている。ややあって、柿崎が大きな声を放った。

「鶴崎地区の市民にコンビナートを公開するというのはどうですか」

柿崎がデスクを離れ、輪の中へ戻ってきた。

「われわれは、〝グリーン・アンド・グリーン・コンビナート〟を標榜《ひょうぼう》しているわけでしょう。事実、環境保安対策について万全を期している。数億円も注ぎ込んで活性汚泥処理装置を完備した中央排水処理場は去年の秋に完成しています。水をきれいに浄化して排水するという仕組みをみんなに見てもらったらいいんじゃないですか。集合煙突にしてもそうですが、建設費の数パーセントは環境対策費にかけているんですから、ＰＲする価値はありますよ」

「なるほど」と、村田があいづちを打った。

「県・市と公害防止に関する覚書を締結して大気汚染、水質汚濁、騒音、防災の四点で、厳しい対策を講じることが義務づけられているが、このコンビナートは百パーセント、クリアできるはずだ。逆にかなり基準を下回るかもしれない。阿賀野川事件の暗いイメージを押しつけられて、われわれは泣くにも泣けないつらい思いをしているが、たしかにクリーン・コンビナートをもっとＰＲしてもいいねえ。一石二鳥じゃないか……」

村田が続けて「おい、いいとこあるぞ」と、柿崎の背中を叩いた。

「低密度ポリエチレンも完成してるから、見せるものはほかにもあるが、ケチをつけるわけじゃないけれど選挙の票に結びつくかなあ」

「松島課長、林君は、環境担当ですから、彼に案内役をやらせればいいじゃないですか。候補者のタスキをかけるわけにはいかないでしょうが、名前は確実に売れると思うんです。見学者のうち、何パーセントかは、投票してくれる可能性はありますよ。少なくともゼロではないんじゃないですか」

「グッドアイデアだな。村田さんからさっそく、副本部長に話して、喜ばせてあげたらどうですか。柿崎君が決してシラけてないことを示すことにもなるわけですから」

池口がにこやかに言うと、柿崎が、ぶすっとした顔で返した。

「僕の名前なんか出す必要ないですよ。これでも選挙の必然性はわかってるつもりです。ただ、ワイフにしゃしゃり出られるのは、嫌なんです」

「まいったな」

「一言多いよ」

池口と松島が顔を見合わせながら同時に言って、輪がくずれ、みんな仕事にかかりはじめた。

村田が、見学会のアイデアを上野に報告したのは、その日の夜のことだ。仕事が一段落したので、七時過ぎに上野の部屋を訪ねると、上野と広瀬がソファに向かい合っていた。

「お邪魔ですか」

「いや、いいよ。今、広瀬君と選挙のことで話してたんだ」

「それなら、ちょうどよかった。実は、柿崎が面白いアイデアを出したもんですから」

村田は、広瀬の隣に腰を下ろして、つづけた。

「この機会に地元の人たちにコンビナートを公開したらどうか、って言うんです。建設中なので、隅々まで見せるわけにはいきませんが、排水処理施設を見てもらって、ウチが環境対策にいかに力を入れているかを知ってもらったらどうか、という意見です」

「ほーおっ！　驚いたねえ」

上野が、うなり声を発した。上野はわれに返ったように広瀬を睨《にら》みつけた。

「きみの話は、柿崎のアイデアか」

「いいえ。柿崎君とは話してませんよ。私も、どうかなっていう感じを持ってたんで、篠原君たちにも話してません。副本部長に話したのが初めてです」

広瀬は、軽い抗議をこめて、上野を強く見返した。

「そうか。しかし、偶然とはいえ、そんなことがあるんだねえ」

「よくあることですよ」

「そうめったにあることじゃないだろう。俺なんか、思いもよらんことを……」

「で、どうします？」

「これは、いただきだな。さっそく実行に移そうじゃないか」

上野は、すっかり上機嫌になっている。

「どうなってるんですか」

事情が呑《の》み込めないため、疎外されたような気がしたせいか、村田の声が苛立《いらだ》ちを帯びた。上野が答えた。

「柿崎が考えたこととまったく同じ提案を広瀬君から、たったいま聞いたばかりなんで、びっくりしたんだ」

村田が残念そうな表情をちらっとのぞかせた。昼休みにでも、この話を上野の耳に入れておけばよかった。事務部門に先を越されてしまった、と思わぬでもなかったのである。しかし、そこまで仲間意識を持つのは狭量というものだ、と村田はすぐに気をとりなおしたが、念のために言い添えた。

「けさ、柿崎君から見学会のアイデアを聞いたときは、さほどピンとこなかったんですが、広瀬さんも同じことを考えたとなると、われわれ凡人には及びもつかない素晴らしいアイデアなのかもしれませんねえ」

「いや、私のほうは、いま副本部長と話しているときに思いついたまでで、柿崎君というか、組合のほうから持ち上がった提案と了解しましょう。これからは柿崎アイデアでいきますか。私のことは、ここだけの話にしてください」

広瀬のにこやかな顔が、村田の眼にまぶしかった。村田は、腹の中を見すかされたような気がして、うつむいた。

上野が言った。

「事務部長、下の者の手柄にするとは、見上げた心根じゃないか。きみは、さっき二、三日前から考えていたと言ったはずだが……」

「そんなこと言ってませんよ。ほんとうに、いま思いついた話ですから」

広瀬の赭《あか》ら顔が一層赤くなった。

「柿崎も、やる気になったようだな。くさらせるのもなんだから、それじゃ、そういうことにさせてもらおう。村田君、いいね」

「……」

村田は、かすかにうなずいたが、広瀬に借りができたような気がしていた。

7

広瀬は、上野、村田と別れたあと、林の選挙事務所へ顔を出した。「丸川」の女将《おかみ》の紹介で、鶴崎駅前の裏通りの空家を借りていたのである。事務部門の課長、課長補佐クラスが二十人近く詰めていた。候補者の林は、隅っこのほうで茶を飲んでいる。それを目ざとく見つけた広瀬に、さっそくハッパをかけられた。

「先生がそんなところにいたんじゃ、意気が揚がらんじゃないの。会社から出たら、先生は、みんなを引き回すぐらいじゃなくちゃあいけませんねえ。さあ、早く、真ん中へ出てらっしゃい」

「先生なんて、部長、人が悪いですよ」

林はしきりに頭を掻《か》いている。ふだんでも腰の低い林は、急に周囲から先生、先生と言われて、恐縮しているせいで、一層腰が低くなっている。

「先生、朗報がありますよ。皆さんも聞いてください……」

私語がやんだ。

「建設室の柿崎君が素晴らしいアイデアを出してくれました。鶴崎の住民に、われわれのコンビナートを見てもらおう、というわけです。有権者に限って、と言いたいところですが、そうもまいらんので、希望者にはすべて見てもらいます。クリーン・コンビナートを目指してわれわれがいかに努力しているかをPRするチャンスですし、かたがた林先生を売り出すチャンスでもあるわけです。最前、会社で、上野副本部長、村田第一技術室長と話したんですが、向こう一か月間、金、土、日の週三日間、午後一時から四時まで、見学会に充《あ》てることにします。林候補は、金、土、日の午後は、選挙期間中も街頭演説を中止して、環境担当として働いてもらいます」

篠原が質問した。

「なるほど林君の名前を売り込むわけですか。たしかに一石二鳥はわかりますが、一か月間も続けるんですか」

「選挙期間中に絞りたいのはやまやまですが、それじゃ見えすいてるでしょう……」

広瀬は、急にまじめくさった顔になった。

「今のは冗談です。副本部長も、第一技術室長も、できれば全市民に見てもらいたい、という意見です。名目的には、選挙とは一切関係ありません。最低一か月、希望者のいかんによっては、見学会を延長することも考えなければならないと思います。それで、見学会のやり方ですが、校区別に、順次行うことにし、票田の鶴崎の商店街と、三佐《みさ》校区は二日間ずつとし、ほぼ一か月間を要するわけです。市民への伝達の方法は、各校区長に任せます。集合場所を決めて、工場のバスを利用するのもいいでしょう」

校区長とは、鶴崎地区に存在する九つの小学校の校区ごとに地区割りを行い、選挙対策の責任者を定めたもので、選対委員長の広瀬の提案による。広瀬配下の次、課長九名が校区長を任命されていた。鶴崎、川添《かわぞえ》、高田《たかた》、別保《べっぽ》、三佐、家島《いえじま》、松岡《まつおか》、乙津《おとづ》、明治の九校区ごとに、校区長と副長（課長代理クラス）が置かれ、競争原理を大いに採り入れようという算段である。

「見学会とは考えましたね。柿崎さんもそろそろエンジンがかかってきたわけですか」

嬉《うれ》しそうに吉田が言うと、みんなが口々にしゃべりだした。

「見学者に、ちょっとしたおみやげを出すのはどうですか」「それはいい。自社製品で、喜ばれるものとなると、何があるかな」「プラスチック製の容器がいいんじゃないですか」「それならタッパーウエアに限るね。少し高くつくが、容器としては断然優れている」「当社のポリエチレンが原料として使用されているわけですから、ＰＲにもなりますね」

「よし、それに決めよう。本部長に話して本社経費で供出してもらうように話してみる」

広瀬が締め括《くく》った。奥の部屋から、四人の中年の女性がぞろぞろと顔を出した。上野夫人が率いるＳＫＫ婦人部隊のメンバーだ。いずれも甲斐甲斐《かいがい》しく割烹着《かっぽうぎ》やエプロンを身につけている。

「皆さん、遅くまでご苦労さまです。あら、委員長さんもご一緒ですか」

小柄で、眼のくりっとした婦人が上野夫人である。池口夫人や松島夫人の顔も見える。池口夫人は、かつてOL時代ミス○○と言われたほどの美人である。

「奥さんたちのほうこそ、こんなに遅くまで申し訳ありません。副本部長も帰宅されましたから、奥さんもどうぞお帰りになってください」

「ご心配には及びません。食事は外でとるように言ってありますし、私が早く帰ったら、かえって心配します。こんなに生き生きとしたおまえの顔を見るのは久しぶりだって、ニコニコしてるんですから。皆さんもそうでしょう？　なんだかすごく楽しいのよね。張り合いがあって気持ちが浮き立ってくるんです。嫌々やっている人は一人もいませんよねえ」

上野夫人が背後を振り返って同意を求めると、三人ともいっせいにこっくりした。

「まったくですわ」

「ほんとうに」

「さあ、皆さん、お夜食の用意が出来てますから召し上がってください」

上野夫人が腰を上げるのに、三人が続き、炊事場へ立って、また、事務所へ戻ってきた。重箱ややかんが運ばれてきた。

「これで躰《からだ》を暖めてください」

広瀬は、上野夫人から湯呑《ゆの》み茶碗《ちゃわん》を手渡され、池口夫人が注いでくれた液体が日本酒だと知って、きっとした顔になった。

「奥さん、これはいけません。それに、こんな豪華なご馳走《ちそう》も困ります。事務所では、お茶とたくわん、おむすび、海苔《のり》巻きまで、と決めてあるはずでしょう。われわれは、手弁当で、あくまでも質素にやろうとみんなで誓い合ったじゃないですか。ただでさえ、大企業がカネに飽かせて選挙をやっている、と見られがちなんですから、自重しましょうよ」

むっとした顔で、こっちを睨《にら》みつけている上野夫人や松島夫人に気圧《けお》されたわけではなかったが、広瀬の口調が柔らかくなった。

「市民から、後ろ指をさされることのないよう、清潔に、公明正大に、整然と選挙をやって、さすがは昭栄化学と言われようじゃないですか」

「お酒も、お重も、皆さんのご好意じゃありませんか。手弁当と変わりませんよ。それに、表通りのK候補の事務所なんか、朝からお酒を振る舞って、景気よくやってるじゃありませんか。あなたは少し堅すぎるわ。しかも、内輪の席じゃないの」

上野夫人は負けてはいない。好意を無にされたという思いでカリカリしている。

「いけません。けじめがつかなくなります」

広瀬は、頑固に首を左右に振り続けた。

みんなハラハラしながら、上野夫人の次のせりふを待ったが、吉田が割って入った。

「池口さん、せっかくですから一杯いただきます。部長、今夜は特別ですよ。柿崎さんが素晴らしいアイデアを出してくれた記念すべき日じゃないですか。あしたから、お茶とたくわんに徹することにして、今夜はお相伴にあずからせてもらいましょうよ。これを……」

池口夫人の脇にある大型のやかんを指さして、吉田はつづけた。

「見せられちゃ、とってもいけません。我慢しろというのは無理ですよ」

「わかった。実は、私も腹がグーグー鳴っている。美人のお酌で一杯いただきますか」

引っ込みがつかなくなっていた広瀬は、吉田に助けられた形で、照れ笑いを浮かべながら妥協した。酒の満たされた茶碗が行き渡ったのを見てとって広瀬が上野夫人を見やりながら言った。

「これ以上、いろいろ言って酒を不味《まず》くするのは気がひけますが、どうか私の意のあるところを汲《く》んでいただきたい。奥さん、気を悪くなさらないでくださいよ。鶴崎海陸運輸さんが、全面的に応援してくれることになり、本社の一室を事務所代わりに使ってほしいということですから、こういった差し入れは、鶴崎運輸さんのほうへお願いします。それでは、いただきます」

「乾杯!」「いただきます」

やっと、座の空気がほぐれた。

コンビナート見学会は、市民の間で大きな反響を呼んだ。市民と遊離したところでコンビナートの建設が進められ、俺たちには関係ない、といった受け止め方で、冷ややかに見られていたのが、ぐっと距離が接近し、林の立候補と相俟《あいま》って、コンビナートに対する市民の関心が高まったことは事実である。

金、土、日の午後になると、バスを連ねて多くの市民がコンビナートを訪問した。工場の専用バスだけでは間に合わず、私鉄から観光用バスを調達しなければならないほどだった。

総合事務所の屋上から、コンビナート全体が俯瞰《ふかん》できるが、環境担当の林が中心になって、まず見学者を屋上に集めて、コンビナートの建設状況や、環境対策について携帯マイクで説明する。

「大野川と乙津川に挟まれた一号埋立地と二号埋立地のうち、一号埋立地は九州石油の大分製油所と九州電力の大分発電所の工場用地で、二号埋立地に昭栄化学工業の石油化学コンビナートが建設されています。面積は約百七十万平方メートル、約五十二万坪です。左側の突端に延びているのが乙津埠頭《ふとう》で、港湾設備として五千トンの液体バース、三千トンの固体製品バースなど九基の専用荷役設備を備えています……」

「バースって何かえ」

「ばあちゃん、船が泊まるところでえ」

「そうかえ」

老婆の質問に答えているのは、案内係の一人として駆り出されている山野である。同じ建設室で柿崎の部下である相川の長身も見える。もちろん、老婆と山野の話し声は、林の耳に入っていない。

「中央にひときわ大きな装置が見えますね。あれがコンビナートの心臓部門のエチレン設備です……」

山野がうるさがりもせず、好奇心の旺盛《おうせい》な老婆にエチレン設備について説明している。

山野も相川も、入社後まる二年近く経って、たくましい青年社員に成長していた。

「右手に見えるのが、これから皆さんに見ていただく排水処理場です。活性汚泥処理といって、工場で使った水を微生物を使ってきれいにして、海へ流しています。大分コンビナートは、〝グリーン・アンド・グリーン・コンビナート〟をモットーにしております。つまり公園のようにきれいで、緑の多いコンビナート、これが環境保安に対するわれわれの基本的な姿勢であります……」

林は、いつの間にか演説口調になっている。

林候補は、無所属だったから、保守、革新を問わず、幅広く票が浸透する可能性を秘めている。林は、見学会はもちろんのこと、街頭にも、農村や漁村にも顔を出し、手を振り、握手をして回った。どちらかというと、林は弁舌さわやかなほうではない。街頭や各校区の拠点に選挙カーを繰り出すときは、必ず吉田と総務課の女性社員が同乗した。吉田一郎は組合の支部長に推されているだけあって、ものおじせず堂々としており、声に抑揚があって演説もけっこう聞かせる。林候補の人気の上昇に比例して、中傷や妨害も激増した。林陣営をして最も悔しがらせたのは、見学会で配っているタッパーウエアの容器に千円札が忍び込ませてある、というデマが飛び交ったことだ。尾ひれがついて、千円札が一万円札に変わってゆく。

8

選挙戦七日目の夕方、この日最後の見学会の一行を乗せたコンビナート専用バスを屋上から見送りながら、手摺《てすり》にもたれかかって山野と相川が話していた。

「見学会は大成功やったで。コンビナート見てくれた人が全部林さんに投票してくれたら、ごっついことになるで。十日間に三千人として三千票やけんなあ。よけい来ちょったなあ」

のっぽの相川が言うと、山野がうなずいた。

「そやなあ。さすが柿崎班長じゃ。ここが違っちょる」

山野は、人差し指で自分の頭をつっついてつづけた。

「じゃが、みんな眼の色変えて夜遅くまで選挙運動しちょるのに、柿崎班長はなんもせんけん、上の偉い人たちに睨まれてないか心配やな。俺たちの仲間も、家庭訪問の道案内やらなにやら手伝っているちゅうのに、なんもせんでいいんかなあ」

「見学会のアイデア出しただけで、人の何倍も働いちょるのと一緒やになあ」

「じゃけどなあ。柿崎班長はお高く止まってる言うやつもおるでぇ。班長の評判悪いのは、俺たちの責任もあるのと違うかえ」

「………」

「十日のうち一日ぐらい運動せんと、かっこ悪いでぇ」

「そうかえ。じゃけど、余計なこと言うち、柿崎班長に叱られるのは困んなあ」

相川も心配そうに顔をしかめている。山野が小鼻をうごめかした。

「あんなあ、いい考えがあるでぇ。九六位山《くろくいさん》に神社があるじゃろ。山頂に神主さん一家が住んじょる。全部で五票あるはずじゃけどなあ。誰もあげんところ行かんから、確実に入れてくれるのと違うかえ。柿崎班長を誘って行こうえ」

「あげん遠いところ、柿崎班長よう行かんじゃろうなあ」

「行かんち言うたら、俺たちだけで行こうえ」

九六位山は、川添校区のテリトリーである。標高三百メートルほどの山だが、自動車道は切り拓《ひら》かれていないので、麓《ふもと》から徒歩で登るしかない。

計器室で建設業者と打ち合わせ中の柿崎のところへやってきた二人は、二十分ほど待たされた。仕事をしているときの柿崎は、近寄り難いほど厳しい雰囲気を漂わせている。眼光が鋭くなり、眉間《みけん》に深い縦て皺《じわ》が刻み込まれている。躰内《たいない》に電流が走っていて、触ればピリッと感電しそうな気配だ。

二人の建設業者が計器室から退室したのを見届けてから、山野と相川は、こわごわ柿崎に近づいて行った。

「おう。いつから来てたんだ。遠慮せずに帰ったらいいぞ」

柿崎は、別人と思えるような柔和な表情を見せた。

「今夜、九六位山に行こう思っとるんですが、付き合ってもらえますか」

「選挙運動です。神主さんたちに林候補への応援を頼むつもりです」

山野と相川が緊張した顔でこもごも言った。

「きみらが選挙運動しなければいかんのか」

「みんなやってます。なあ」

相川が腰を屈《かが》めて、山野を覗《のぞ》き込んだ。

「うん。自動車の運転したり、いろいろ手伝ってます」

「そうか。建設室の第一班は、なにもやらんから肩身が狭いっていうわけだな。しかし、今日は勘弁してほしいな。その代わり、あしたの夜付き合わせてもらう。どうせ行くなら林候補を押し立てて、熱意のあるところを見せてやろうじゃないか。九六位山とは、いいところに気がついたな」

山野と相川の顔がいかにも嬉《うれ》しそうに輝いた。

「きっとですか」

「山野、いやに疑い深いじゃないか。きっとだ。嵐が吹こうが槍《やり》が降ろうが必ず行く。一度ぐらい、なにかやらんとカッコ悪いもんな。きみらの顔にもそう書いてあるぞ」

軽口を叩《たた》く柿崎には、めったにお目にかかれるものではなかったし、いいところに気がついたと褒められて、山野と相川は胸がわくわくするほど嬉しかった。

林候補一行五人が社員食堂で腹ごしらえをして九六位山に向かったのは翌日の午後七時過ぎのことだ。林、吉田、柿崎、それに山野と相川のコンビである。相川の運転でライトバンを麓まで走らせた。あとは歩くしかない。麓から山頂まで一時間以上かかる。星月夜で、山道は明るく、初めのうちはみんな無駄口を叩くほど威勢がよかったが、そのうち、息は切れるし汗は掻《か》くわで、口をきくのも億劫《おっくう》になっていた。林も吉田も、もっと効率のよい獲票運動があるはずだと思いはじめ、だんだん不機嫌になっている。柿崎は、コートと背広を肩にかついで、時おり立ち止まってはハンカチで額や首筋の汗をぬぐっている。

「もうすぐです」「もうすぐそこですから」と、申し訳なさそうに山野と相川が繰り返す。

「えらい目にあわせてくれるな」「なんの恨みがあるんかいな」「柿崎も変わってるよ」

口にこそ出さないが、林や吉田がそう思ったとしても仕方がない。両人とも肩で息している。乗りかかった舟だが、柿崎とて、途中から引き返したい気持ちになっている。

「班長、えらいすみません。ほんとに、もうあと五分もかかりませんから」

山野は責任を感じ、逃げ出したいような心境だった。

「心配するな。いい運動になったって、あとでみんなに感謝されるよ」

柿崎は、後方の林と吉田に聞こえるように言ったつもりだが、息が切れて言葉がつながって出てこない。九六位神社の神主一家の住まいは、神社の裏手にあった。一家の驚倒ぶりといったらなかった。

「市会議員候補の林でございます。夜分まことに恐れ入りますが、水を一杯いただけませんでしょうか」

玄関の戸をガンガン叩かれ、出てみると、月明かりの中で五人の男がぬっと立っている。押し込みと間違えられても仕方がないところだが、出し抜けに市会議員候補の林だと名乗られて、水を所望されたのだから、びっくりしないほうがどうかしている。ともかく、家の中に通され、湧水《ゆうすい》か清流の水かわからないが、冷たい水を振る舞われた。胸に沁《し》み込む水の美味《おい》しさを、生涯忘れることはないだろう、と柿崎は思った。

ストーブの周りに神主夫妻と息子夫婦、それに次男と思える若い男が集まってきた。ひと息入れたところで、吉田が、林が立候補した経緯をかいつまんで説明、協力を求めた。

「わしらは選挙には関心ねえけんなあ。投票日に山を降りたこともねえけんしなあ」

「それにしても、こんな山の上までよう来ちょくれたなあ。開闢《かいびゃく》以来じゃなあ」

還暦をとうに過ぎていると思える老夫婦は、林の顔を、珍しいものでも見るように飽かずに眺めている。

「昭栄化学さんは、カネに飽かして買収しちょるそうですな」

「私も聞いたことあるわ。工場《こうば》の見学にことよせて万札を配るちゅうて……」

嫁が夫に寄り添うように応じている。若い男がうそぶくように言った。

「俺も一万円もらえるちゅうなら、投票してもいいでえ」

今度は、昭栄化学工業の五人が互いに顔を見合わせる番だった。吉田が、ひとうなずきして膝《ひざ》を進めた。

「どなたか、コンビナートを見学した方から聞かれた話ですか。もし、そういうことでしたら、ぜひ相手の方のお名前を教えていただきたいと思います。私たちがコンビナートを市民の方に見学していただいているのは、環境対策にいかに力を入れているかを知っていただきたいと考えたからです。見学会は一か月間予定していますが、鶴崎地区以外の市民の方々もぜひ見せてほしいというご希望ですので、期間を延長したいと思っています。見学してくださった方々には、心ばかりのプラスチック製品をみやげがわりに差し上げてますが、一万円札どころか、一円玉ひとつお渡ししていません。悪質なデマです。もしそれが事実なら、警察が黙っていないはずですね。おそらく林の対立候補か、その関係者が林の足を引っ張ろうとして流したんでしょうが、誣告罪《ぶこくざい》で訴えたいところです」

「初めはプラスチック容器の中身が五百円札とか千円札とか言われたんですが、だんだん尾ひれがついて一万円札に化けてしまいました。私どもがいかに倹《つま》しい選挙をやっているか、山を降りて選挙事務所をごらんになっていただければ、すぐわかることです」

林はにこやかにつづけた。

「私は、両親が鶴崎の出なもんですから、会社が大分に進出すると聞いたとき、真っ先に手を挙げて、大分行きを志願しました。大分は私の古里ですから、市民の皆さまに愛されるコンビナートをつくるために少しでもお役に立てばと思ったわけです。環境担当を買って出たのもそのためです。コンビナートと住民の接点と言いますか、パイプ役と言いますか、犬馬の労をとることが私の使命ではないかと考えて、出馬する気になりました。私は、立身や出世のために選挙に出るのではありません。大分を、鶴崎を愛する者の一人として、市民のために働きたい、微力を尽くしたいと念じているだけです」

林は、老夫婦の前ににじり寄って、手を取らんばかりに迫った。

柿崎が、少しもじもじしながら言った。

「私は、会社のことしか考えていない技術屋バカの一人で、コンビナートを建設することが自分たちの使命なのだから、選挙なんてどうでもいいことだと考えていました。しかし、市民と一体となったコンビナートということについて、いくらかわかりかけ、今度の選挙を通じていろいろ教えられました。ここにいる若い二人は……」

柿崎が、山野と相川を振り返ると、二人は首をすくめるように会釈した。

「地元で育った技術者です。昭栄化学工業の次代を担ってくれるはずです。実は、相川君と山野君が、九六位山の神主さんにお願いしよう、と私を引っ張り出してくれました。怠け者の私を見かねて、会社での点数をこれ以上下げることは部下として忍びなかったのだろうと察せられます。私は、二人の心意気に打たれました。会社勤務と選挙運動に忙殺されている林候補にご無理を願って、同行してもらいました。林さんは誠実な男ですし、頑張りやです。私たちの期待に必ず応《こた》えてくれると思います」

話し終わった柿崎は、しかめっ面をして、わけもなく手の甲で額のあたりをこすっている。林が感謝をこめて、柿崎に熱い視線を注いでいる。吉田も、山野も相川も胸ふくるる思いになっていた。

「ようわかりました。二月二十三日は、必ず五人うちそろうて川添小学校へまいります。こんなところまで、えらい先生に来てもろうて、投票せんかったらバチが当たります」

神主さんの妻女が一家を代表して、柔らかい声で結論を下した。九六位山を下りて、帰りの車の中で吉田が言った。

「柿崎さん、今日はいろいろありがとう。来てよかったですよ。気持ちが触れ合うって、実にいいもんですね。神主さん一家、感激してたじゃないですか。一杯やりたい心境ですが、もう遅いから、事務所へ寄ってお茶とたくわんで我慢しますか。柿崎さんも、たまには付き合ってくださいよ」

「いや、遅いから今日は失礼するよ」

「そうですか」

「柿崎さん、ありがとうございました」

林が狭い車内で、躰《からだ》をよじるようにして、柿崎のほうに顔を向けた。

「それを言うんなら、前の二人に言ってください」

「そうでしたね。きみたち、ほんとうにありがとう」

後方シートで、柿崎と吉田に挟まれていた林は、腰を浮かして、相川と山野の背中を叩いた。相川が前方を向いたまま軽く頭を下げた。助手席の山野は、後方をちらっとうかがって、こっくりした。山野の右手がひそやかに延びて、ハンドルを握る相川の手に触れた。

事務所の前で、林と吉田が車から降り、柿崎は、明野の社宅まで送ってもらった。

「今、何時だい」

「十時四十分です」

相川が答えた。

「まだ早いな。ちょっと寄ってけよ」

柿崎は勝手に決めて、さっさと階段を昇って行った。選挙事務所の前では、遅いから帰ると言ったくせに……。そう思いながらも、二人は柿崎の後からついて行った。

「会社の相川君と山野君。仕事を手伝ってもらったんだ。腹が減ってるから、なにか食わせてくれ」

「いつも主人がお世話になっております」

志保子に、丁重な挨拶《あいさつ》をされて、山野と相川は慌てて畳に膝をついた。二人は小一時間付き合わされたが、柿崎はコンピュータの話ばかりし、期待に反して九六位山の件はついに話題に上らなかった。

　班長は照れているのか、それとも内心、九六位山のことで立腹しているのだろうか、と山野は柿崎の胸中を測りかねた。

　山野と相川が帰ったあとも、柿崎はウイスキーの水割りを飲み続けた。

「いいんですか。そんなにお飲みになって」

「………」

「いいかげんにおやめになったら」

　志保子がボトルに蓋《ふた》をしようとすると、柿崎は、「あと一杯だ」と、それを奪い取るように手元へ引き寄せた。

「会社で嫌なことでもあったんですか？」

「そんなふうに見えるか」

「ええ。だいいち愛想がなさすぎます。相川さんたち、居心地が悪そうでしたよ」

「年じゅうニタニタしてられるか」

「からだのほうはどうなんです？」

「黙っているのは健康な証拠だよ」

「視力が落ちてることはありませんか」

「ないな。まったく渝《かわ》らない。ほんとうに糖尿病だったのかなあ。いずれにしても一過性のものだったことは確かだよ」

「そんなことってありますか。二月に入って病院へも行ってないんでしょう。あした、必ず行ってください」

「薬がまだ残ってるからな。薬を忘れるくらいがちょうどいいんだ」

「あなたは頓着《とんじゃく》がなさすぎます。病気がぶり返したら、笑われるのは私ですよ。医師《せんせい》に、私も同罪だって言われてるんですから」

志保子は、きつい顔でボトルを持って食卓の前から立ち上がった。

9

投票日の前々日、東京の西本建設本部長から、広瀬宛に電報が届いた。

『オオイタコンビナートノハッテンノキスウハコノセンキョセンニアリ、ゼンインフンレイドリョクサレタシ　ニシモト（大分コンビナートの発展の帰趨《きすう》はこの選挙戦にあり、全員奮励努力されたし　西本）』

そして、二月二十三日を迎えた。この日は風もなく、二月にしては暖かい日であった。

広瀬の指示で、九人の校区長は投票所の小学校に駆けつけ、会場入り口前で、有権者に黙って最敬礼をし続けた。

ねんごろに林への投票を依頼した有権者に対しては熱い視線を送る。票田で、コンビナートの背後地、三佐校区の校区長である篠原は、午後六時半に事務所へ戻って、「視線をうなずき返してくれた人は、まず大丈夫だろうが、おどおどしたり、視線が合ったときにすぐに外した人は、脈がないなあ。どうだろう、ぎりぎり滑り込みセーフというところだろうか」と、吉田に話している。

大分市役所鶴崎支所で、午後七時から大分市選挙管理委員会によって開票が始まった。各陣営から責任者が一人開票所に立会人として出席することを義務づけられている。林陣営から広瀬が立会人として出席した。

五十票ずつ束ねられた票が、八人の候補に分けられてゆく。八時過ぎには、早々と当確者が出る。自民党候補者だ。九時前には自民二、社会二が当選確実となったが、林は票が伸びず、九時になっても八時半の千七百票に貼りついたままである。

立会人の広瀬は喉《のど》が渇き、胸が締めつけられて、居ても立ってもいられない気持ちだった。広瀬は、坊主になって東京へ帰る覚悟を決めた。

柿崎が、松島に強引に誘い出されて、選挙事務所へ顔を出したのは九時半ごろである。そろそろ当確が出るころだろうと踏んできたのだが、あてが外れ、事務所の空気は沈んでいた。張り子の大きなダルマと、薦被《こもかぶ》りが空しく見える。この十日間、夜を日についで選挙戦に明け暮れてきた篠原や吉田の顔が、げっそりやつれて見える。ソファの中央にどっかと腰を下ろし、腕組みして天井を睨《にら》んでいた上野が、向かい側の村田と木原に話しかけるともなく、ぽつっと言った。

「今夜は、やけ酒になりそうだな」

「あなた！　縁起でもないこと言わないでください」

元子夫人だった。中央のソファから離れた奥のほうで夫人たちが十数人固まっていたが、元子は、夫のつぶやきを聞き咎《とが》めたのである。それほど事務所の中は静かだった。柿崎は、事務所に詰めかけている人たちに語りかけるのもままならぬ雰囲気に、場違いなところへさまよい出てきたような気がした。とくに林は、眼も当てられないほど打ちひしがれている。

若い女性が、こらえきれなくなって、ワーッと顔を覆って泣きだした。昨夜、選挙カーでマイクを片手に「お願いします」と泣きじゃくりながら、最後の呼びかけを行っていた総務課の吉岡百合子という女性社員である。

「吉岡さん、まだ落選と決まったわけじゃないのよ」

元子が百合子の肩に手を触れた。

地元民にコンビナートを公開したことが裏目に出てしまったのだろうか。昭栄化学工業は、カネにものを言わせて選挙をやっているなどとあらぬ噂を対立候補陣営に振りまかれ、市民から反感を買ったとも考えられる。余計な提案をしてしまった、と柿崎は後悔した。

いや、選挙の発想自体が間違っていたのだ。組合で反対し通せばよかったのに、ヘタな妥協をしたばっかりに……柿崎は、なんとも名状しがたい思いで、その場に居たたまれなくなり、事務所から立ち去ろうと松島を眼で探した。

そのとき電話が鳴った。吉田が受話器に飛びついた。鶴崎支所に詰めている沢井からの連絡であった。

「ほんとうか！　間違いないな」

吉田の声がうわずり、顔が見る見る染まってゆく。

「わかった。ありがとう」

吉田は、電話を切って、絶叫した。

「当選確実です。九時三十分現在、二千百票、当選六人のうち第五位です。やりました。林君は、当選しました」

電話が鳴ったとき、中腰になっていた上野が、

「ようし……」

と、サビ声を張り上げた。

〈ウォーッ！〉

どよめきが事務所を揺るがし、百合子の泣き声が掻《か》き消され、包み込まれてゆく。

「林君、ダルマに眼を入れたまえ」

「は、はい」

吉報を聞いたとき、一瞬蒼白《そうはく》になった林の顔に朱色が戻った。筆を持つ林の手が震えている。筆に墨汁を含ませすぎて、ダルマの右の眼から雫《しずく》が落ちた。

「泣き笑いだな。吉岡さんみたいだね」

篠原が、みんなをどっと笑わせ、華やいだ空気が漂いはじめた。

「さあ、万歳だ」

上野の音頭で、万歳の三唱となった。

「バンザーイ！　バンザーイ！　バンザーイ！」

その瞬間、柿崎は、熱いなにかが胸にこみ上げてきた。

上野が、村田が、木原が、松島が、池口が、篠原が、吉田が、林が……大の男がおんおん声を上げて泣いている。

小柄な上野夫人の胸の中に、百合子が泣きくずれた。気丈な夫人の眼からも止めどなく涙が溢《あふ》れ出る。夫人たちの泣き声はひときわ高い。ここを先途と盛大に泣いている。

「みんな、いいかげんにせんかい。さあ、乾杯だ」

そういう上野もハンカチで涙を拭《ふ》いている。

「林先生、ひとつお願いします」

吉田の手から木槌《きづち》が手渡された。

「これは副本部長にお願いします」

「よし、二人でやろう」

林と上野が木槌を鷹揚りめがけて振り下ろした。しぶきが飛び散り、拍手が沸き起こる。

われに返ったように夫人たちが動きはじめる。湯呑《ゆの》み茶碗《ちゃわん》に柄杓《ひしゃく》で酒が注がれ、それがめいめいに配られて、柿崎の掌にも回ってきた。

「おい！　なにか肴《さかな》はないのか」

「ええ。準備してませんよ。広瀬さんに叱られますから」

「今夜はわけが違うぞ。祝い酒に肴がないという法があるか」

「それなら初めから言ってくださいよ」

「阿呆《あほう》、夫婦喧嘩《ふうふげんか》をやってる場合か」

上野夫妻のやりとりで、会場に笑い声が洩《も》れはじめ、泣き声がやんだ。

しかし、それもものの数秒にすぎなかった。

祝い酒が行き渡ったのを見はからったように鶴崎支所から広瀬たちが引き揚げてきた。いつの間にか事務所は祝い客で溢れ、道路にまで人垣ができていた。広瀬は、人垣を掻き分けて、事務所の中央に進み出た。林と固い握手を交わしたとき、一斉に拍手が沸き起こった。広瀬の眼から涙がほとばしり出る。誰かが「バンザーイ」を叫んだ。また、万歳の三唱となった。

不思議なことに、涙が突き上げてくる。柿崎は、懸命に涙をこらえた。

「丸川」の女将《おかみ》一行が駆けつけてきたのは広瀬が到着した直後のことだ。目の下三寸と形容される見事な真鯛《まだい》を持参している。御節《おせち》料理の類《たぐ》いも運ばれてきた。

紺地に梅の花をあしらった小紋に、藤色の道行をまとった女将の着物姿が柿崎の眼に痛いほど艶《つや》やかに映る。

「女将さんはつい今しがたまでふて寝してたが、じゃがどうです。この嬉《うれ》しそうな顔。現金なものでしょうが」

女将が従えてきた中年の威勢のいい板前の声がはずんでいる。

「わしら、初めから当選することは知っちょったけ、用意しとったです」

板前が大きな重箱を指さしながら言った。

「なにを偉そうなこと言ってるの。板さんが店の若い者に当たり散らしてたの聞いてましたよ。それに何度も支所へ使いを出してたじゃないの」

「女将には感謝してるよ。林が勝てたのはあんたのおかげだ」

「ほんとうよ。私たちがこうしてはいられないと思ったのも、丸川さんのおかげだわ」

上野夫妻に代わるがわる頭を下げられて、女将は、こらえきれなくなってハンカチを口に当てた。

二度目の乾杯のあとで、

「おっ、柿崎じゃないか。来てたのか」

上野が手まねきした。柿崎は、仕方なしに前進した。

「おまえも、ひと皮剝《む》かれて、だいぶさばけてきたな」

「功労者ですよ。柿崎君、ありがとう」

広瀬が差し出した手を、柿崎は、こだわりのない気持ちで握り返すことができた。

「なんにもお役に立てなくて……」

「こいつ、いやに謙虚になったな」

上野が思いきり柿崎の背中をどやしつけた。

選対委員長の広瀬がマイクを手に挨拶《あいさつ》に立った。広瀬は、手短に感謝の言葉を述べ、マイクを林に渡した。林は、感きわまって言葉が出てこない。

「今日の感激を生涯忘れずに、頑張ります」

これだけ話すのがやっとだった。

吉田が林に代わってマイクを握った。

「林君と同様で、私もただただ感激しております。この一か月ほどの間、いろいろなことがありましたが、この場をお借りして、どうしても感謝の言葉を述べさせていただきたいことが二つあります。一つは、告示されてから十日間、毎日欠かさずお水垢離《みずごり》をとって、林の当選を祈ってくださった丸川の女将です。もう一つは、やはり毎朝五時半に、必ず自宅に電話をかけてくださった方です。

寝呆《ねぼ》け眼で私が受話器を取りますと、電話は切れてしまいます。ですから、電話の相手がどなたなのか私にはわかりません。私どもの家人に対するお心遣いから、寝坊助《ねぼすけ》の私にモーニングコールを送ってくださったのだろうと思います。

そのおかげで、私はこの十日間、一度も遅刻せず、六時半に事務所に顔を出すことができました。それにしても、ずいぶん人遣いの荒い方がおられるものだという気がしないでもありませんが、考えてみますと、相手の方も、必ず五時半以前に起床していたことになるわけですから、頭が下がります」

「モーニングコールなら、私にもありました」

「私もだ」

林と篠原がこもごも言ったとき、上野夫妻が顔を見合わせたのに気づいた者は誰もいない。

広瀬が東京の西本へ電話をかけ、選挙の結果を報告した。

「夜分遅く申し訳ありません。大分コンビナートの事務部の広瀬です。あっ、本部長ですか」

「どうなりました？　連絡がないんで心配してたんです」

「おかげさまで林君は当選しました。二千百八十二票で、六人中五位でした。もう少し取れると思ってたんですが……」

「よかった。おめでとう。気が気じゃなくて、こんなことなら、朝の飛行機で大分へ行ってればよかったと考えていたところです。みんなよく頑張ってくれましたね。この際、順位は関係ないですよ」

「今、林君に代わります」

「もしもし、林でございます」

「おめでとう。よくやったねえ。これからいろいろご苦労をかけることになりますが、よろしくお願いしますよ」

「頑張ります」

「副本部長はじめ、皆さんによろしく言ってください」

西本の声はもちろん聞こえないが、柿崎には、その優しい声が聞こえてくるような気がしたし、温顔も眼に見えるようだった。

十二時を過ぎても、柿崎は事務所を去り難い気持ちを抑えて戸外へ出たとき、相川の長身が眼に飛び込んできた。例によって山野もつながっている。

「班長も来てたんですか」

「うむ。まあな」

柿崎は顔をそむけるようにして、ぶっきらぼうに言った。

「よかったですね」

山野の細い眼が線になっている。

相川が言おうか言うまいか迷っていたとみえ、意を決したように面を上げた。

「九六位神社の神主さんたち、川添小学校へ投票に来ましたよ。僕、心配だったから、朝学校へ行って待ってたんです。五人とも昼前に来ました。僕がお辞儀したら、みんな手を振ってくれました」

「そうか」

またしても、柿崎は胸がいっぱいになって弱った。

第三章　事故続出

1

建設現場は緊張に包まれている。コンビナート全体の空気が息苦しいほど張り詰め、全従業員が固唾《かたず》を呑《の》んで、エチレンプラントの挙動を見守っていた。分解炉の乾燥焚《かんそうだ》き、ボイラーテスト、水運転などのスケジュールをひととおり消化して、いよいよ原料のナフサ（粗製ガソリン）が装置に通されたが、人知を尽くし、技術の粋を凝らして建設されたはずの巨大プラントは、コンピュータ制御を冷酷に拒否するように、在るべき作動を行わなかったのである。

昭栄化学工業にとって、エチレンプラントの運転は初めての経験だが、それにしても試運転の段階でこうもトラブルに見舞われては、技術者は自信を喪失し、士気の停滞をまねく。

化学工業の中でエチレンプラントほど複雑な装置はないといわれている。石油精製の蒸溜《じょうりゅう》装置のように、製品が単純にストレートに流れてゆくわけではない。物の流れにリサイクルが多く、しかもダイナミックで、水による冷却と蒸気による加熱が至るところで繰り返され、摂氏八百五十度の高温からマイナス百五十度の低温までの広い温度範囲の流体が幾重にも交差している。製品は、液体と気体が複雑に交錯し、現象パターンが一定せず、予期せざる挙動を起こす。同時多製品プラントで、一つの製品の規格《スペック》に幅がない。たとえば、ポリエチレンの原料となるエチレンは純エチレンでなければならないし、ポリプロピレン用のプロピレンは、つねに純プロピレンであることが要求される。エチレンに、プロピレンやほかの留分が混じることは許されない。しかも、エチレン年産二十万トンともなれば、プロピレン、ブタン・ブチレン留分、分解ガソリン、オフガスなどの他製品を合わせた物流量は百万トン近いものとなり、装置のスケールは、まさに大戦艦を思わせるほど巨大である。エチレンプラントが、石油化学コンビナートの原料供給工場といわれるゆえんである。

オンスペック、すなわち規格品がなかなか出てこない。オフスペックの半製品がタンクを満たしている。三月十七日にオイル（ナフサ）インしてから、十日も経っているのに、オンスペックの見通しはついていなかった。

プロセス、システム、計装系の各担当技術者九名が徹夜で、必死に原因の究明に取り組んでいる。柿崎仁もその中にいた。もう三日も社宅に帰っていない。それは、柿崎だけではなかった。村田も木原も松島も、眼が血ばしっている。交代で仮眠をとっているが、おちおち寝てはいられない。

その日午後一時から開かれた五回目の原因究明会議でも、原因を突き止めることはできなかった。

「計装系統の設計ミスということはないか。デザインの段階で欠陥があったら、どうにもならんぞ」

「ありません。何度も申し上げてますが、マイナーなミスもないと思います」

「思いますじゃ困るんだ、絶対にないか」

村田の声が苛立《いらだ》っている。

柿崎の返事も尖《とが》った。

「絶対にありません」

「もう一度チェックしてくれ」

「これ以上、チェックのしようはありませんよ」

そのとき、ノックの音がしたが、誰も気づかなかった。応答がないままに、ドアが開いて、田中みどりの顔が覗《のぞ》いた。眼を充血させた髭《ひげ》づらの男たちから刺すような視線を向けられて、みどりは立ち竦《すく》んだ。

「なんだ！」

怒声が飛んできたが、みどりは、気丈に相手を睨《にら》み返して答えた。

「柿崎さんにお宅から電話が入っています」

「いま会議中じゃないの」

柿崎の声も尖っている。

「三時間前にも一度あったものですから」

「会議中だと言ってください」

「カキさん、電話に出たらいいよ。重大なことかもしれないじゃないの」

松島に言われて、柿崎はしぶしぶ席を立ち、自席で電話を取った。

「もしもし」

「あなた」

「俺だ。なんの用だ」

「………」

志保子は、柿崎の見幕に押されて、次の言葉を出せなかった。

「いま、忙しいんだ」

「今日は帰れますか」

志保子はやっと声を押し出した。

「帰れないな」

「あしたはどうですか」

「わからん。帰れるようになったら、帰るよ」

「あなた。お食事はちゃんと摂《と》ってます？」

「当たり前だ。三日も四日もカスミ食って生きてられるか」

会議室の険悪な空気がそのまま電話に持ち込まれていた。

傍でみどりがハラハラ気を揉《も》んでいる。

「くだらんことで電話をかけてくるな」

柿崎は、一方的に電話を切って会議室に戻った。

その直後に現場から電話で、指示を求めてきた。オフスペック、つまり半製品がタンクから溢《あふ》れ出ているという報告である。

会議を中断して、全員が現場へ駆けつけた。村田の指示で即時通油をストップし、オフスペック製品の分離操作は続け、オイルピットに貯まった少量の油は汲《く》み上げ処理された。

その夜八時過ぎに柿崎は、四日ぶりに帰宅した。この三日間、一日二、三時間の睡眠しかとれず、みんな疲労の色を濃くしていたので、村田の提案で交代で帰宅することになったのである。

電話では帰れない、と言っていた夫が帰って来たので志保子はびっくりした。髭は伸び放題で、充血した窪《くぼ》んだ眼を異様に光らせている。いつもなら弘子と陽子は、柿崎にまつわりついていくはずなのに、気後れして、父親を不思議そうに見上げている。

「お食事は？」

「食べたくない」

「まだ召し上がってないんですか」

「うむ」

「そんな。食事が不自然になるのがいちばんいけません。すぐ用意します」

「………」

「ごはんの前にお風呂《ふろ》に入ってくださいね」

「うむ」

志保子は、風呂場へ飛んでいった。会社を出るときに電話をくれれば用意できたのに、と思いながら水道の栓をいっぱいにひねった。台所で、食事の仕度をしていると、陽子が報告にやってきた。

「お父さん、寝ちゃった」

「それは困ったわ。風邪をひいちゃうわねえ」

志保子は寝室から毛布を取り出して、居間に横たわっている夫にかけてやった。

「陽子も、お父さんとお風呂に入りたいな」

「あなたは、きのう入ったからいいでしょう」

「入りたい」

陽子がかぶりを振ると、弘子がませた口調で言った。

「お父さん、疲れてるからだめよ」

「そうね。お姉ちゃんの言うとおりよ。この次にしなさい」

「だって、お父さん、帰ってこないもん」

「そんなことありませんよ」

風呂が沸いたが、しばらく寝かせておいてやろうと、志保子は思った。

柿崎が眼を覚ましたのは午前零時を回っていた。起こそうか、いやもう少し寝かせておこうと、とつおいつしているうちに、四時間近く経ってしまったのだ。弘子も陽子も、父親が眼を覚ますまで、起きている、と十時半まで頑張っていたが、二人とも父親のそばで眠ってしまい、パジャマに着替え、寝室に運ぶのに志保子は難儀した。

柿崎は、仕事の夢を見ていたとみえ、毛布を跳ねのけるなり、「調節弁《バルブ》をチェックしたか」と、叫ぶように言った。

「あなた。ここは会社ではありませんよ」

「そうか。帰ってたんだな。風呂、沸いたか」

「ええ。ぬるくなってますから、火をつけます」

志保子が、ガスバーナーに点火していると、柿崎はもう裸になって風呂場へ入ってきた。

「あなた。頭が臭いわ。よく洗ってくださいね。それから、髭も剃《そ》ってくださいい」

「うん」

志保子は、夫の下着を用意して脱衣場へ戻った。

「おい。背中を流してくれ」

志保子は、一瞬逡巡《しゅんじゅん》したが、セーターを脱いで、ブラウスのボタンを外しにかかった。

湯上がりの柿崎夫婦は、深夜、睦《むつ》まやかにビールを酌み交わした。

「私は、けっこうですわ」

「いいから一杯だけ付き合えよ」

柿崎は、グラスを二つ用意させて、瓶を傾けた。

「いただきます」

「うん」

柿崎には、ことのほか苦く感じられるビールだが、志保子は満ち足りた思いであった。ひと口のビールで躰《からだ》の芯《しん》まで熱くなってくる。夫と二人だけで食卓に向かい合って、ビールを飲むなんて、何年ぶりのことだろう、と志保子は思った。

「松島さんも、今日はお帰りになったんですか」

「いや。課長は、あしたに回ってくれた。どうもエチレンプラントの調子が悪いんだ。スタートアップ、つまり立ち上がりは、どこでも苦労するらしいが、エチレンプラントというやつは、どうにも始末が悪くて、なかなか調子を出してくれない。もし、このまま、いつまでも愚図愚図やってるようだと、竣工式《しゅんこうしき》に間に合わなくなる」

柿崎にしては、珍しく弱音を吐いた。会社のこと、仕事のことを家で話すことなどめったにない。

「選挙で、皆さんお疲れなのに、大変ねえ」

「いや。われわれ技術屋は、なにもやっちゃあいない。選挙は事務屋の連中に任せてたからね。二月初めから、部分的なテストに入ってたので、正直言って選挙どころじゃなかった」

「九六位山に行かれたのはどなたでしたっけ」

「誰に聞いたんだ」

柿崎は、意表を衝《つ》かれ、むすっとした。

「あら、あなたから聞いたんじゃありませんでした」

「そんなくだらんことをいちいち報告するか」

「それじゃあ、松島さんの奥さまから聞いたのかもしれませんね。でも、くだらないことかしら。あなたが一生懸命にやってくれたって、言われましたけど」

「俺は、選挙なんかに、一生懸命になれるほどヒマ人じゃないよ」

柿崎は、ビールを呷《あお》って、

「めしにしてくれ」

と、言った。ビール一本で切り上げるとは珍しいこともあるものだ、と思いながらも、よけいなことは言わずに、志保子は、茶碗《ちゃわん》にご飯をよそった。

「ちょっと気になることがあるから、会社へ行く。タクシーを呼んでくれ」

柿崎は、食事もそこそこに起《た》ち上がった。

「あなた、こんな時間に？　一時ですよ」

「うむ」

柿崎は、寝室へ行き、子供たちの寝顔を覗《のぞ》き込んで、ワイシャツを用意して居間へ戻った。

「タクシーは？」

「ほんとうに会社へ行くつもりですか。あしたの朝ではいけませんの。少し躰を休めなければ……」

「うん。躰のほうは大丈夫だ。あしたの夜は帰れると思う」

柿崎は、グラス一杯のビールで頬を桜色に染めている妻に、勃然《ぼつぜん》とした思いにならぬでもなかったが、エチレンプラントのことが気が気ではなかったから、気持ちはそれ以上傾斜していかなかった。柿崎がワイシャツの袖《そで》に腕を通しはじめたので、志保子はあきらめて受話器を取った。

2

八時に帰宅したはずの柿崎が、夜半の一時過ぎに会社へ現れたので、建設本部に居合わせた一同はみんな呆気《あっけ》にとられている。

「班長、どうしたんですか」

「どうしたカキさん」

ソファで仮眠をとっていた松島も、室内のざわめきに眼を覚まし、起き上がってきた。

「別にどうもしません。コントロール調節弁《バルブ》がちょっと気になったもんですから」

「気になるって、何が？」

欠伸《あくび》を抑え切れず、間延びした声で松島が訊《き》いた。

「エアブローで、ゴミをきれいに取ったはずですが、針金がへばりついている可能性もあるし、ボルトのような異物が弁に食い込んでいたら、どうしようもありません」

「しかし、五百台からあるバルブをいちいちチェックするのかい？」

「およその見当はつきます。数台調べれば、わかるはずですが……」

「いずれにしても、ユニット全体を停止《シャットダウン》しなければならんな」

「そうです。しかし、いつまでもオンスペックにならないよりはいいでしょう。一刻を争うと思うんです」

「シャットダウンした結果、バルブの詰まりに原因がないことがわかったら、えらいロスだぞ」

「ニチレンプラントがうまく作動しない原因はいろいろ考えられますが、バルブにも何十分の一か起因していることはほぼ確実です」

松島と柿崎のやりとりを聞いていた村田が、

「よし、シャットダウンだ」

と、きっぱりした口調で結論を下した。

エチレンプラントは、よくジェット旅客機にたとえられる。飛行中は安全だが、急に失速したり、飛行を停止したときは大事故に直面する。汽車の場合は、停車することが即安全と考えられるが、エチレンプラントはジャンボ機と同様で、稼働しているときは安全だが、急停止するときは危険が伴う。ジャンボ機に限らず、飛行機は離着陸にパイロットの技術を要するが、エチレンプラントもスタートアップとシャットダウンに細心の注意が必要とされる。シャットダウンしたあと、徐々に温度を下げ、装置やパイプに詰まっているエチレンなどの可燃性ガスを抜き取って、窒素ガスを流して洗浄する。巨大プラントだけにそうした作業に取られるエネルギーロスは少なくない。

緊急時はやむをえないとしても、シャットダウンには決断を要する。

払暁から、エチレンプラントのシャットダウンの準備が始められた。そして、果たせるかな、柿崎が睨《にら》んだとおり、コントロール・バルブの一か所にボルトが食い込み、調節弁として機能しなくなっていたのである。しかし、コントロール・バルブの修理後も依然オンスペックに到達しなかった。低温系統の装置の一部に残存した微量の水が炭化水素と化合して水和物となり、固体化して底に張り付くなどのトラブルが絶えなかった。

これではコンピュータ制御を受けつけるわけがない。

純度九九・九五パーセントのエチレンガスの試作品が装置からタンクに流れ出てきたのは、原料のナフサをプラントに注入してから十五日目のことである。オンスペック、すなわち規格品のエチレンガスをようやく製造できることになったわけである。昭和四十四年三月三十一日の早朝のことだ。

上野以下の関係者が建設本部の大部屋へ集合して、ジュースで乾杯した。コンビナート内での飲酒は厳禁されている。

「ひとまず、おめでとうを言わせてもらう。とりあえず乾杯しよう。しかし、あんまり高くできんな。こんなところか」

上野が、真面目くさった顔で、グラスを持った手をまっすぐに突き出すように眼の高さにとどめた。

クスッと噴き出した者もいるが、すぐに厳しい表情に戻っている。笑顔は、会場のどこにもない。柿崎の顔は、緊張のせいで、ひきつっているように見える。

「乾杯!」の声も気勢があがらない。

「分解炉《ファーネス》にしても圧縮機《コンプレッサー》にしても、なかなか調子が出ない。設計能力の半分しか動かない状況では意気があがらんのも無理からぬことだが、ま、六月四日の竣工式まではなんとかなるだろう。竣工式までに運転が軌道に乗らないようだと、本部長も私も腹を切らなければならない。そんなことにならんように気持ちを引き締めて頑張ってもらいたい」

上野は乾杯のあと、そんな挨拶《あいさつ》をして、エチレンプラント関係の技術者を叱咤《しった》激励した。

エチレン製造部門は、アメリカのフィリップス社の出資を得て別会社方式をとって運営されていたため、フィリップス社からもエンジニアが派遣されてきていたし、技術導入先のS&W社の技術指導員も滞在していたが、彼らの表情にも焦りの色が見える。もっとも、S&W社の技術者に、二週間でオンスペックに到達したことは決して遅いとはいえない、むしろ早いほうだと柿崎たちはなぐさめられていた。事実、S&W社は英字誌に「早期スタートアップおめでとう」の一頁広告を写真入りで掲載したほどだが、それが白々しく思えるほどエチレンプラントは低調で、操業度が上がらなかった。

悪戦苦闘を強いられたのは、エチレンプラントの関係者だけではなかった。ポリプロピレンプラントも溶媒精製設備のトラブルが絶えず、三日と連続運転できない状態が続いていた。溶媒蒸溜塔《じょうりゅうとう》底やリボイラーに汚れが生じ、いくら掃除を繰り返しても、三日ともたなかったのである。

アタクチックポリプロピレン（非結晶性ポリプロピレン）と残触媒のいずれかが析出してファウリングを起こすが、これらを溶かす溶媒を発見すれば、問題は解決するはずであった。アタクチックポリプロピレンは、いわば物性の悪いポリプロピレン樹脂ということができるが、百五十度以上に加熱すると、さらさらした液状になることがわかっていたので、あとは残触媒を溶かす高沸点溶媒を見つけ出すことができるかどうかにかかっていた。各種溶媒の文献調査から始まり、関係者のねばり強い努力によって、三月末日にはテストに合格する溶媒を探し出すことに成功した。

柿崎は、よくやったという思いと、先を越されたという思いがないまざった複雑な気持ちで、朗報に接したことを憶《おぼ》えている。柿崎の三月の残業時間は約二百時間という異常なことになったが、この点からもトラブルに悩まされ、悪戦苦闘した様子が見てとれる。

合成樹脂の原料となる高純度のエチレンやプロピレンを製造することはできたが、五月に入っても六〇パーセントの操業度を維持するのがやっとという状況で、関係者の焦《しょう》躁《そう》感は募る一方であった。設計能力二十万トンに対して十二万トン止まりで、それ以上ロードが上がらないということは、S&W社の基礎設計《ベーシックデザイン》に問題があったとしか思えない。契約違反で訴えるべきではないか、という強硬な意見さえ出る始末だったが、何度も大分へ足を運び、現場で指揮をとっていた本部長の西本は、五月の連休あけに、現場の関係者を大会議室へ集めて、「二十万トン、いや設計能力には余裕を持たせてあるはずだから、二十二万トンのエチレンは必ず出る」と断言した。

西本は、黒板に横軸に時間、縦軸に能力をとってグラフを描きはじめた。

「三月に十万トン、五月に十二万トンならば、これを線引きすれば、カーブはこうなります。どうです、翌年七月には、二十万トンに近いレベルになるじゃないですか。悲観することはないし、S&W社を訴えるなどと短絡したことを言ってはいけない。しかし、運転技術《オペレーション》の拙劣さ、未熟さに問題があると私は考えている。現実に、速度は鈍いが、前進していることは事実なのだから、もうひと頑張りです」

西本は、指先についたチョークの粉を払いながら着席して、意見を求めるように一同を眺め回した。

「たったいま、思いついたのですが、われわれは初めてのエチレンプラントを前にして、腰が引けてるというか、こわごわ対応しているような気がしないでもありません。たしかにアンモニアプラントなどに比べて複雑であり、大型ですが、必要以上に慎重になりすぎているように思えます。ナフサの投入量にしても、怖がらずに思い切って投入してみたらどうでしょう」

木原の発言を、西本も上野も、なるほどといった顔で聞き入っている。

「乱暴なことを言うなと思われる方もおられるでしょうが、初めからフル運転というわけにはいかないにしても、プラントの設計能力から見て、エチレン十五、六万トンに見合うナフサを投入したからといって、特別危険性はありません。安全を確保するために二重三重にバックアップされてますから、計装システムを担当したわれわれ建設室が安全については保証します」

松島が、木原の話を聞きながら、柿崎に眼配せした。柿崎はうなずき返した。実際、柿崎は、眼からうろこが落ちたような思いがしていたのである。エチレンプラントぐらいで、びくつくことはないのだ。技術者も運転員も自信を持って対峙《たいじ》すべきなのだ。さすがは木原室長だ、素晴らしいことを言う、と柿崎は思った。

「村田君の意見はどうかな。きみは第一技術室長で、エチレンプラントの直接の責任者だから、きみの判断が重要になってくるが」

西本に促されて、村田は表情を引き締めた。

「本部長および木原室長から貴重なサジェスチョンをいただきました。感謝します」

村田のいさぎよさも、柿崎は好感を覚えた。

3

オンライン・プロセス・ガスクロマトグラフをエチレンプラントに導入し、蒸溜塔等に対するコンピュータ制御の適用を可能ならしめたのも、エチレンプラントの脱水機を自動化し、予備機との切り換え後の脱水機の再生昇温をプロセス・コンピュータで実施するようにして完全自動化を達成したのも柿崎である。また、プラントのシーケンス制御に際して、実際の作動バルブの開閉状態信号を取り出しチェックを行い、異常作動を瞬時に発見する論理を考案し、プロセスの安全確保に効果を発揮させるようにしたのも柿崎だ。

「柿崎シーケンス」といわれるものはほかにもあるが、柿崎はこうした呼び方を極度に嫌った。柿崎は、数年前、川崎工場勤務時代に、メラミンが液体アンモニアへ溶解する点に着目し、液相の抜き出しにより圧力を制御する方法を考案したが、当時「柿崎プロセス」という呼称にむきになって反対している。個人の提案や考案が、あるプロセスの開発のきっかけになることはあるとしても、多くの場合、チームプレーなり総合力によって技術が結実する、と柿崎は考えていた。

だから、「柿崎プロセス」とか「柿崎シーケンス」と言われると、脇腹のあたりがこそばゆいような気持ちになってくる。いや、むしろ功績を独り占めするようで、後ろめたいとさえ思っていたふしがある。照れ屋ということもあろうが、潔癖な男であったことは確かである。

ともあれ、エチレンプラントの運転状態は好転の気配を見せはじめていた。この分では六月四日の竣工式《しゅんこうしき》までに、運転が軌道に乗ることは確実と予想され、柿崎たち技術者の勤務も正常化し、四班三交代制が定着しはじめた矢先の五月下旬の深夜、思わぬ事故が発生した。

家で電話が鳴ると、条件反射で真っ先に眼を覚ますのは柿崎と決まっているが、なんとも言えない嫌な予感で胸が重苦しくなる。真夜中の電話で朗報など考えられない。果たしてエチレンプラントがシャットダウンしたという連絡である。

シャットダウンともなれば、最悪に近い状態である。若い運転員の声は震えている。すっかり動転している。冷静な状態なら、いろいろ電話で質問もできるが、なにを訊《き》いても満足に答えられそうもなかった。駆けつけるほかはない。

そっと寝床を抜け出してきたつもりだったが、志保子が起きてきた。

「会社からですか」

「そうだ。事故らしい。プラントが止まった」

「タクシーを呼びましょうか」

「そうしてくれ。いま何時だ」

「二時です」

志保子がダイヤルを回しはじめたとき、クラクションの音が聞こえた。窓を開けると、月明かりの中で、松島が車から身を乗り出して手を振って合図していた。

「タクシーはいらない。課長も呼び出されたようだ。新車のブルーバードに乗せてもらうよ」

松島は免許取りたてで、やたら人を乗せたがる時期だが、柿崎は「まだ命が惜しいですよ」と憎まれ口を叩《たた》いて、同乗を避けていた。今は、そんな冗談は言ってられない。

「えらいことになったな」

「ええ」

「計装システム関係で、考えられるとすれば何がある」

「ちょっと見当がつきません」

松島は、いかにも免許取りたてといった感じで、前方に眼を凝らしている。ハンドルを握る手に力が入りすぎて、ぎこちないが、速度計の針は六十キロを決して超えなかった。

深夜で街には車も人影も見られないから、ことさらにノロノロした感じになる。松島は、交差点では必ず一時停車を怠らなかった。愚鈍と思えるほど慎重な運転だ。これなら、たまには付き合ってやってもいいな、と柿崎が思ったとき、「VIPを乗せていると肩が凝るな」と松島が言った。

「見事なものです」

「そう冷やかすなよ」

「シャットダウンの連絡が間違いだったらいいんですがね」

「まったくだな。しかし、いくらなんでもそんな間違いはしないだろう。きみには、誰から連絡があった？」

「秋田です」

「私のところは、相川だった。だいぶ動揺してたようだ」

「ということは、計装関係の事故ということになるんですかね。まいったな。フレアスタックの炎はやはり大きいですね。装置を止めた直後に、盛大に噴き上げるのは仕方がないか」

柿崎が、車の窓を開けて、コンビナートの象徴的存在といえるフレアスタックを眺望しながら言った。

松島は、ちらっと眼を流したが、それを確認する余裕はない。

「火災事故のようなことはないようだな」

「そうですね。消防自動車が走っている様子もありません」

「不幸中の幸いということか」

「そう思います」

「さあ着いたぞ」

誰が駆けつけてきたのか、門を入ったところで空車のタクシーとすれちがった。

廃ガス燃焼塔ともいうべきフレアスタックに低温の液化ガスが流れ出て、配管に破損が生じたため、当直の加藤副主任の判断で装置を止めた、というのが現場の説明だった。エチレン装置からフレアスタックまでの距離は約三百メートルである。つまりパイプラインが三百メートル走っていることになるが、パイプラインの何か所かに亀裂《クラック》が生じたのは、液化ガスによって急冷されたため配管破損を起こしたということになる。

川崎工場で経験を積んでいるベテラン運転員の副主任の加藤は、配管の破損状況を点検した結果、微量のガス洩《も》れが検出されたが、常圧の廃ガスなら一定量の流れに耐えられると判断して、アスベスト（石綿）をパイプに巻いて応急措置を講じプラントの停止に踏み切ったという。仮に配管の破損状況が廃ガスの流量に耐えられない程度にひどいものだったら、シャットダウンはきわめて危険ということになる。なぜなら、プラントが止まった途端にガスの流れがストップするなどすべての機能が一挙に停止することはないからだ。

プラントの中に残留しているおびただしい液体、気体の各種ガスを抜き切るまでに相当な時間を要する。フレアスタックに廃ガスを流せないということになると、プラントの停止操作が困難になり、切羽詰まった状態に追い込まれてしまう。

原料のナフサを熱分解する炉の温度は八百五十度に上昇しているから、運転を止めても炉の内壁の煉瓦《れんが》からの輻射熱《ふくしゃねつ》で急激に温度が低下することはない。いずれにしてもエチレンプラントのシャットダウンは、宇宙ロケットを軟着陸させるように、慎重に着実に行われなければならない。

加藤の説明を聞く限り、計装系統のミスとはいえないようであった。明らかにオペミス、すなわちオペレーションミスであり、運転員の誤操作ということになる。

問題は、なぜ、低温の液化ガスをフレアラインに流したかである。それに、柿崎配下《ふ》の相川、秋田があれほど動転して電話をかけてきたのはなぜなのか――。柿崎には、腑に落ちない。

「事後のシャットダウンの判断は仕方がないが、タンクが一杯で液化ガスをフレアラインに流さなければならなかったのかい？　ボトムにたまっていた液化ガスを手動弁を開けて、意識的にフレアラインに流さなければならない状態だったのかどうかだ」

「そうです。液面の制御が悪くて、ボトムから液化ガスを抜かざるをえなかったのです」

加藤は下唇を嚙《か》んだ。

「液化ガスの液面計《レベル》は警報《アラーム》を鳴らさなかったのか？」

「ええ」

柿崎の顔色が変わった。警報を発しなければならない異常検知器が作動しなかったとなれば、計装工事のチェックミスということがまず考えられる。

「相川たちは、今どこにいる？」

「CRだと思います」

ＣＣＲとはセンター・コントロール・ルーム、中央計器室のことだ。柿崎は、村田や松島たち幹部に説明し終えた加藤が会議室から出てきたところを、呼び止めて、立ち話をしていたのである。

柿崎は、自転車で、ＣＣＲへ急いだ。ＣＣＲには数人のオペレーターがたむろしていたが、相川の姿はなかった。

「相川を見なかった？」

「コンピュータルームだと思います」

「ありがとう」

柿崎がＣＣＲに付随しているコンピュータルームを覗《のぞ》くと、相川が隅っこでうずくまっていた。コンピュータルームは、室温が摂氏二十三度に調節されているので、寒さは感じないが、悄然《しょうぜん》と肩を落とした相川はいかにもうそ寒そうに見えた。相川は、柿崎を認めると、ハッとした顔で立ち上がった。

「製造の加藤君から聞いたが、レベル計が警報を鳴らさなかったそうだな」

「はい。でも、僕が見落としたのです」

相川は、いまにも泣きだしそうな顔で言った。

「きみは、ＣＣＲにいたのか」

柿崎の詰問に、相川はかすかにうなずいた。

「温度計のほうは、アラームを出していたのですが、レベル計は、液針が動かなかったのです。おかしいと思っているうちに……」

相川は、責任の重みで顔面が蒼白《そうはく》になっている。

「直接の責任は、製造課のほうにあるが、計装担当のきみがCRに居合わせていたのなら、当然異常をいち早く見つけて、製造課の連中に教えてやるべきだったな」

「………」

「きみは、一つ一つの計器が何のための計器であるかを熟知しているはずだな。俺は、きみらに嫌われるほど徹底的に教え込んだつもりだ。しかも、きみはことごとくマスターしてくれた。俺の誇るべき部下だと思っている。レベル計がおかしいと思ったとき、なぜ現場に駆けつけなかった？　この事故は未然に防げたはずだぞ」

「………」

「俺は、無茶なことを言っていると思うか」

「いいえ。すべて僕の責任です」

相川は涙ぐみ、声が震えた。

「ばか！　責任は俺にある。検知すべきレベル計が作動しなかったのは、液針のテストを怠ったからだろう。点検に甘さがあったのだ。多分現場工事ミスだが、工事ミスだけで済ますわけにはいくまい。ずいぶん注意してたつもりだが、俺のミスだ」

「ぼ、僕が、見落としてなかったら、は、班長に迷惑をかけ……」

相川は、しゃくり上げた。

「大きな図体《ずうたい》して泣くやつがあるか。幸い大事故にはならなかったが、貴重な製品を燃やしてしまった。配管の復旧工事にもカネがかかる。操業をストップしている間の損失は大きいぞ。あるいはミスの発見が遅れたきみを咎《とが》めるのは酷かもしれない。しかし、少なくとも俺の部下だったら、その程度はやってくれなければ困るし、やってくれると俺は信じていた。そのくらいの誇りは持ってもいいだろう。しかし、起こしてしまったことをいつまでも言うのは愚痴というものだ。俺は、今夜のことを二度と蒸し返すつもりはない。だからきみも忘れろ。上のほうへの言い訳は俺がする。ただし、同じミスを二度と繰り返すな」

柿崎は、背伸びして相川の肩を両手で押えつけるように叩《たた》いた。

柿崎が事務所へ戻ると、松島と村田がソファで話していた。

「ご苦労さん」

「異常検知器がアラームを出さなかったらしいねえ。肝腎《かんじん》なときに作動しない異常検知器じゃどうにもならんな」

村田は、柿崎を詰《なじ》っているようには見えなかったが、柿崎はミスを指摘されていると受け取った。

「申し訳ありません。加藤君から聞いて愕然《がくぜん》としました。液針の点検でも異常がないという報告を受けていたのですが、点検に立ち会わなかった私のミスです」

糖尿病騒ぎで、検査で病院へ出かけ現場を離れたときのことが柿崎の頭の中をよぎった。

「カキさん、そりゃあ無理だよ。何百台、何千台とある計器について工事後の点検にまできみがいちいち立ち会えるわけがない。工事屋さん、計器屋さんの報告を信じるしかないじゃないか」

松島は、きみのミスではないと明言したかったが、村田の手前、婉曲《えんきょく》な言い方になった。

「そのとおりだ。私の言いたいのもそこだよ。担当した業者には、厳重に注意する必要がある。これからのこともあるしね」

村田がいくらかあわてた口調で言った。

「もちろん、異常検知器が作動しなかったことについては究明するつもりです。しかし、建設室第一班のミスは、レベル計の異常を発見できなかったことも含めて残念ながら認めざるをえません。始末書を書きます」

「始末書まではオーバーだよ。さっき、西本本部長にシャットダウンの報告をしておいたが、きみが言ったように、事故の究明は徹底するようにという指示だった。本部長は、川崎の工場長時代から、現場が事故を隠蔽《いんぺい》することを極端に嫌った人だ。事故は起こるべくして起こる。必ず原因があるわけだから、同じ過ちを繰り返さないためにも、どんな些細《ささい》なミスでも必ず記録にとどめておけ、とよく言っていた。きょうの事故は、明らかにオペミスだが、本部長はオペレーターが自信をなくすような叱り方はするな、とも言ってたよ」

村田は、向かい側の松島から煙草をすすめられたが、手を振った。柿崎は、村田の話を聞いていて、相川への対応はあれでよかったのだろうか、厳しすぎたかもしれない。自信をなくすようなことがなければいいのだが、と案じた。

「上野副本部長には、〝また、やらかしたのか〟って、カミナリを落とされたよ」

「〝辞表を出せ〟って、言われませんでした？」

松島が訊《き》くと、村田は、「言われたよ」と、けろっと答えた。

「製造課長に辞表を出させろ、って怒鳴るから、スタートアップのこの時期に、そんなことしてたら、人がいなくなっちゃいますよ、と言っておいた。しかし、上野さんとしては、現場の責任者として、竣工式《しゅんこうしき》にエチレンプラントが止まってるようなことになったら、それこそ責任問題だから、カッとなるのもわかるよ。怒鳴りたくもなるだろう」

松島が煙草の煙を吐息と一緒に洩《も》らした。

「たしかに問題は、来月四日の竣工式までにエチレンプラントを動かせるかどうかですね。あと一週間しかない」

「動かすことが至上命令だ。コンビナートの灯が消えてたんじゃ、さまにならないし、だいいち恥ずかしいじゃないか」

「計器のほうはなんとしてもやらせます」

「カキさん、あんまり張り切るなよ。工事屋さんとの折衝は私に任せてくれ」

「いや、私がやります」

柿崎はきっぱりと言った。

「いや……」

松島は、言いさして、口をつぐんだ。

「クラックを起こしたパイプは、溶接するなり取り替えるにしても三日あればできるだろう。計器のほうが間に合えばなんとかなるな」

「ええ。大丈夫です」

柿崎は、村田に答えて、

「ちょっと失礼します」

と、脚を伸ばし、眼を瞑《つむ》った。脱力感に襲われ、姿勢を崩さずにはいられなかったのである。

「少し、寝たらいいな」

「僕は、家に帰るけど、一緒に帰らないか」

柿崎は、小さく頭を振った。

「だいぶ疲れてるようだな」

「ええ。糖尿病は根治することがないようですから、気をつけないと」

「竣工式が終わったら、少し会社を休ませよう。エチレンプラントの運転が軌道に乗ったら、ラインから外してもいいんじゃないか」

「木原室長とも相談してみますが、コンピュータ・コントロールのノウハウを全力で吸収しなければならないのはこれからですからね。あと、一、二年は無理だと思います。ただ、できるだけ休ませるようにはしますが」

村田と松島のひそひそ話は、とろとろまどろみはじめている柿崎には、ほとんど聞こえていない。

4

仮眠から覚めた柿崎は、もう一度ＣＣＲに顔を出した。相川の勤務あけは八時だから、帰宅するまでに元気づけておこうと考えたのである。相川は、緊張した顔で秋田となにやら議論をしていた。

「相川！」

声をかけると、二人は、はじかれたように起立した。柿崎は笑いかけたが、相川は顔をこわばらせたまま眼を伏せた。

「この程度のことでいじけるんじゃないぞ」

「………」

「さっきも言ったが、俺のチェックミスだ。相川の責任ではない。ただ、俺が言いたいのは、どんな場合でも全力を尽くそう、人事を尽くそうということなんだ。液針のテストに俺が立ち会えなかったら、課長に頼めばよかった。俺としたことが、工事屋、計器屋の報告を鵜呑《うの》みにするなんて、ほんとうにお恥ずかしい限りだ。相川にお説教できる義理ではない。俺は猛烈に反省している。しかしな、俺はくじけないぞ。そのかわり誓って同じミスはしないつもりだ。相川も秋田も今度の事故はやはりこたえたと思うが、ここから学んだことも少なくないはずだ。秋田、どうだ。そうは思わないか」

「思います。だから、僕は相川君が責任をとって会社を辞めるっていうから、それはおかしいって言ってたんです」

「相川、顔を上げろ！」

柿崎の怒声がガーンとはじけ、相川の耳の中で鳴り響いた。

「まっすぐ俺の眼を見るんだ！」

相川は、おそるおそる顔を上げた。

「きみはひとつも俺の言ってることがわかっていないな。責任をとる！　会社を辞めるだ、ふざけるんじゃない。お前が会社を辞めたぐらいで、どうして責任をとることになるんだ。会社を辞めて責任がとれるんなら、俺がそうする。しかし、それこそ無責任というものじゃないか。敵前逃亡みたいなものだ。きみはそんなにいじけた男だったのか」

柿崎の声がやさしくなった。

「何度も言うが、責任は俺にある。きみが責任を感じてくれるのは涙がこぼれるほどありがたいが、会社を辞めるなんて、そんな悲しいことを言ってくれるな。俺たちはなんのためにいままで苦労してきたんだ。なんのために頑張ってきたんだ。それとも相川は、そんなに自信をなくしてしまったのか」

相川は、眼にいっぱい涙を溜《た》めて、かすかに首を横に振った。

「そうだろうな。これしきのことで自信をなくしてしまうような相川じゃないよな」

柿崎は、「自信をなくすような叱り方をするな」と、村田に話したという西本の言葉を胸に嚙《か》みしめながら、言った。

「人間、自信をなくしたらおしまいだぞ。大丈夫だな」

「はい。班長、心配かけて申し訳ありませんでした」

「よし。少し元気が出てきたな。よかった」

柿崎は、生気を取り戻した相川の顔を見て、ほっとした。柿崎は、九時になるのを待ちかねていたように、計器のメーカー、工事会社の関係者に電話を入れて、工事ミスを指摘し、再工事、再点検を指示した。五月三十一日までに、完了させてもらわなければ困る、と柿崎はきつい要求を出す。それが無理なことは百も承知だ。いわば付け値みたいなものだが、柿崎は到底不可能という業者に対して、一日譲歩して六月一日の線で妥協した。それでも一日や二日ずれ込むことは覚悟しなければならない。

柿崎が長電話で押し問答しているところへ総務課長の篠原がやってきた。篠原は、松島とソファで話している。

「フレアスタックの炎があんまりすさまじいので、魚が怖がって、逃げてしまうので獲《と》れないとか、鶏がびっくりして卵を生まないとか、街中でガスの臭いがするとか、苦情が殺到してるんですがねえ」

「一時的なもので、間もなく収まりますよ」

「いつごろまで続くの？」

「エチレンプラント自体は止まってるんだから、廃ガスの量もそんなに多くはない。へんな言い方ですけど、すぐ下火になりますよ」

「消防署からも警告を受けています。間もなくって、いつですか」

「それは、製造課長じゃないとわからないが、いずれにしても時間の問題ですよ。しかし、ガスの臭いがするっていうのはおかしいな。微量のガス洩れがあったことは認めるけど、街の中にまで流れていくほどの量じゃないし、万一、それが事実なら大変なことですよ」

「とにかくあやまって回るしかないが、総務だけでは手が足りないから、応援してください」

「ガスの臭いがするってどこの話ですか」

電話が終わって柿崎が、話の中に入ってきた。

「三佐の住宅街だけど……」

「三佐なら、コンビナートの背後地ですが、それにしてもパイプから洩れた微量のガスがそんなところまで臭うわけはない。なにかの間違いじゃないですか」

「僕は、漁業組合へ頭を下げに行かなければならないので、うちの沢井をつけますから、誰か調査がてら、建設本部から人を出してもらえませんか」

「私が行きましょう。午後は会議があるし、計器屋さんがさっそく駆けつけて来そうですから」

「それはありがたい。柿崎君に行ってもらえるとは思わなかった。しかし、ひたすら平身低頭の一手でお願いしますよ」

「わかってます」

篠原が建設本部から引き取ったあとで、松島が言った。

「製造課に任せたらどう？」

「かまいません。事故の責任はわがほうにもあるんですから」

「それはいいが、きみ、躰《からだ》がきついのとちがうか」

松島が眉《まゆ》をひそめ、じっと柿崎を見つめた。

「いいえ。薬がなくなっちゃったんで、病院へ寄って、薬だけでももらってこようと思って」

「ついでに、診察を受けたらどう？」

「この時間では無理ですよ。別の機会にします」

「会議って、副本部長が招集している事故対策会議のことかい？」

「ええ」

「それなら、サボッていいよ。私が責任持って受けるから、今日はそのまま帰って休んだらどうだ」

「ご心配なく。糖尿病のほうは、こう見えても注意してるんですよ。それにワイフがうるさくてかないません」

「それは当然だよ。一家の大黒柱が倒れたら大変だものな」

「課長も、人のことばかり言ってられませんね。疲れてる感じですよ」

「寝不足かな。私も、今日はなるべく早く帰るつもりだ。木原室長が本社から間もなく戻るはずだから、帰りやすい」

柿崎は、九時半から三十分ほど部内の打ち合わせに出たが、居眠りが出そうになって弱った。欠伸《あくび》を抑えるのにも苦労する。緊張が不足しているせいだ、と自らに言い聞かせてみるものの、どうにもならない。顔を洗いに中座しなければならないほどだった。

柿崎は、十時過ぎに車で三佐地区の住宅街に向かった。総務の沢井静男が同乗している。車の中で沢井が訊《き》いた。

「フレアスタックの炎を小さくする手はないんですか」

「今朝もその話が出たが、炎を出さないに越したことはない。すべてのガスを原料として利用し、付加価値を高めることがベストだ。原料としないまでも、回収して燃料に向けることはできるはずだが、マテリアルバランスの関係でなかなかいっぺんにそうするわけにもいかない。本部長あたりの発案らしいが、計器室にテレビを置いて常時フレアスタックの炎を監視するようにしたらどうかということで、さっそく実行するらしい」

コンビナートの事務所に抗議の電話をかけてきたという住宅は、コンビナートから二キロメートルほど離れた三佐地区の住宅街にあった。車を広場に止めて、鼻をうごめかせながら周辺を歩いてみたが、ガスの臭気はなかった。

「あの程度のガス洩《も》れで、ここまで臭ってくるなんて考えられない。おかしいと思ったんだ」

「そうですね。もし事実なら、大変ですよ。今ごろ大惨事になってるかもしれません」

「それに、一軒だけというのもおかしい……」

そう言いながらも、柿崎の顔が変化した。

「おかしいな。少し臭くないか」

「ええ。へんですね」

柿崎は、急ぎ足で玄関から勝手口の方へ回った。沢井は一瞬躊躇《ちゅうちょ》したが、柿崎の後に従った。

「これだ。こいつが犯人だよ」

柿崎は、勝手口の脇に立てかけてあるプロパンガスのボンベを指して言った。

「ノズルがゆるんでいる。ごくわずかだがリークしているから、この臭いをコンビナートからのガスだと勘違いしたんだな」

家の中で人の気配がし、勝手口があいて若い主婦が顔を出した。闖入者《ちんにゅうしゃ》の出現に顔をひきつらせている。

「なにしちょるの」

「失礼しました。今朝電話をいただいた昭栄化学の者です。プロパンガスが洩れていることに気づいたものですから、勝手に入ってきて申し訳ありません」

沢井が、柿崎を押しのけるように前へ進み出て、名刺を差し出した。

「ボンベの取付口がゆるんでて、プロパンガスが洩れているんですよ。プロパンガスは通常無臭なんですが、こういうときのために臭いをつけてるわけです。コンビナートからのガスと勘違いされたようですが、この取付口を締めれば問題は解決です」

柿崎が笑顔を見せると、主婦は合点がいったらしく、顎《あご》を引く程度にうなずいた。

「コンビナートの炎がいやに大きいし、昨夜から変な臭いがしたもんですから」

「フレアスタックの炎もじきに小さくなります。装置の運転をストップしたので、一時的に廃ガスの量が大きくなっているだけです。ご心配するには及びません」

「ごめんなさい。早合点しちゃって」

「いいえ。コンビナートのことで気のついたことはなんなりと連絡してくださってけっこうです」

沢井は、にこやかに言って、柿崎を振り返った。

「沢井君、失礼しようか」

「ええ」

「あの、お茶でも……」

「いや、急いでますから。これで失礼させていただきます」

柿崎と沢井は木戸から表へ出た。車のところまで二十メートルほど歩いて、振り返ると、主婦がまだ佇立《ちょりつ》していた。柿崎が沢井の肩に手を触れて、振り向きながらその旨を伝達すると、沢井は立ち止まって照れもせずに、手を振った。主婦がつつましく手を挙げて応《こた》えている。柿崎はそこまではできない。

「もういいだろう。選挙は終わったんだ」

「柿崎さん、照れちゃいけませんよ」

沢井はまだ手を振っている。さすがにきまりわるくなったとみえ、主婦は一礼して屋内へ戻った。

「次の選挙のこともありますし、とにかく地元民とは仲良くしなくちゃあ」

「そういうものかね」

柿崎は、まぶしそうな顔をした。

「しかし、よかったですねえ。どうせこんなことだろうとは思ってましたが、一抹の不安がないでもなかったんです」

沢井は、車の前で大きな伸びをした。柿崎も太陽に向かって深呼吸した。日射しは、真夏のそれに近い。半袖《はんそで》のシャツまでじっとりと汗を吸っている。柿崎はネクタイをゆるめながら車に乗り込んだ。

第四章　コンビナート竣工

1

柿崎仁たちがエチレンプラントの試運転で悪戦苦闘しているころ、事務部門は、六月四日の竣工式を控えて準備に忙殺されていた。

事務部長の広瀬雅夫が、東京の本社で社長の安田一郎と会ったのは、五月の連休あけの直後である。竣工式の打ち合わせで、本社に出張してきたついでに、後輩社員の秘書室長に無理を聞いてもらい、安田社長の過密スケジュールの合間を縫って、十分だけ時間を取ってもらった。

役員や幹部社員は密《ひそ》かに安田にライオンの異名を冠している。魁偉《かいい》というほどではないにしても、威厳に満ちた容貌《ようぼう》は、近寄り難い風格を備えていた。事実、安田の前に出ると脚が竦《すく》んで、思うことの半分も言えない役員や幹部が少なくない。

広瀬が、緊張した面持ちで、社長室へ入っていくと、安田は案に相違して笑顔を見せた。

「選挙の件は副社長から聞いてるよ。よく頑張ったね。きみに、なにか褒美をあげなければと思ってたんだ」

広瀬は、ほっとすると同時に内心しめたと思った。西本から副社長の佐藤治雄に伝わり、安田の耳に入ったとみえる。大分市会議員選挙に林を送り込めなかったら、こうはならなかったろう。建設本部挙げて頑張った甲斐《かい》があった……。

「ご褒美をいただけるんでしたら、苦労したのは私一人ではありませんから、建設本部全員にいただきたいと思います」

「…………」

この男、何が言いたいのだ、と怪訝《けげん》そうに安田は広瀬を見遣《みや》った。

「竣工式とは別に前夜祭をやらせていただきたいのです。これは、建設本部の総意で、西本本部長からお聞き及びかとも思いますが、鶴崎在住の全市民を招待したいと考えております」

「聞いている。けっこうじゃないか。大分コンビナート歌と大分コンビナート音頭だったかな。前夜祭で披露したいそうだね。まだ盆踊りには早いが、コンビナートの広場でやりたいというのはいいと思う。副社長も賛成していた」

「ありがとうございます。実は前夜祭のことについては社長にお願いがあります。盆踊りだけでも十分盛り上がるとは思いますが、なにかアトラクションのようなものがあればと考えまして、ダークダックスのナマの歌を大分市民および従業員の家族に聴かせてあげることができれば……」

「ダークダックスねえ」

安田は、眼を閉じて、しばし考えていたが、すぐに「よしわかった」とうなずいた。

「頼むだけ頼んでみよう。もう少し早く言ってもらえれば、確実だったが……」

安田は、先年、日航モスクワ路線の開航記念の一番機が東京―モスクワ間を往復したとき財界人を代表して招待されたが、その折、同じ招待客のダークダックスの四人グループと意気投合し、以来、後援会の会長をもって任じていた。

「さっそく電話を入れてみる。僕は、昭栄化学の芸能係長だね」

安田は、眼を細めていたずらっぽく笑った。

忙しいのにくだらんことを言ってくるなと、一喝されないとも限らない、と恐る恐る申し出たのだが、安田が快諾してくれたので、広瀬はしてやったりといった気持ちだった。

安田は、秘書に命じて、ダークダックス事務所に電話をつながせたが、日程の調整がつくかどうか一日待ってほしいという返事だった。

翌日、広瀬が大分に戻ると、〝ダークダックスＯＫ〟という安田からの電話連絡が先に入っていた。ダークダックスで前夜祭の目玉ができたため、広瀬を委員長とする竣工式準備委員会の意気は一層高揚していた。

一方、上野副本部長を中心とするグループは、竣工式の記念式典にタイミングを合わせて建設記念碑とタイムカプセルの建設準備を進めていた。

二年前、柿崎が大分に赴任してきた日の夜、麦焼酎《むぎしょうちゅう》を酌み交わしながら上野から、「安田社長に〝コンビナートの正門玄関の脇にお稲荷《いなり》さんを祠《まつ》ったらどうかね〟と言われたが、いくらなんでもお稲荷さんはないでしょうと答えておいたよ」と聞かされたことがある。お稲荷さんに代わる記念になるものを考えろ、と安田から厳命されていた上野は、村田、木原、松島たちと相談して「建設記念碑とタイムカプセル」の案をまとめ、安田社長の承認を得ていたのである。記念碑は、地元大分県大野郡で産出される黒御影《くろみかげ》石《いし》を石材として、天と地とを目指す二つの壁体が閂状《かんぬきじょう》に締められたデザインで、幅二メートル、高さ九メートルに及ぶ見事なものである。安田社長の筆になる「協力と協調」の文字が台座に刻まれている。のびやかな書体である。

タイムカプセルのほうは、建設に携わった主な人々三千二百六十名の自署が耐久合成紙による巻き紙にしたためられてある。もちろんその中に柿崎仁の名前もある。さらに建設労務者に至るまで二万人に及ぶ名鑑も直径三十六センチのカプセル内に納められた。また、昭栄化学工業と取引関係にある総合商社丸紅の協力によって、当時の世界主要国のコインも併せて収納されたが、一千年後の開封を目途として製作されたものだけに、建設本部の技術陣が持てる技術力を駆使して、窒素シール、パラフィン（ろう）シール、カプセルの内部との断熱溶接、完全殺菌などが施されてある。タイムカプセルは、記念碑の下に埋められた。

もっとも、柿崎たちエチレンプラント関係の技術者は、タイムカプセルどころではなかった。エチレンプラントから、廃ガス燃焼塔のフレアスタックに通じるパイプラインの長さは約三百メートルだが、CCR（中央コントロール室）の一部計器の故障と、運転員の誤操作によって破損が生じた配管は、事故発生後一週間経った五月三十一日には、溶接、部分取替工事等によってすべて復旧していた。

主要なコントロール調節弁の再点検も完了し、残るは、CCRの液面計だけとなった。異常検知器が作動せず警報を発しなかったことによって、低温の液化ガスがフレアラインに流れ込み、配管がマイナス何十度にも急冷されたため、配管の破損が生じ、エチレンプラントの運転を停止せざるをえなくなったのだが、レベル計の計装工事および点検工事が完了したのは前夜祭の前日、すなわち六月二日の午後といううきわどいタイミングであった。計装工事の間、終始、柿崎の鋭い眼が光っていた。螺旋《ねじ》一本のゆるみも見逃さず、柿崎はしつこくダメを押した。

相川、山野、秋田たち若いオペレーターは、苛烈《かれつ》とも思える柿崎のチェックぶりに辟《へき》易《えき》しながらも、柿崎から多くのものを学んでいた。

「俺たちにとって、エチレンプラントは初めての経験だから、運転が軌道に乗るまでまだ時間がかかるかもしれない。まして、重装備のコンピュータ・コントロールという世界にも例のないことをやろうとしているんだ。勉強すべきことはあまりにも多い。だがなあ、ここで身につけた技術、経験は、世界のどこへ行っても通用するはずだ。これは、俺の夢かもしれないが、コンピュータによるトータル・コントロール・システムが確立されたら、必ず世界のどこかがこのシステムを導入したいと言ってくるはずだ。そのときは、きみらが運転指導に行くことになるんだぞ。いや、夢なんかじゃない、必ずそうなると俺は確信している」

柿崎は、事故のことは一切口にせず、相川たちに自信を持たせることに努めた。ただ、「百パーセント計器に頼ることは危険だ。とくに初期の段階では、CCRにいておかしいと思ったら現場へ急行しろ。これは、製造課の領域だから連中にも言ってあるが……」と、相川の顔を見ながら話している。一週間経っても思い出すだに悔しいといった柿崎の胸中が読み取れる。それでなくても人一倍負けず嫌いな柿崎のことだから、計装工事中の自分のチェックミスを含めて、夜も眠れないほど腹立たしい思いをしていたのである。

2

前夜祭は、小雨決行の予定で準備が進められた。六月三日といえば大分地方はそろそろ梅雨に入ろうとする季節だから、小雨は予想されても大雨にはならないはずだというのが準備委員会の見通しだったが、当日は快晴であった。天候が心配で夜中何度寝床を抜け出したかわからない広瀬、篠原、吉田たちの喜びようといったらない。朝、事務所で顔を合わせたとき、吉田が「丸川のママがまたお水垢離《みずごり》をとってくれたんじゃないんですかね」と冗談ともつかず篠原に話している。

「まさか」

「しかし、ついてますね。小雨決行といったって、ここまで準備したら、多少強い雨でも、強行したくなるでしょう」

「そうだろうな。とくに上野さんのことだから、ずぶ濡《ぬ》れになっても、中止しようとは言わないかもしれない」

吉田と篠原のそんなやりとりを聞いている広瀬の頰もゆるみっぱなしだった。

そんなことより、ローカル空港の大分は、ジェット機の離着陸は不可能だから、大阪でプロペラ機に乗り換えなければならないが、雨天の場合、欠航になることが多い。本社と打ち合わせたスケジュールによると、安田社長夫妻、佐藤副社長夫妻、西本常務ら昭栄化学工業と、資本・技術両面で提携関係にある米国フィリップス社のキーラー会長夫妻、ヒューイット社長夫妻、ヴァンデンバーク副社長夫妻、そしてダークダックスなど芸能関係者を含めた一行三十七名の東京からの第一陣が大分空港へ着くのは三日の午後一時五分となっているが、大阪―大分間が雨天欠航の場合は、大阪から福岡《ふくおか》までもって行かれたあげく、福岡から大分まで汽車で三時間以上も費やさなければならなくなる。

そうなると大分到着は六時近くとなり、スケジュールに組み込まれている社長一行のコンビナート視察も中止せざるをえない。

東京から金融関係者、得意先、マスコミ関係者、官庁関係者など約百五十人を五便に分けて大分へ輸送しようというのだから、準備委員会の気苦労はひととおりのものではなかった。前夜祭を市民と従業員の家族にプレゼントしたいと考え、脚の竦《すく》む思いまでして安田に前夜祭のアトラクションにダークダックスを呼んでほしいと直訴した広瀬が、眠れぬ夜を過ごしたとしても不思議ではなかった。

安田、佐藤、西本、キーラー、ヒューイットら両社の首脳が、CCRに詰めていた柿崎の前に現れたのは、その日の午後二時二十分であった。

柿崎が社長、副社長と言葉を交わしたのは、入社試験の面接のとき一度あるだけだったから、安田が、キーラー会長ら米国人にひけをとらぬ大柄な躰《からだ》を眼の前に運んできたときは、身内が硬直するほど緊張した。社内ではめったに笑顔を見せない安田もこの日ばかりは恵比須顔《えびすがお》だ。佐藤のほうは、安田とは対照的にいつも笑顔を絶やさない。苦しいとき辛《つら》いときは、佐藤の包み込むような笑顔に接していると心が晴れる――。かつて西本は村田たちに述懐したことがあるが、その佐藤も柿崎の前にやってきた。

「ご苦労さん。頑張ってますね」

佐藤一流の柔らかい物言いで声をかけられて、柿崎の表情がほぐれた。西本が液面計の事故のことまで社長、副社長に報告しているとは思えないが、そうした気遣いさえ汲《く》み取れるほど、佐藤の声は優しかった。

傍で西本が通訳を挟んで、キーラーとヒューイットにCCRとトータル・コントロール・システムの仕組みを懸命に説明している。コンビナートの枢要部門であり、最大の売り物だけに、西本の説明に熱がこもる。

フィリップス首脳陣も、おびただしい計器類、コンピュータ装備を前にして「ユー・ハブ・ダン・アン・エクセレント・ジョブ（きみたちは最高の仕事をしたね）」と最大級の賛辞を惜しまなかった。

だが……と柿崎は思う。このトータル・コントロール・システムは、まだまだ生かされていない。それどころか目下のところは分不相応な浮き上がった存在になっていないとも限らない。この存在価値がフルに発揮されるときを一日でも早めなければならないのだ。

二十分ほどして、安田たちは、CCRから出て行った。

西本がさりげなく柿崎に近づいてきた。表情も変えず、無言で柿崎の背中のあたりに手を触れてから、足早に一団の最後尾について、退室した。

両社の首脳陣は、大型バスの乗降を幾度も繰り返し、熱心にコンビナートを見学、所要時間は二時間半に及んだ。

コンビナートの正門に近い広場にしつらえた前夜祭の会場に、両社の首脳陣が姿を見せたのは、六時五分過ぎである。鉄骨で組み立てられた櫓《やぐら》の前には、約五千人の市民が詰めかけていた。舞台から聴衆を挟んで、後方のテントの椅子席に木下大分県知事、安東大分市市長ら地元の有力者、東京からの招待者、それに昭栄化学工業とフィリップス社の首脳が着席した。

「壮観だねえ」

安田は、誰に話しかけるともなく満足そうに言って腰を下ろした。

柿崎志保子は、二人の娘と人波を避けてテントの近くに佇《たたず》んでいたが、テントからなるべく離れないようにしながら、左脇へ移動した。弘子と陽子は、お揃いの赤いセーターを着ている。志保子もブラウスの上にカーディガンを羽織った普段着で家を出てきた。

「お母さん、あそこに坐《すわ》ろう」

弘子が、テントのほうを指さした。眼を転じると椅子が三十ほど空席のままになっている。志保子は、安田の顔も佐藤の顔も社内報で知っていたから、そこが貴賓席であることぐらい察しがつく。

「だめよ。会社の偉い人が坐るところです」

「それじゃ、お父さんは坐れるのね」

「さあ。どうかしら。お父さんが見えたら訊《き》いてごらんなさい」

志保子は、ときおり四囲《あたり》に眼を配る。陽子が左側から志保子を見上げた。

「お父さん、まだ来ないの？」

「そうねえ。行けないかもわからないって言ってたから、もしかするとお仕事が忙しいのかもしれないわね」

「お父さん、どこにいるのかなあ」

弘子が志保子の手を離して、コンビナートを見回しながらぐるっと躰を一回転させた。

舞台と向き合う形で、はるか後方にエチレンプラントを中心とするタワー群が望見できる。フレアスタックの炎が見える。プラントが動きはじめた証拠だ。その程度のことは、志保子にもわかる。この十日の間にも、柿崎は三日、工場に泊まり込んだ。今朝、出がけに「間一髪滑り込みセーフというところだな」とめずらしく軽口を叩《たた》いていたので、志保子は、そのうち柿崎が姿を見せるのではないか、とあてにしていた。テントの近くで待っていろ、と柿崎に言われていたのである。

櫓の上では工場のコーラス部が昭栄化学工業大分コンビナート歌を合唱している。

一、青い潮《うしお》の　豊の海
　夢と希望は　限りなく
　昭和の光　輝きて
　われらは集う
　昭栄化学　大分コンビナート

二、生気に満ちて　はつらつと
　伸びゆく若芽　この息吹《いぶき》
　永遠にはぐくむ　わが仲間

栄える勤労《つとめ》
昭栄化学　大分コンビナート

竣工式《しゅんこうしき》を記念して、社員が作詩・作曲したコンビナート歌は、マーチ風の勇壮なものである。舞台は、地元出身の若い女性歌手に代わった。大分民謡の久住《くじゅう》高原がマイクに乗って流れる。二曲目は演歌調の持ち歌である。

後方の立見席で、「ダークはまだ？」と弘子が志保子の袖《そで》を引いたとき、司会者がダークダックスを紹介した。一段と盛大な拍手が沸き起こった。舞台の四人組の顔は豆粒ほどにしか見えない。それでも「あっ、ゾウさんだ」と、ひいきの一人を陽子が指さした。

「モスクワ郊外の夕べ」などレパートリーのロシア民謡三曲と、大分民謡三曲を市民にプレゼントして、ダークダックスは、慌ただしく、次の会場である別府温泉の「杉の井ホテル」へ車を飛ばして行った。

いつの間にかテントの前の椅子が空席になっている。前夜祭のプログラムは、さらに続く。地元舞踊団が「荒城の月」「関《せき》の鯛《たい》釣り唄《うた》」などを舞い、そして「昭栄化学・大分コンビナート音頭」をコーラス部が披露した。

一、きませ見せましょ　鶴崎おどり
大分見物見ておくれ
今はネー　今は昭栄化学のソレ

昭栄化学のコンビナートよ
乙津の夜にきらりきらきら
えがく七色 未来のしるし
コンビナート音頭で
ひとおどり ひとおどり

上野夫人が率いる「SKK婦人部隊」の輪がコンビナート音頭に合わせて、盆踊りを踊りはじめた。

柿崎は、とうとう前夜祭には現れず、志保子たちは、八時前、盆踊りの最中に会場を後にした。今夜は、夫は帰ってくるのだろうか、体調はどうかしら、と志保子は、コンビナートのフレアスタックのほうを振り返りながら、夫を気遣った。

3

柿崎が現場から建設本部へ戻ったのは、午後十時近かった。広場のほうを眺め遣《や》りながら、ああ、前夜祭だったのだ、と思い出す始末で、志保子たちと待ち合わせの約束を失念していたことにやっと気づいた。もっとも、おそらく行けるだろう程度の多分にいいかげんなものだったが、そろそろ前夜祭も終わりに近づき、人影もまばらで、いくらなんでも子供たちはもう帰っているだろうと考えて、広場へ出て行くのをやめることにした。

スタートアップして間もないエチレンプラント関係の技術者は、柿崎に限らず、ほとんどの者がプラントの運転にかまけて、前夜祭どころではなかったのである。コンビナートの一角で盆踊り大会が行われていることなど現場からわかるわけはない。巨大なプラントに遮られて、広場の明かりさえも見えないのだから。

柿崎たち計装関係の仕事は一段落していたが、製造課の連中はまだ眼を放せる状況ではなかった。スタートアップの準備中にエチレン塔を分解油で汚してしまい、トルエンで塔内を洗浄する作業が不眠不休で続けられた。なんとか二日の夜には洗浄作業が終了し、厳密な分析結果でもきれいになったことが判明した。そして、前夜祭の朝、原料のナフサを装置に投入することができたのである。しかし、ナフサの分解炉に点火してから、運転が軌道に乗るまで緊張の連続である。計装担当の柿崎にしても、液化ガスの液面計の失敗があったから、製造課に任せて現場を離れる気にはなれなかったのは当然と言える。しかも、明日《あした》は竣工式だ。当日、トラブルに見舞われるような無様なことはできない。

柿崎は、デスクから自宅へ電話をかけた。弘子の声がした。

「お父さん。どうして来なかったの。みんなで待ってたのに」

「ごめんよ。ダークダックスの歌はどうだった？」

「うん。楽しかった。陽子も喜んでたわ」

「そうか。よかったな。もう、そろそろ寝なくちゃいかんぞ。あのな、お母さんに伝えてくれるか。今夜一晩だけ会社に泊まるから、心配しないようにってな」

「お母さんに代わります」

「いや、いいよ。じゃあな。おやすみ」

柿崎は、電話を切った。志保子が電話口に出てくると、なんのかんのと小うるさいことを言ってくるに決まっている。弘子でよかった、と柿崎は思った。

その二時間後、午前零時十分前に、柿崎は肝を冷やす場面に遭遇するが、柿崎が弘子と電話で話しているころ、別府温泉「杉の井ホテル」二階大広間の招宴は、アトラクションのダークダックスの歌も終わり、そろそろおひらきに近づいていた。二階の大広間は、座が乱れ、部屋へ帰る者、地下一階のナイトクラブへ繰り出す者、別府温泉随一を誇る〝杉の井〟は、さながら昭栄化学工業に借り切られたようなおもむきであった。

〝杉の井〟は海抜二百メートルの高台に位置し、どの宿泊室からも由布《ゆふ》・鶴見《つるみ》山系、高崎《たかさき》・立山山系、別府市街が一望できる。とりわけ、昭栄化学工業が竣工式に招いた遠来の客たちは、十階から十二階までの最上階をあてがわれていたので、絶景をほしいままにすることができる。

西本は、十時過ぎにいったん十一階の一五七号室に引き取ったが、十一時半に、再び大広間に戻らなければならなかった。一日に宴会を二度も付き合わされるのは初めての経験である。それは、西本だけではない。安田も佐藤も同じであった。

東京からの招待者の最終組が深夜の十一時に〝杉の井〟に到着するというのである。もちろん初めからそのように仕組まれていたわけではなかった。最終組の二十六名も、十分、招宴には間に合うはずであった。それどころか、前夜祭で合流できる手はずになっていたのである。

羽田《はねだ》発午後一時三十分大阪行きの全日空二七便はほぼ定刻どおり離陸したが、大阪伊《い》丹《たみ》空港一帯に突如霧が発生したため、羽田へ引き返すというハプニングが出来《しゅったい》したのだ。

大阪で全日空二一五便に乗り換えて、大分に午後四時五分に到着する予定が、羽田に戻って、霧の晴れるのを待ったものの見通しが立たず、福岡行きに切り換えて、日航三六五便が福岡空港に到着したときは午後七時五十分になっていた。一行の中には、所管官庁である通産省政務次官の植田、官房企画室長の天谷直弘、化学工業局長の後藤正紀、化学一課長の藤原一郎ら通産省関係者六名が加わっていた。昭栄化学側の引率者は企画課長の下川である。下川は、羽田から福岡支店と大分へ電話連絡をとり、福岡空港に支店長の久保田が出迎え、リクライニングシート付きの貸し切りバスを配車しておくよう指示した。そして、広瀬を呼び出して大切な客だから〝杉の井〟では、社長、副社長、建設本部長にもてなしてもらいたいと頼んだ。苦労人の下川は、せっかくの招宴にきれいどころがいないのも寂しいから、その点もお願いしたい、と念を押している。

最終組が別府温泉に到着したのは午後十時五十五分、一風呂《ひとふろ》浴びて、浴衣に着替え、大広間に集まったのは十一時半になっていた。アトラクションまで用意するわけにはいかなかったが、安田、佐藤ら昭栄化学工業の最高首脳に深夜玄関で鄭重《ていちょう》に出迎えられ、通産省の面々も悪い気がしなかったとみえる。誰を恨むわけにもいかないにせよ、バスの中では全員不機嫌に押し黙っていたが、温泉につかって、大広間に揃ったときは、十時間に及ぶ旅の疲れもすっかり取れ、生気を取り戻していた。

昭栄化学工業は、安田、佐藤、西本、上野、広瀬がこの夜二度目の宴会でホスト役を務めた。

安田が、挨拶《あいさつ》に立った。

「いちばん大切なお客様をこのような大変な目に遭わせてしまい、天に代わって、お詫《わ》びを申し上げます。本日は、私ども昭栄化学工業大分石油化学コンビナートの竣工式のため、遠路はるばる……」

安田の挨拶の途中で、上野が仲居に耳元でなにやら耳うちされて、席を立った。顔色を変えて、上野が席を立って行く。隣席の上野の挙措を失った様子に、西本はただならぬものを感じたが、ばたばたするわけにもいかず、ともかく上野の報告を待つことにした。

安田の挨拶が終わり、植田の音頭で乾杯となった。きれいどころも十人ほど動員され、座が賑《にぎ》やかになった。二十分経っても上野は戻らない。西本はさすがに心配になってきた。西本が手洗いに立つ恰好《かっこう》で、上野の所在を確認しようかと、とつおいつしていると き、上野が宴席に帰ってきた。

「どうしたの？」

「ここではなんですから廊下へ」

西本はそっと座を外した。

「いやあ、びっくりしました。この時間に工場から電話だっていうんですから、てっきり事故だと思いましたよ」

「……」

「エチレンプラントの中間タンクの液面計ノズルからエチレンが噴き出して止まらないという報告です。これはいかん着火したらえらいことになると思いましたが、現場の適切な対応で、大事には至らなかったようです。冷や汗が止まらず往生しました」

「そうですか。上野さんが顔色を変えて飛び出したので、何事かと思って心配してたんです」

「どうも、取り乱してすみません」

上野は、バツがわるそうに頭を掻《か》きながら続けた。

「現場と電話で話してる最中に、エチレンに窒素をかけてブランケット作業をやってくれてたようです」

「よかった。よく対応できたなあ。記録に残したらいいですね」

西本がほっとした面持ちで言ったとき、下川が廊下へ出てきた。眉《まゆ》が濃く、顎《あご》の張ったごつい顔を心配そうにせいいっぱい歪《ゆが》めている。

「副社長が、何があったのか心配してましたよ。聞いてこいと言われたものですから」

「心配には及ばない。たいしたことじゃないんだ」

西本が咄嗟《とっさ》に答えた。それで社長、副社長に報告するまでもないことだ、と上野に伝えたつもりだった。

「副社長にまで心配かけちゃったのか。慌てちゃって、俺も肝がすわっておらんな」

上野がまた頭を掻いた。

「そりゃあそうですよ。私だって、只事《ただごと》じゃないと思いましたよ」

「ほんとうに、たいしたことじゃないんだ。つまらんことで現場から指示を求めてきたから、本部長に報告しただけだ」

「こんなに遅くですか」

下川は、首をかしげながら、上野と西本に探るような眼を向けている。

「さあ、席へ戻ろう」

西本が二人を促した。

柿崎が宿直室で電話連絡を受けて、エチレンプラントのエリアまで駆けつけたとき、現場はブランケット作業の最中だった。最初にCRで、計器の異常に気づいたのは相川である。相川は、その場に居合わせた製造課の主任の小林に異常を知らせて、現場へ走った。見落としても不思議ではないほどの計器の針がわずかに振動していたのである。

相川は、エチレンが噴出している中で、身を挺《てい》してバルブを締めた。

相川の後から駆けつけてきた小林は、冷静沈着に部下を指揮して、窒素ボンベのバルブをあけ、エチレンに吹きつけた。大事故になりかねないところを未然に防いだ相川と小林の迅速果敢な行動はその後、金鵄勲章《きんしくんしょう》ものと評されるが、いちばん喜んだのは柿崎かもしれない。わずか一週間ほどの間に、ミスを補ってあまりある名誉挽回《ばんかい》をしてくれたのである。柿崎は、上司である自分のミスまで、相川にカバーしてもらえたような気がした。柿崎が相川に「よくやった」とねぎらいの言葉をかけたのは、二日後のことである。気がついたとき、相川はどさくさの中で部署に戻っていたし、相川が真っ先に現場に急行したと聞いたのは、翌朝のことであった。

竣工式《しゅんこうしき》の当日も快晴だった。

柿崎は、午前十時から、総合事務所玄関前で行われた建設記念碑の除幕式に出席した。総合事務所を背に、紅白の幕が張りめぐらされ、記念碑の前に一般招待客が立ち並び後方に作業衣のままコンビナートの従業員が整列している。コンビナート・ブラスバンド部の吹奏するファンファーレの中で、安田が力まかせに紐《ひも》を引っ張ると、純白の幕が風に舞った。柿崎の眼には一瞬静止したように見えたが、次の瞬間、はらりと幕は芝生の上に落ちた。拍手がどよめく。柿崎は、胸が熱くなった。

除幕式のあと、後方のテントに移動して、社長挨拶、建設業者の表彰式、表彰者を代表して日立製作所の駒井社長が謝辞を述べ、表彰式の式典は十時四十五分に終了した。従業員は、除幕式に出席したあと、見学者の説明者を残してそれぞれの持ち場へ帰っていった。

十時五十分から十一時二十分まで安田、佐藤、キーラー、ヒューイットが知事、市長を交えて記者会見を行い、そのあと招待者はバスでコンビナートを見学した。中央、地元合わせて約千人の招待者は、三十台のバスに分乗しているが、柿崎はガイド役の一人として七台目のバスに乗っていた。バスは、時速十キロ以下ののろい速度でコンビナート内を一巡する。柿崎は、バスの中で、エチレン、ポリエチレン、ポリプロピレン、アセトアルデヒド、酢酸などの石油化学製品の各プラントごとに、その特色と役割などを説明した。

バスは、総合事務所の前で柿崎を降ろして、そのまま体育館に向かった。コンビナートから五キロほど南にある昭栄化学工業の体育館で祝賀パーティが開催されることになっていた。

祝賀パーティは正午から三時までの予定で、祝辞だけでも通産大臣（政務次官代読）、知事、市長、キーラーの四氏、祝電披露は総理大臣、経団連会長など都合三十分の時間がとられているという。

アトラクションでは、知事提供の草地踊り、市長提供の豊後《ぶんご》神楽《かぐら》など郷土色豊かな舞楽が披露され、パーティを大いに盛り上げようという趣向である。

六月五日付の朝刊は、全国紙、ブロック紙、地方紙を問わず、いっせいに昭栄化学工業大分石油化学コンビナート竣工式のニュースを報じた。とくにブロック紙、地方紙は一面トップ扱いで、大きなスペースを割いていた。

――昭栄化学工業大分石油化学コンビナートは、昭和四十二年八月の起工以来、工事はきわめて順調に進捗《しんちょく》し、ここに竣工式を迎えることができた。これは、ひとえに各界各位のご指導、ご協力のたまもので、関係者一同感謝に耐えないところだ。当コンビナートは九州地区における初めての石油化学コンビナートであり、恵まれた立地条件を利用し、昭栄グループが総力を結集して、国際的にも最新鋭の技術をもって建設を急いだが、一年半程度の短期間に竣工しえたことは、今さらながらわが国工業力の持つバイタリティの強さに、心から感銘する次第である。スタート当初から効率の高い操業を企図しているが、さらに今後の拡張に備えて、各プラントの配置については十分に意を注いでいる――。

これは、ブロック紙に掲載された安田社長の談話である。柿崎は、内心忸怩《じくじ》たる思いがしないでもなかった。ほんとうに胸を張れるのはこれからである。しかし、ともかくにも、建設本部の一員として、一応は使命を果たしたとは言えるだろう。糖尿病の発病で、視力が低下したり、試運転中にトラブルに見舞われるなどいろいろあったし、まあ、間然するところがないなどと思い上がったことを言うつもりはないが、人から後ろ指を指されることはないはずだ、とも思うのだ。持てる力を出し切ったかと問われれば、ちょっと困るが、手探りで取り組んできたコンピュータ・コントロール・システムの確立にも自信めいたものを持ちはじめている。自分の後に続く者も育ちつつある。手ごたえは十分だ。

柿崎は、新聞をたたんで出勤の仕度にかかった。相川のにきびづらが頭の中をよぎった。相川のやつ……。柿崎は、抱きしめてやりたいくらい嬉《うれ》しかった。山野も着実に力をつけてきた。

二人とも地元の工業高校でトップを争ったというだけのことはある。今夜、二人を誘って祝杯をあげよう。柿崎は、次第に気持ちが沸き立つのを意識した。

4

竣工式を境に、エチレン設備は調子を上げはじめた。コンビナート制御も軌道に乗り、柿崎たち計装班は、吸取紙が液体を吸い取るようにノウハウを吸収していった。

九月一日付で、建設本部は解散し、工場組織に改められた。柿崎は、技術部の計装課に配属され、引き続き、エチレンプラントの計装設備の保全業務を担当させられた。糖尿病が完治したとは考えにくいが、いわゆる完全緩解に近い状態にあり、勤務も建設途上の火事場のようなことはなく平常に復していたこともあって、柿崎は心身ともに安定しているように見えた。柿崎は、十月から、柿崎教室を復活させた。新入社員のためにも、自分の勉強のためにもプラスになると考えたのである。

　そして、年が替わった昭和四十五年一月に大分高等専門工業学校から、柿崎に非常勤講師の話が持ち込まれた。四月から九月までの半年間、週二時間機械工学科五年生の二クラス七十人を対象に計測工学について講義してほしいという依頼である。

　学校側は、初めから柿崎を特定していた。柿崎の名前は学校当局にも聞こえていたとみえる。問題は、柿崎の健康状態である。前年の九月一日付で技術部長に就任していた木原は、松島に相談を持ちかけた。

「なんせ必要以上に張り切る男だからなあ。あいつのことだから、使命感をかきたてられて密度の濃い講義をしようと、徹夜で勉強するなんてことになりかねないぞ」

「だからといって、握り潰《つぶ》すわけにはいかないでしょう」

「しかし、会社の勤務時間を割くわけだから、会社の方針として受けられないで済むんじゃないのか。ただ、柿崎に意地悪しているみたいにとられるのはかなわんなあ」

「それは心配ないでしょう。カキさんはそんなひがみっぽい男じゃありませんよ」

　松島は、ジレンマに陥って、本気で悩んでいる生真面目な木原に微笑を誘われた。

「柿崎教室は週二回だったな」

「ええ。火曜日と木曜日で、六時から一時間ということでやってると聞いてますが、それが二時間になったり三時間になることもあるらしいんです。カキさんの奥さんがウチのやつにこぼしてたそうですよ」

「そうだろう。だから心配なんだ」

木原は、眉《まゆ》をひそめた。

「西本常務に相談してみましょうか」

「いや、そこまでは。そうだ、いいことがある……」

木原は、なにを思ったのか、膝《ひざ》を打って、にこっと笑った。

「柿崎教室を一時中止することを条件に、学校の求めに応じるようにしたらどうだろう」

「なるほど。いいかもしれませんね。しかし、カキさんのことだから、両方やるってきかないんじゃないんですか」

「とにかくきみに任せるよ。糖尿病のほうは奇蹟《きせき》的によくなってるらしいけど、建設中にあれだけ躰《からだ》を酷使したんだから、いくら若くたって、やっぱり少しは休めなくちゃあ」

松島は、さっそくその日の昼食時間に会議室で柿崎に話した。柿崎は、眼を輝かせて、話に乗ってきた。

「会社に迷惑をかけることになりますが、ぜひ受けさせていただきたいですね」

「勤労奉仕みたいな話だぜ。薄謝も薄謝、交通費程度のものが支給されるだけだよ。週二時間教えて、月三千円ぐらいのところじゃないかな」

「謝礼なんて、この際問題ではありませんよ」

柿崎は、むっとした顔でつづけた。

「ある意味では使命感で受けるべき性質のものだと思います」

「使命感ねえ」

松島は、あやうくくすっとやりそうになって、急いで顔を引き締めた。木原が言った言葉がそのまま柿崎の口をついて出てきたからだ。

「その講師が私である必要はないし、木原部長か、課長ならもっとベターかもしれませんが、ともかく会社として受けるべきですよ」

「部長も私もその任にあらずだ。なにしろ、向こうは、きみを特定してきてるんだから」

「…………」

柿崎は、具合悪そうに顔をしかめて、弁当を広げはじめた。

「それじゃあ、ひとつ使命感でやってもらおうか。ただし、柿崎教室のほうは半年間、休むようにしたらいいな」

「それはないですよ」

「いや、そうはいかん。上のほうは、きみの健康のことを心配している」

「しかし、わずか週二時間でしょう。それも会社の勤務時間内のことじゃないですか」

「それだけで済むと思うか」

松島に顔を覗《のぞ》き込まれて、柿崎は口をとがらせて反問した。

「どうしてですか」

「完全主義というか凝り性のきみのことは、みんなよく知ってるからな」

「適当に流し運転でやりますから心配しないでください。若い連中との勉強会は、私にとっても大いに勉強になるんです。やめるわけにもいきません」

松島は、譲らなかった。

「そういうことだと私の一存ではOKしかねるな。きみから、木原部長に話してくれ」

柿崎は、一瞬世をはかなんだような顔をした。二人ともしばらく口もきかずに、不味《まず》そうに弁当を食べていたが、ぬるくなった番茶を松島の湯呑《ゆの》み茶碗《ちゃわん》に注ぎながら、柿崎のほうから折れて出た。

「勉強会のほうは週一回にします。それで勘弁してください。今日、川崎工場から沢木が大分へ赴任してきます。勉強会のことを葉書に書いてやったら、えらい張り切っちゃって、あてにしてるみたいなんです。それに、再開してすぐにやめるのはどうも……」

沢木哲夫は、四十二年に入社し、川崎工場に配属され、一月十日付で大分勤務を命じられた。大学で柿崎の後輩に当たる計装関係の技術者である。

「わかった。それで妥協しよう。しかし、柿崎教室を一回にした分、時間を延長したんじゃなんにもならんぞ。くどいようだが、きみには前科があるんだからな。西本常務をはじめ上のほうが心配していることを忘れないでほしい」

松島は、にこりともせずに言った。このぐらいきつく言っても、柿崎のことだから走りだしたら止まらないようなことになりかねないのではないか、と松島は心配だった。

5

四月の第二週から柿崎の講義が始まった。毎週木曜日の午後二時間、途中十分の小憩を挟んで日刊工業新聞社刊の『プロセスの計測と制御』をテキストとする計測工学の集中講義である。もちろん通常の授業に組み込まれるので、七十人の受講生には二単位が与えられる。

柿崎の講義は、現場の経験を踏まえてのものだけに、わかりやすいとみえ、学生の受けはよかった。気持ちが高揚し、講義に熱が入るのはけっこうだが、かえってうわすべりするような結果にならないとも限らない。柿崎は気持ちを抑制し、理屈っぽくならないように工場での経験を交えながら講義を進めていった。

木曜日の午後は外勤扱いだから、工場へ戻る必要はなかったが、ときには会社の了解を得て学生をコンビナートへ連れて行き、中央制御室で実際に計測制御の仕組みを説明したこともある。

六月中旬の日曜日の午後、宮井耕三という学生が柿崎を訪ねてきた。高専の五年生といえばもう二十歳だから煙草も酒もやるのが少なくない。宮井にビールを勧めると、初めは遠慮していたが、けっこう飲みっぷりも板に付いている。きりっとした顔立ちで、眼が生きている。柿崎が実施したテストでは中位だったが、はっきりものを言う学生で教室でも目立つ存在だ。

「先生、ちょっと相談したいことがあるんですが……」

宮井は、ビールで気持ちがほぐれたのか、志保子の存在を気にしながらも改まった口調で切り出した。

「僕、学校をやめようと思うのです」

「どうしたの？」

柿崎がちらっと志保子のほうへ眼をやると、志保子は気をきかせて席を外した。公団サイズの3DKの狭い社宅のことだから、子供たちの部屋へ行くしかないし、襖《ふすま》越しに隣の話は筒抜けだが、それでも傍にいられるよりは話しやすいはずだった。

「学校をやめるなんて、おだやかじゃないねえ。あと半年ちょっとで卒業じゃないか」

「……………」

「担任の先生には話したかい」

「いいえ、あの人がまともに相談に乗ってくれるなんて考えられません」

「そうかなあ。話のわかる先生だと思うけどな」

「先生だから相談する気になったんです」

思い詰めた顔で、宮井はビールを呷《あお》った。

柿崎は、宮井のコップにビール瓶を傾けながら言った。

「それは光栄だけど、私はきみと知り合ってわずか三月しか経っていない。きみの一身上の問題にかかわれる資格があるのかなあ」

「先生と、授業以外で話したいと思ってる者は僕だけじゃないです。どの先生が一生懸命に教えてくれるか、親身になって相談に乗ってくれるか、そのぐらい見分ける力はあるつもりです」

「ありがとう」

柿崎は、照れくさそうに眼をすがめてチーズの一片に楊枝《ようじ》を突き刺して口へ運んだ。

「それで、学校をやめたいっていう理由はなんだろう」

「結婚しようと思っています」

柿崎は、当惑した。どうにも対応のしようがない。

「学校を出ると決心が鈍るような気がするんです。中学のときの友達が酒屋をやってます。五月に父親が肝癌で亡くなりました。母と娘でなんとかやってますが、酒屋のおやじになるのなら、学歴なんて関係ないし、いますぐ店を手伝ってやろうと思ってます」

「きみの両親はなんと言っているの」

「僕は三男坊ですし、反対もくそもないですよ」

「宮井ほどの男が惚《ほ》れたんだから、きっと素晴らしいお嬢さんだろう。二十歳なら立派な大人だし、自分の意思で結婚できるが、少し早いような気もするなあ。どっちにしても学校は卒業したほうがいいと思う。きみは決心が鈍ると言ったが、それはおかしい。

その程度の相手だったら、初めからヘタな同情などしないほうがいいんじゃないか」

柿崎は、志保子と出会い、気持ちをかよわせあったころの学生時代を想起して、甘ずっぱい思いになっていた。大学三年の夏休みに柿崎は、クラスメートの下宿に遊びに行って偶然、志保子と知り合ったのである。志保子は、お茶の水女子大の英文科の一年生で、まだセーラー服が似合いそうなほど初々しさを湛《たた》えていた。柿崎は、志保子の実兄の友人に交際させてほしいと懇願した。なんとしても志保子と将来を共にしたい、それは神の啓示だとさえ柿崎は思った。友人は反対した。

「広島の両親は志保子を手元へ置いておきたいと願っている。東京の大学へ行くのも反対したが、卒業したら必ず郷里で学校の先生になることを条件に赦《ゆる》したくらいだから、おまえが広島へ都落ちして、婿養子にでもなるつもりならともかく、そんなことは考えられないから諦《あきら》めてくれ」

と、言われたのである。むろん柿崎は諦めなかった。友人の眼を盗んで何度も志保子に逢《あ》った。志保子と結婚するためには、学校をやめてもいいと考えたこともある。

ゼミの教授に昭栄化学工業への就職を推薦されたとき、柿崎はよっぽど断ろうかと考えたが、広島近辺に工場を持つ化学会社に就職できたとしても、その工場が勤務先になるとは限らなかったし、昭栄化学工業に魅力を感じてもいたので、教授の推薦に従った。志保子が卒業するのを待って、柿崎は広島の志保子の実家に何度足を運んだかわからない。柿崎の熱意に負けた友人の口添えもあって、広島の両親が折れてくれたのは、柿崎が二十七歳、志保子が二十五歳のときである。柿崎は、志保子に家出させることを考えぬでもなかったが、ともかく納得ずくで結婚することができた。われながらよくぞねばりぬいたと柿崎は往時を思い起こす。

「しかし、高専なんて出たって、タカが知れてますよ」

「そんな言い方はないだろう。きみは、無目的に大分高専へ入ったのか。大分高専といえば立派な学校じゃないか」

「でも、中途半端な存在で、企業にも敬遠する風潮が出てきてるようだし、みんな将来に不安な気持ちを持ってると思います。会社へ入っても偉くなれるわけじゃないし……」

「企業が敬遠しているなんて話は寡聞にして知らないが、私の会社にも昔の高専を出た人で、役員になった人はいるし、これからだってその可能性はあると思う。登用試験制度もあり、実力のある者を会社はいつまでも下積みにしておくようなことはしないはずだ」

柿崎は、いくらか苛立《いらだ》った声で口早に言った。

若者らしいひたむきさがもっとあってもいいのではないか。恋人の家庭環境の急変で気持ちが動揺しているのはわかるが、と柿崎は思った。

「先生は、東大出てるから気楽にそんなことを言えるんです。だいいち、昔の高専と今の高専じゃ違いますよ。現に先生の会社はウチの学校から一人も採ってないじゃありませんか」

柿崎は、たじたじとなった。時間を稼ぐようにビールを取りに台所へ立つと、志保子が心配して顔を見せたが、柿崎は手を振って、冷蔵庫からビールを取り出した。

「あなたは控えてくださいね」

「わかってるよ」

柿崎が居間に戻るなり、宮井が居住まいを正して言った。

「お邪魔しました。僕、帰ります」

「まだいいじゃないか。晩めしを食べていかないか」

「いいえ。酒屋を手伝う約束をしてるんです」

「そうか。きみは、この件で酒屋のお嬢さんと話したことはないのか」

「あります」

「なんと言ってた」

「学校を卒業した方がいいと言ってましたが、明らかに無理してるって感じでした」

「いや。それは本音だと思うな。気持ちにけじめをつけたいというのもわからないわけじゃないが、ここで学校をやめてしまったら、必ず後悔するぞ。分別臭いことを言うようだが、性急に結論を出すべきではないと思うな。親しい友達の意見も聞いてみたらい い。いろいろ事情はあると思うが、あと半年じゃないか。私としてはなんとしても頑張ってほしい。それから、ウチの会社が大分高専の卒業生を採用するように私なりに微力を尽くしてみたい。高専となると、本社人事部の所管になると思うが、やってみるよ」

「そうですか」

宮井の顔が初めてほころんだ。

「森が、昭栄化学に入社してコンビナートで働くのが夢だって言ってます」

「森って……機械科の？」

「ええ。あいつは僕と違って頭がいいからどこでも行けると思いますが、時代の最先端をゆくコンビナートを見学して、そういう気持ちになったようです」

「昭栄グループには昭栄エンジニアリングという子会社もあるから、機械工業科の学生を採るチャンスはあると思うが、きみはどうなんだ。志望する気はないのかい」

「ありません。僕には、酒屋の店員が似合いです」

「わかった。だがなあ、授業が終わったあと手伝うとか、休みの日にアルバイトをするとか工夫して、とにかく学校だけは卒業したらどうだ」

「もう少し考えてみます」

柿崎は、清々《すがすが》しい気持ちになっていた。過度に気を回す必要はないけれど、宮井が日曜日にわざわざ訪ねてきたのは、親友の就職運動のためだったのだろうか、と思わぬでもなかったのである。

次の木曜日、宮井は欠席していた。授業のあとで森を呼んで訊《き》いてみると、担任宛に退学届を郵送してきたという。担任の教師は昨日、宮井の家を訪問したが、留守だったので、必ず明日《あした》、登校するよう言い置いてきたのに、まだ顔を出していないということだった。

「きみは親友として黙って眺めてていいのか」

柿崎は語気を荒げた。

「昨日もおとといも夜、酒屋へ行きました。頑として聞き入れてくれないのです。あんな頑固なやつとは思いませんでした」

「大きな声を出して悪かった。放課後、付き合ってくれるか。宮井君に会ってみたい」

「はい。そうします」

非常勤講師風情で出すぎているとは思ったが、柿崎は、もう一度だけ宮井と話してみようと思ったのである。

市内の都町《みやこまち》にある井上酒店は、柿崎が予想していたよりも店の構えは立派で、手広く商売を営んでいるように見えた。宮井は、配達で留守だった。母と娘は、柿崎と森の出現にすっかり恐縮している。井上和子と名乗る明るい感じの可愛い娘に会って、柿崎はなにやらほっとした。母親は、四十七、八というところだろうか。愛想のいい女だった。

「先生からも、耕三さんを説得してください」

と、和子は言った。

「耕三さんの気持ちは嬉《うれ》しいです。じゃが、勿体《もったい》ないけん。授業料いうてもなんぼでもないのに……」

「宮井は、この家から学費を出してもらってるんです」

森が母親の話を補足した。

和子が茶の用意を終えて、店先を気にしながら言った。

「父が亡くなって、耕三さんの人生設計が狂ってしまったんです。あの人は、高専を出て、父の元気なうちはサラリーマン生活をしたいって言ってました。うちはひとりっ子ですから、いずれはお店を手伝ってもらいたいとは思ってましたけど……」

客の応対で母親が居間から出て行った。

「お店でほかに人を雇うことは考えられませんか」

「いいえ。ただ、最近の若い人は、酒屋の店員とかご用聞きなんて興味がありませんから、来てくれる人がいるかどうか。それに、そういう人がいたとしてもなかなか定着してくれません」

「しかし、手が足りないんならアルバイトでもなんでも、募集すべきでしょう。先のことは別に考えるとして、今は宮井君を学校に戻すことが先決じゃあないんですか」

「はい。あの人、意地っぱりなところがあるから、一度言いだすと、なかなか引っ込めないんです。見栄《みえ》を張るわけじゃありませんけど、私だって耕三さんに高専を卒業してもらったほうが肩身が広いですよ」

「そのことは、宮井君に言いましたか。彼は、あなたが無理をしてると感じてるようですよ」

「そんな」

和子は、びっくりするほど激しく首を振った。

「それなら問題はないと思うな。あとは、あなたの熱意の問題だという気がします」

柿崎が湯呑《ゆの》みに手を伸ばしたとき、宮井が軽四輪車を店先につけて降りてきた。

「先生までお出ましとは、恐れ入ったな」

「非常勤講師風情がと言いたいのだろうが、日曜日にきみが来てくれたから、そのお返しだよ。エールの交換というわけだ。もう帰るが、一言だけ言わせてもらう。いいか、つべこべ言わず学校へ戻るんだ。和子さんがそれを衷心から願っていることもわかった。それが、学費を出してくれた亡くなったお父さんの好意に報いる道だと思う。すべては、きみのひとりよがりだろう。卒業したら決心が鈍るなんて、そんな甘ったれた話があるか」

柿崎は、力まかせに宮井の背中のあたりをどやしつけた。

そして、次の木曜日の午後、教室で宮井と対面したとき、柿崎は教壇の上から右手を振って宮井の会釈に応《こた》えた。

柿崎と学生たちとの交流は、わずか六か月間だったが、その後も宮井や森たちとの交友関係は続いた。ちなみに、柿崎や松島たちの尽力で、四十六年から昭栄化学工業は大分高専の卒業生を毎年一、二名採用することになり、森はその第一回生となる。

柿崎が、学生時代に戻ったような気分で、高専の学生たちと喫茶店に出入りしたのは、その年の夏休みのことだし、密《ひそ》かに麻雀《マージャン》の手ほどきに関する本を三冊も買い込んだのもこのころだが、セオリーだけは覚えたものの結局、ものにならなかった。時間のロスに耐えられなかったとみえる。

この時期の柿崎は心身ともに最も充実していたのではなかったろうか。血糖値はなんとか許容範囲におさまっていたし、仕事のほうも順風満帆と言えた。エチレンプラントのコンピュータ・コントロール・システムは、あたかも運転初期の苦労が嘘だったように新しいソフト、ノウハウの開発が急速に進んでいた。

スタート時は運転監視用システムにすぎなかったが、柿崎たちが生産計画の作成、プロセスの安定化と最適化制御、最適生産出荷計画の策定など段階的に開発を重ね、「EPICS（エチレン・プラント・インフォメーション・コントロール・システム）」として完成したのは昭和四十七年のことである。原料のナフサからエチレンその他の留分を最も効率よく生産するコンピュータ・コントロール・システムの確立は、世界でも初めてのことであり、その経済効果は年産二十万トンのエチレンプラントで年間数億円に及んだ。ちなみに「EPICS」は昭和四十八年十一月に化学工業界で初めて石川《いしかわ》賞を受賞している。

第五章　難交渉

1

釣瓶《つるべ》落としの夕陽は高層ビルに遮られて視界に入らないが、夕映えがビルの頭上を赤く染めている。柿崎仁は突風に脇の下の風呂敷《ふろしき》包《づつ》みを取られそうになり、あわてて両手で抱え直した。昭和四十八年十一月八日午後五時過ぎ、柿崎は出張先の大分から東京へ戻ってきたところだった。

国電浜松町《はままつちょう》駅から世界貿易センタービルの前を抜けると、強風は嘘のように静まっていた。柿崎は五階建ての昭栄化学工業本社ビルの前で足を止め、感慨深げにビルを見上げた。昭和初期の建物だから機能的には見劣りするが、荘重でいかにも威風堂々と構え、付近のビルを睥睨《へいげい》しているように見える。なにかを語りかけてくれるように思えるのだ。柿崎は満足そうにうなずくと、信号を隔てた向かい側の別館ビルへ急いだ。柿崎は本社勤務になって三年近く経つ。石油化学事業本部企画室に配属されたのは四十六年二月だが、同年八月に課長に昇進した。柿崎が大分から本社に転勤して間もなく、社長の安田一郎は会長に、佐藤治雄副社長は社長に就任した。

佐藤は、定時株主総会後の取締役会で社長に選任された二月二十六日の午後五時、幹部社員を本社ビル五階の大会議室に集めて、次のように挨拶《あいさつ》している。

「本年は日本経済が不況に突入し、化学工業界は未曾有《みぞう》の試練の秋《とき》に当たりますので、皆さんとともに一致団結し、いかなる事態に直面しようとも、当昭栄化学工業の伝統でありますす開拓の意気と精神によって、この困難を克服して輝かしい前途を切り拓《ひら》いていきたいと思います。これが私の皆さんに申し上げたい決意の表明であります。社内の風通しを極力よくし、円滑なコミュニケーションによりまして人の和をはかり、自由闊達《かったつ》な建設的な空気がみなぎり、積極的な提案がどしどし行われて、皆さんの一人一人が生き甲斐《がい》を持って働けるような環境づくりに今後できうる限りの工夫努力をしていきたいと思います」

昭和四十六年は昭栄化学工業にとってまさに試練の年であった。本社ビルが阿賀野川水銀中毒事件の原告団に取り囲まれたのもこの年である。本社ビルの周辺はあたかも革命前夜のように騒然としていた、と柿崎は往時を思い起こす。昭栄化学工業の社員にとって、あれほど辛《つら》い思いをしたことはなかった。柿崎はなんともやりきれない暗鬱《あんうつ》な気持ちで、仕事に身が入らず、スランプに陥ったことを憶《おぼ》えている。

昭栄化学工業が安田・佐藤両首脳の高度な経営決断によって、上訴権放棄の方針を決めたのは九月中旬のことだ。新潟地裁の判決が出される四十六年九月二十九日の二日前、二十七日の午前十一時半、佐藤社長は東京大手町《おおてまち》の経団連ビルで記者会見し、上訴権を放棄する旨発表した。同日の各紙夕刊は一斉に一面トップでこのニュースを報じたが、M新聞は比較的冷静かつ客観的な紙面づくりを行い、次のように伝えた。

《昭栄化学工業社長、佐藤治雄氏は、判決の内容いかんにかかわらず昭栄化学工業は上訴権を放棄する、という基本的態度を明らかにした。五億二千二百万円に上る大型民事訴訟で被告側の会社が判決直前に上訴権放棄の態度を決定したことは、きわめて異例のことで、二十九日の判決が原告勝訴の場合、一審判決どおり賠償金が即時支払われることになる》

《佐藤社長が同日の記者会見で明らかにした昭栄化学工業の基本的態度は次のとおり。

一、被災者の会々長が裁判最終日に、判決を神の声として従おう、と発言したことが強く印象に残っている。気の毒な患者が厳然として存在する以上、これ以上の時間と費用をかけるべきでないというのが一般の受け取り方と思う。

一、当社は裁判で言うべきことを言い尽くしたので、判決を機会にこの問題の解決に努めるのがより高い立場からの企業の社会的責任と信ずる。判決前にこの態度を表明するのがフェアであり、誤解を招かない態度と思う。

一、率直に言って事件発生以来、当社が企業エゴから真相を歪曲《わいきょく》していると見られてきたのは遺憾だ。万一、判決でわが社の主張が入れられない場合、主張の正しさを歴史に対して訴えたい。歴史の歩みと科学の進歩が真実を照らし出してくれると信じる。したがって今後も、客観的資料を公にしたい。

一、今回の事件は公審訴訟の法律的角度から見た場合、因果関係論、故意過失論の重要なケースとなる。したがって、判決に服しても産業人の立場から公害についての法律見解を述べることは問題であり、判決確定後具体的見解を明らかにしたい》

柿崎は、その日の夕刻、会議室で手あたり次第、夕刊を読み漁《あさ》った。そして次長の佐々木和夫につっかかるように言った。

「どうして会社は上訴権を放棄しちゃったんでしょうか。わが社の主張の正しさを歴史に対して訴えたいというなら、最高裁まで争うべきじゃないんですか。納得できません。上訴権の放棄なんて敗北主義に与《くみ》したくないですよ」

佐々木は、柿崎の剣幕に気圧《けお》されたように眼をしばたたかせた。佐々木は柿崎と同じ技術屋で、六年先輩である。川崎工場で製造課長を務めたあと本社に転勤してきた。瘦《や》せぎすで長身だが、技術系の社員にありがちなぎすぎすしたところがない。眼が優しいせいだろう。佐々木は新聞をたたみながら、言葉を探すようにゆっくりと答えた。

「たしかに私も冤罪《えんざい》だと思う。しかし、きみは大分工場にいてその度合いは少なかったと思うが、昭栄の社員はこの四年間みんな世間から白い眼で見られてきた。新聞が昭栄をターゲットにしてずいぶん書き立てたからな。バッジを付けて歩けないとか、会社の封筒を隠すようにして持ち歩くとか、言うに言われぬ苦労をしている」

「素朴に考えて、三十年近くも経過して、なにもなかったのに、新潟地震の直後の三十九年八月になって突如患者が発生したということが、工場廃液で科学的に説明がつくんでしょうか。しかも工場からはるか六十キロメートルも離れた特定地域に限られているんですよ。上訴権の放棄は、世間にウチが罪を認めたとねじ曲げてとられるのが落ちですよ。それがかなわんのです」

柿崎は睨《にら》みつけんばかりに佐々木を見据えて続けた。

「役員会で、誰一人として反対する人がいなかったなんて信じられません。西本常務はどうだったんですか」

「社長がどんな気持ちで決断したか、みんなその辛い気持ちが痛いほどわかってるから、役員会はお通夜のように静かだったらしいよ」

「現実に水銀中毒で苦しんでいる患者がいることはわかります。でも患者の救済は、見舞金とか別途考えられるでしょう。しかし、新潟地裁が当社に不利な判決をしてもそれに従うなんて、おかしいと思うんです。何のために四年間も裁判で争ってきたんですか。阿賀野川の上流・下流まで何度も足を運んで、いろいろな実験をやってきた人たちの苦労はどうなるんですか」

「最高裁まで争う体力がないんだ。仮に、ウチが頑張り抜いたら、どれほど世間から指弾されるかわからない。それに裁判に費やすエネルギーは大変なものだからね。ちょっと待てよ、この議論はおかしくないか。まだ一審で敗訴と決まったわけでもないのに……」

「いわれなき迫害は受けて立つべきです」

柿崎が下唇を噛《か》んで断定的な調子で言ったとき、室長の高橋健二と上席課長の柏原実が会議室に顔を出した。

「まだ帰らんのかい」

「柿崎君の声があんまり大きいので、まさかつかみ合いになってるわけじゃないだろうな、って室長が心配してたところですよ」

室長の高橋は、三十年代の後半に、企画室の課長として大分石油化学コンビナート計画にタッチした。今は室長として、二期計画の立案に取り組んでいる。社内では論客で通っているが、鋭角的な顎《あご》の線に意志の強さはうかがえるものの、人当たりがやわらかいせいか、切れ者といった印象を与えない。

柿崎は、高橋から「企画室は、会社の進路を決する重要な機能と職務を担っている。したがって超エリート集団ということができる。きみを工場に置きっぱなしにしておくのは勿体《もったい》ないと上のほうが判断し、企画の勉強もしてもらうことになったが、われわれはほかの社員より二階級上ぐらいの気概を持って仕事に取り組んでいる。きみもそのつもりで頑張ってほしい」と、ハッパをかけられたことがある。

柏原は横浜工場から本社へ転勤してきて間もない。スッキリした顔立ちで、眼に光がある。高橋も柏原も事務屋である。工場勤務が長く、技術屋集団の中にいた柿崎は初めて事務屋と机を並べて仕事をすることになったが、事務屋にはろくなやつがおらんと頭からきめ込んでいないでもなかったので、両人に接して、けっこうましなやつもいる、と思うようになっていた。

「カキさんが、お気に召さないそうです」

佐々木がテーブルの新聞を指さして言った。

柏原が新聞を手元へ引き寄せた。

「どうして？　僕は、よくぞやってくれたという気がするなあ。大英断じゃないのか」

「なにが大英断ですか。闘わずして降参するなんて、大恥辱もいいところですよ」

柏原を見上げる柿崎の眼は、ほとんど怒りの感情をあらわにしていた。

「しかし、佐藤社長ほどの経営者がぎりぎりまで悩んで下した決断であることは事実だろう」

一年後輩の柿崎に、きめつけるように浴びせかけられて、さすがに柏原も気色ばんでいる。

「柿崎君らしいじゃないか。血が騒いで黙ってられないというわけだな」

「だいたい人ごとみたいによく冷静でいられますね」

今度は高橋が嚙みつかれる番だった。

「歴史に対して問いたいというくらいなら、裁判で決着をつけるべきだし、とことんまで頑張るべきだと思うんです。引かれ者の小唄《こうた》ととられるかもしれないし、底意地悪くその点を衝《つ》いてくる者がいないとも限らないじゃないですか」

「悔しい思いをしてるのはきみだけじゃないよ。昭栄化学の社員ならみんなそうだ。社外でも心ある人は、理解してくれるはずだ」

高橋が椅子に腰を下ろして話をつづけた。

「佐藤社長が歴史に対して問いたいという言葉を口にするのは、これが最初で最後だと思う。一度だけは言わせてください、言いたいことは山ほどあるけれど、ひとたび決断した以上は、すべてを胸に秘めて、以後沈黙を守ります、そういうことなんじゃないかな」

「沈黙する必要なんかないですよ」

柿崎は、餓鬼大将のように唇を尖《とが》らせた。

「それと、もちろんウチが犯人とは思わないが、反証を出せ、農薬説の根拠を示せと言われたって、まさか地震を起こすわけにはいかないし、とてもできない相談だ。最高裁まで頑張って、絶対勝てるという保証もない。しかも裁判を続ける限り、企業イメージはますます悪くなっていく……」

「今、室長と話してたんですが、相当な賠償を取られることになると思うのです。その分を石油化学で稼がなけりゃなりませんね」

「そうねえ。頑張らなくちゃあな」

柿崎は、佐々木が柏原の問いかけにうなずくのを、横眼でとらえながら、釈然としないと言いたげに、しきりに頭を振っている。

高橋がいとおしそうに柿崎を見遣《みや》った。

「一つの時代と解釈するほかないんだろうな。阿賀野川裁判を続ける限り、大分二期計画だって前へ進めないかもしれない。ともかくここで線を引く、ピリオドを打つことが最上の選択だとトップが判断したとしたら、それに従う以外にないと思う。いちばん辛《つら》い思いをしている人は、決断した人じゃないかな」

「カキさん、われわれは、この悔しさを仕事にぶつけるほかはなさそうだな。それと、これは一般論としての話だが、佐藤社長は産業人として公害問題をより厳しく受け止めていると思う。それはヒューマニズムといってもいい。同時に、経営者として昭栄化学工業の行く末を透徹した眼で見つめてもいる。今度の決断はやはり立派だと思うな」

ヒューマニズムという佐々木の言葉は、柿崎の胸にずしりと響いた。「元気を出せ」と佐々木に背中を叩《たた》かれて、柿崎は黙って立ち上がった。柿崎がうっすらと涙ぐんでいるのが佐々木にはわかった。

会議室から出て行く柿崎の後ろ姿を見ながら、佐々木がしみじみとした口調で言った。

「中央研究所にいる柿崎君の同期の男が阿賀野川の実験や調査に参加したので、苦労話を詳しく聞いているらしいんです。それでカキさんなりに確証を持ったんでしょうね。人一倍、負けず嫌いな男ですから、どうにもやりきれない、悔しくて悔しくてしようがないんじゃないですか」

「わかるよ……」

高橋がぽつっと答えた。

深夜、横浜の社宅へ帰るなり、「今日ぐらい早く帰っていただきたいと思ったことはありません」と、いきなり志保子にうらめしそうな顔で言われて、柿崎はめんくらった。

「どういうことだ」

「弘子が、お父さんにどうしても訊《き》きたいことがあるって、眼をこすりながら今まで頑張ってたんですけど、さすがに寝てしまいました」

「………」

「弘子が学校から泣いて帰ってきたんです」

「子供の喧嘩《けんか》に親が出たら嗤《わら》われるぞ」

「そんなことではありません。先生が社会科の時間に、昭栄化学は公害を出して悪い会社です、と言ったそうです。しかも、弘子に家へ帰ったら、先生がそう言ってたってお父さんに言いなさいって……」

志保子は涙声になっている。

柿崎は愕然《がくぜん》とした。昼間、佐々木たちと議論したばかりだったから、よけい胸がふさがった。

「せつない話だなあ。弘子、辛かったろうな。二年生の子供に話さなければならないことだろうか。心ない先生がいるものだ」

「でもこれだけ新聞に書かれてますから……先生を責められるのかどうか」

「しかし、弘子が傷ついたことはたしかだろう。俺に伝達したいなら、手紙をくれればいいじゃないか。いくらでも話してやる」

柿崎は、険しい顔で虚空を睨《にら》んでいる。

「上訴権を放棄するそうですけど、ほんとうはどうなんですか。科学技術庁の統一見解では、工場廃液が〝基盤をなしている〟と、灰色と解釈できるような言い回しでしたけど……」

「白と言い切るためには、反証を出さなければならないから困るんだ。裁判っていうのは証拠主義だからな。しかし、絶対に真犯人ではない。だから、曖昧《あいまい》にせずにほんとうは科学的な裏付けをはっきりさせるために、上告して裁判を続けたほうがいいんじゃないかという気もするが、弘子の話なんか聞くと、上訴権を放棄してよかったのかもしれないとも思えるし、俺にもどう判断していいかわからんよ。ただ、昭栄にすべてを押しつけようとする新聞の論調には我慢できない」

柿崎は、どうにもやり場のない気持ちを持てあましていた。そのへんのものを蹴飛《けと》ばすか、投げつけるかしたい、そんな感情に襲われたのである。

「私は、これでよかったと思います。ほっとした気持ちですわ。昭栄化学を見る世間の眼も変わってくるんじゃないかしら。弘子の先生がこの夕刊を読んでいたら、そんなふうには言わなかったと思うんです。悲しい思いをしているのは弘子だけじゃないでしょう。昭栄化学の社員の家族は何万人っているんですから……」

志保子はテーブルの上の新聞に眼を落として、吐息まじりに言った。

「きみは昭栄化学が真犯人だと思ってるのか」

「いいえ。でもゼロとは思えません。絶対に公害だけは出さないようにしていただきたいわ」

志保子には珍しく、きっとした顔を見せた。柿崎は、なにか言わなければと思いながら、粛然とした気持ちで言葉を呑《の》み込んだ。「大英断じゃないか」と言った柏原の整った顔が眼に浮かんだ。後年、柿崎が騒音防止や排煙脱硫などの公害防止技術の開発に力を尽くしたのは、この日の身を切り刻まれるような辛い経験に根ざしているとも考えられる。

二日後の二十九日、新潟地方裁判所は阿賀野川有機水銀中毒事件で、おおよそ次のような判決を下した。

「川魚の汚染経路について、原告側は工場廃液説、被告側は農薬説を主張しているが、原告側の立証によって、汚染源の追及がいわば企業の門前にまで到達した。そしてこのような場合、むしろ企業側において、自己の工場が汚染源になりえない所以《ゆえん》を証明しない限り、企業が汚染源であることは事実上推認されうる。

被告が、メチル水銀の生成流出を否定する鹿瀬工場のアセトアルデヒド製造装置のモデル実験は、これと本プラントとの相似性に疑問があり、そのまま証拠として採用し難く、また本件において想定されるような極微濃度のメチル水銀の魚介類への濃縮蓄積を否定する食物連鎖実験も、複雑な阿賀野川の諸条件を充《み》たしているとは認め難い。

一方、農薬説は阿賀野川の時間的汚染態様および場所的汚染態様について工場廃液説よりも、より説明しやすい現象もいくつかあるが、そのすべてを説明しえない。また塩《えん》水楔《すいけつ》現象によって河口付近を汚染するという汚染経路も可能性は認められるが、同説では阿賀野川の汚染態様と矛盾し、説明のつかない点がある。したがって工場廃液説により、法的な因果関係は立証されたものと解すべきである。

しかしながら本件は、被告の故意によるものでなく、熊本水俣病《みなまたびょう》を対岸の火災視して工場排水の危険性について検討を怠ったという点で過失に基づくものである。

賠償額は、死亡患者原則として一千万円、生存患者は症状により五段階に区分し、百万円から一千万円までとする」

昭栄化学工業の敗訴である。「農薬説は阿賀野川の時間的汚染態様および場所的汚染態様について工場廃液説よりも、より説明しやすい現象もある……」の個所で救われるものの、敗訴であることは否定しようがなかった。昭栄化学工業は潔く判決に服し、総額二億七千七百七十九万円余の賠償額を支払い、四年有余に及ぶ裁判は終わった。しかし、その後新たに補償問題が発生した。自主交渉によって解決することになり、昭栄化学工業は患者側の主張を容《い》れて、一審判決の認定額と差額補償を行うことになる。

あくる四十七年は前年に引き続き不況が深刻化し、需要の減退と製品価格の下落に悩まされた。四十七年は、会長の安田一郎が生涯を閉じた年でもある。

安田は、四十六年末から健康を害し療養に努めていたが、翌年四月に入って、病勢が進み、同月二十四日、溘焉《こうえん》として逝った。享年六十七歳。四月二十六日、東京目白台《めじろだい》の東京カテドラル聖マリア大聖堂で葬儀および告別式が行われた。五千人を超える人々が告別式に参列した。柿崎も、安田の遺影の前で合掌し、献花した。三年前、竣工式《しゅんこうしき》の前日、大分コンビナートを視察したときの安田の雄姿が眼に浮かぶ。あのとき、中央制御室で会った安田の表情は誇らかに輝いていた。

〈会長、大分石油化学コンビナートをわが国最強のコンビナートにするために、全力を尽くすことをお誓いします。どうか私に力を与えてください〉

柿崎は、微笑みかけている遺影の前で、そう祈らずにはいられなかった。

佐藤社長の弔辞に、柿崎は涙を誘われた。安田を兄事していた佐藤の思いが練り上げた弔辞に凝縮し、参列者の胸を搏《う》たずにおかなかったのである。

「終始私は安田会長と行動を共にし、補佐の任に当たって参りました。その間、会社の一栄一落、身辺の一高一低を通じて、共に喜び共に悩みつつ互いに手を携えて今日に至ったのでありまして、意思相通ずることまさに兄弟のごとしと申してよいかと存ずるのであります。その兄たるべき人を失ったのであります。

千葉県勝浦《かつうら》市に生を享《う》けられた会長は、昭和七年以来、昭栄化学工業初代社長で、岳父でもあられた森矗昶《のぶてる》氏の側近にあり、その森社長の烈々たる情熱がいかにして昭栄化学工業を生んだか、そして経営に対する血のにじむような苦悩がいかに不世出の命を縮めたかを目のあたりに学ばれました。

創立者森社長の薫陶と、自らの研鑽《けんさん》とによって〝通ずるも楽し、窮するもまた楽し〟を経営の信条とする境地に達せられ、それをもって昭栄化学工業を国際的存在たらしめんことを期し、日夜全身全霊を注がれたのであります。かくて昭栄化学工業は安田会長と成長を共にし、したがって、昭栄化学工業は会長の魂そのものだったのであります。

安田といえば昭栄化学、昭栄化学といえば安田というイメージが定着するに至ったのもこの故でありました。その精進の結実が大分石油化学コンビナートの完成であり、わが国に、石油化学工業界の一威力として稼働しつつあるのであります。昨年十二月には、当社が資本参加するニュージーランド・アルミ電解工場が完成いたしました。会長はその完成式で、同国首相を前に英語で祝賀の挨拶《あいさつ》をされましたが、それが会長の国際活動の最後を飾るものでありました。

安田会長は旺盛《おうせい》な活動力を、国家、社会、産業界のために割き、行政監理委員長代理、最高輸出会議総合部会長、その他政府関係の各種委員会に参画、さらには一般社会的、文化的な諸事業団体にも関与される等、多彩な才幹を発揮されました。晩年には懇望されて就任した会社役員数十、団体役員は経済団体連合会経済協力委員長ほか百余を数え、もってその活躍分野の広さと深さとをうかがい知ることができるのであります。この間、国際的にも外遊六十回に及び、世界各地に知己を得て国際人〝ミスター・ヤスダ〟の名を高からしめました」

昭和四十六年十一月、昭栄化学工業の専務に昇進していた西本康之は、不況の真っ只《ただ》中《なか》で子会社昭栄油化の社長を兼務し、昭栄グループの石油化学事業部門のリーダーとして指揮をとっていた。

昭栄油化は、昭栄化学工業と米国フィリップス・ペトロリューム社の合弁企業である。昭栄化学工業は、石油化学工業の中核部門に進出するために、外資の力を借りなければならなかったということができるが、問題は、大分二期計画を推進するに際して、再びフィリップスとパートナーを組むべきか否かであった。

西本は、昭栄油化社長就任時に社内報で《大分の合理化は大変進んでいると従来言われておりました。しかし、これはひとりよがりだったようです。この際、徹底的に人を減らすことを考えてください。理想ばかり並べていたのでは、企業は生き残れません。この際、なりふりかまわず当面をしのぐということに徹し切ってほしいと思います。大分コンビナートは、将来、昭栄化学工業の最も頼りになる工場になるということを私は信じております。残念ながら今は昭栄化学工業のお世話になっているが、昭栄化学工業を支えるという時代を迎えるために、奮闘をお願いします》と、社員の奮起を促したが、これを読んだとき、柿崎は頭から冷水を浴びせかけられたような気がした。

同時に、西本の気魄《きはく》に圧倒される思いもした。しかも、西本は、佐藤から石油化学事業部門を任されたとき、昭栄油化の社員を親会社からの出向扱いにせず、昭栄化学工業を退職して背水の陣で臨みたい、私も、昭栄化学工業の専務を辞任する、と申し出たのである。

西本の提案は、佐藤に「お気持ちだけいただいておく」とやんわり拒否されたが、西本の昭栄油化再建に取り組む姿勢には迫力があった。西本は昭栄油化の営業部門に仕切り価格制度を導入し、課単位で責任利益額を算出して、営業活動の責任達成の目標を設定した。仕切り価格制度は、理論的工場原価すなわち仕切り価格を製品ごとに定め、営業部門に原価意識を持たせる点に狙いがあったといえる。

もう一つ、柿崎をして瞠目《どうもく》させずにおかなかったのは、合成ゴム事業から事実上撤退したことだ。

高橋がそのプランを出したとき柿崎は反対した。かつて大分石油化学コンビナートで、合成ゴム「スチレン・ブタジエン・ラバー」設備の建設にかかわった仲間や、現実に製造に従事している同僚の顔が柿崎の頭の中をよぎった。

「技術屋さんの趣味やロマンだけで、事業をやるわけにはいかんのです。要は、利益《プロフィット》が出るかどうかでしょう。同業他社の規模を見ると、日合ゴムは四十万トン、日本ジオンは二十万トン、旭化学は十万トン。それに対して、昭栄は一桁《ひとけた》のわずか二万トンにすぎません。量産効果の彼我の差はあまりにも大きい。技術力、販売力も劣っている……」

「合成ゴム・プラントが四十四年に操業してからまだ三年ですよ。技術改良も進んでいるし、当社の独自性、特殊性はこれからもっともっと出せるはずです。せめてもう二年頑張ったらどうですか」

柏原と柿崎は激しくやり合った。

「室長がいつも言ってるように、ファクト、つまり事実、実態を冷静に見極めて、分析してもらいたいなあ。増産効果を出すために増設したくても当社には販売力がないんです。だったら、同業他社に支援を仰いだっていいじゃないですか」

「諦《あきら》めるのはまだ早いですよ。刀折れ矢尽きた状態とはとっても思えませんがね」

「刀折れ矢尽きてからでは遅いんです。今なら、転回できる」

「結論を急ぎすぎますよ」

「柿崎君、やっぱり潮時だと思うよ。合成ゴム事業を完結するには、ウチは力量不足だよ」

佐々木までが悲観的な意見を述べ、結局、西本専務の判断を仰ぐことになった。西本専務なら俺の気持ちがわかってくれるはずだ、と柿崎は密《ひそ》かに差し戻されることを期待したが、期待は見事に裏切られたのである。

西本は、高橋の説明を聞くと、その場でOKを出し、さっそく佐藤社長に進言し、経営会議に諮《はか》って、佐藤が行動を起こすまでわずか一週間というスピードぶりであった。

トップ会社の日合ゴムには断られたが、旭化学の宮原社長は佐藤社長の申し入れを快諾し、両社の事務局間で具体案を煮詰め、合成ゴム事業部門を分離して、旭化学七五パーセント、昭栄化学二五パーセントの出資比率による共同会社で運営することに決まったのは、四十七年八月、プランニング後、約二か月で結論が出されたことになる。

「西本専務は人情家だが、浪花節《なにわぶし》的なところはまったくない。佐藤社長直伝の合理主義者であることがわかったろう」と、佐々木に言われたが、柿崎は、その後新会社に継承された合成ゴム事業が短期間に旭化学の技術力と販売力でよみがえり、黒字化した事実を突きつけられては、黙って脱帽するほかはなかった。

技術屋にはすごいのがゴロゴロしている。それは、川崎、大分両工場の経験を通じて柿崎は実感できる。それにひきかえ事務屋は層が薄いと見ていたのは、思い過ごしであった。柿崎は、高橋や柏原と一緒に仕事をしていて、それが独り善がりであることに思いを至さないわけにはいかなかった。事務屋にもすごいのがいる……。

四十七年秋以降の過剰流動性インフレーション、四十八年十月の第一次オイル・ショックによる全般的な物不足状況など予期せざる側面はあったにせよ、こうした企業努力によって昭栄油化の業績は著しく好転し、大分二期計画へ向けて大いに意気が上がっていた。

2

柿崎が自席で風呂敷《ふろしき》包《づつ》みをほどいて、書類を取り出しているところへ、会議室から高橋たちが出てきた。佐々木が柿崎を認めて細い眼を見開いた。

「なんだ、直接家へ帰ったんじゃなかったのか」

「はい。今日付で大分建設本部が発足したと聞いたものですから、ちょっと気になって……」

「カキさんらしいな。まだ、ペーパーカンパニーみたいなもので、昭栄化学グループは二期計画をやりますよって世間に決意を表明したにすぎないよ」

「しかし、工場のほうは張り切ってますよ。県も市も歓迎ムードです。阿賀野川事件に対する上訴権放棄の重みが今ごろになってわかりかけてきたような気がします。ウチが高裁に上告していたら、自治体の姿勢はもっとシビアで、地元のコンセンサスが得られたかどうか。二年前、室長から、阿賀野川の補償金ぐらい石油化学で稼ごうと言われましたし、次長からは阿賀野川の悔しさは仕事にぶつけようと言われたのを憶《おぼ》えてますが、あのときは若気の至りでした」

柿崎は顔をしかめて、手の甲で額をこすった。照れたときに柿崎が見せるポーズである。

「どうもピンとこないぞ。カキさんにそんなふうに殊勝な態度を見せられると、このへんがくすぐったくなってくる……」

佐々木は左手で脇腹をさすりながらつづけた。

「カキさんはあくまで強気の人でいいんだ。ねえ室長」

佐々木は笑いながら背後の室長席を振り返った。高橋が小刻みにうなずいている。柿崎は一層、激しく額のあたりをこすった。

高橋が特徴のあるくりっとした眼をなごませて、室長席から立って柿崎のデスクのそばまでやってきた。

「だいぶ大分で歓迎されたとみえるな？」

「ええ。大分高専の卒業生の連中が一席設けてくれたんです。ふぐ刺しとふぐちりをご馳走《ちそう》になりました。美味《おい》しかったです」

「大分へ行けば、ちょっとした名士だね。二期の建設でも大分へ行く気はあるのかい」

「もちろんそのつもりです。二期計画が固まったら、すぐにでも行かせてもらいたいですね。ただし、建設が終わっても工場にポストを用意してください。大分に骨を埋《うず》める気でいるんですから」

佐々木が調子の外れた声で訊《き》いた。

「きみ、本気か」

「ええ。どうしてですか？」

「〝大分で二度泣く〟っていうのはほんとうなのかねえ」

「次長も一度転勤したらわかりますよ。大分で二度泣くとはよく言ったもんです。一度大分で暮らした者なら、みんな行きたがってるんじゃないですか」

柿崎はいたずらっぽく相好をくずした。

柿崎たちのやりとりを聞いていた飯岡隆が末席から、大声を放った。

「僕は大分なんて転勤する気はないですよ。とくに柿崎課長が行くんでしたら、大分以外の工場にしてください。課長から一期計画でさんざんしごかれた先輩の話を聞いてますから」

うか」

「こら、心にもないことを言うな。逆効果を狙って、ちゃっかり売り込んでるのとちがうか」

柿崎にやり返された飯岡は、悪さを見とがめられた幼児のように首をすぼめてぺろっと舌を出した。飯岡は四十五年の入社で、大学は柿崎の後輩に当たる。年のわりには上下の関係なく、遠慮なしにものを言う男だ。小柄で、きりっとした顔が印象的である。

「しかし、〝大分で二度泣く〟なんて誰が言いだしたのか知りませんけど、なんだかひっかけくさいですね。われわれの気持ちをそそるために、柿崎課長あたりが考えたフレーズじゃないんですか」

「へらず口はそのぐらいにしておけ。飯岡は必ず二度泣かせてやるからな。室長、頼みますよ」

柿崎は視線を飯岡から高橋に移しながら、冗談ともつかずに言った。〝大分で二度泣く〟とは、一度目は九州くんだりまで転勤させられて家族ともども泣かされるが、住んでみると気候は温暖だし、魚はうまい、物価は安いのいいことずくめで、大分勤務を解かれた者が離れたくないといって泣くという意味である。

「冗談はともかく、建設本部長は一期計画と同じですか」

「そうだよ」

高橋が柿崎の質問に答えると、柿崎はかすかに眉《まゆ》をひそめた。

「やっぱりそうなんですか」

「不服そうだねえ。西本専務じゃいけないか」

「ちょっと仕事の抱えすぎじゃないですか。学生時代に水泳で鍛えてるらしいから、頑健そのもので落とそうが叩《たた》こうが、ちょっとやそっとじゃ毀《こわ》れないと思いますけど、それにしても一人何役になるんですか。機械じゃあるまいし、エースはもっといたわってあげなくちゃあ。温存しろとは敢《あ》えて言いませんけど」

「一人何役はここにもいるじゃないか」

机を並べている柏原が椅子ごと躰《からだ》を寄せてきて、柿崎の背中を叩いた。

「僕なんか比較の対象になりませんよ」

「いや、きみも相当なもんだよ。西本さんのことを心配するより糖尿のほうは大丈夫なのか」

「ええ」

柿崎は間髪を入れずに答えたが、ここのところ体重が多少減っていた。夜中に喉《のど》が渇いて、眼を覚ますこともしばしばある。思い煩いだしたらきりがないので、気にしないことにしているが、一度受診の必要があるかもしれないと考えないでもなかった。

しかし、柿崎は白い歯を見せて言った。

「一期計画のアトモスフィアを再現できるなんて、ぞくぞくしてきますよ」

「今からそんなに入れ込んでいたら、とても躰がもたんぞ。だいいち、きみには企画の仕事をがっちりやってもらう。大分へ行ってもらうつもりはないよ」

「室長、冗談はよしてくださいよ」

「いや。冗談ではない。西本専務は、きみを現場へ出すと走りだすから当分本社へ置いておけ、と言っている」

真顔で言いながらも、佐々木と見合わせた高橋の眼が笑っている。それに気づかぬ柿崎がむきになった。

「それはないでしょう。二期の増設でコンピュータ計画は誰がやるんですか」

「人材はいくらでもいるよ」

「ちょっと待ってください。そりゃあ、ほかにもたくさんいるかもしれませんが、これだけは僕にやらせてもらいますよ。実は新しいアイデアがいっぱいあるんです」

「コンピュータの鬼だな」

にやにやしながら部屋から出て行く高橋を柿崎の声が追いかけた。

「室長、西本専務に直訴しますからね」

冗談ではない、と柿崎は本気で思った。一期計画の貴重な経験を生かして、二期計画で「エチレン・プラント・インフォメーション・コントロール・システム」の決定版を完成させたいというのが柿崎の念願であった。柿崎が折に触れて技術部に出入りし、後輩の計装関係の技術者と接触し、いろいろアドバイスを与えているのは後日を期しているからにほかならない。だいたい俺には本社の水は合わない。現場向きにできているのだ、と柿崎は思っている。むすっとした顔で考え込んでいる柿崎に佐々木が言った。

「室長の話は冗談だよ。余人をもって代えがたいぐらいのことは室長もわかってるさ。ただな、二期計画がスタートできるまでに一年や二年はかかるとみなければならんだろう。いろいろなネックを一つ一つ丁寧につぶしていかなければならない。まさか建設本部ができたら、すぐ着工できるなんて考えてるとは思わないが、パートナーのフィリップスが二期計画についてどう考えているか。フィリップスとの意見調整だけでも大変な時間を要する。現に室長は、今、フィリップスと接触して懸命にサウンドしているところじゃないか」

「この先、まだ一年も二年もかかるんですかね」

「何を言ってるんだ。企画室は五年前、きみらが一期計画の建設の最中に、二期計画へのアプローチを始めてるよ。大分の二期計画は昭栄化学にとって百年の大計ともいうべき大事業だから、十年単位でとらえるべき性質のものだ。私は、主として原料問題を見るように言われているが、きみにも手伝ってもらいたいな。せいぜい、ここが錆《さ》びつかんようにコンピュータの勉強も続けたらいいじゃないか」

柿崎は佐々木に右の上膊《じょうはく》をぎゅっと摑《つか》まれて、左手で後頭部を叩きながら、

「ここでしょう」

と、やり返した。

「やっと安心したみたいだな」

佐々木は背後のロッカーからコートを取り出し、長身をひるがえして部屋から出て行

った。

3

昭栄化学工業がエチレン三十万トン設備を中心とする大分石油化学コンビナートの二期計画を推進するためには、パートナーである米国フィリップス社の協力が不可欠であった。

フィリップスは、石油化学の生産部門である昭栄油化に四〇パーセントの出資率で資本参加するとともに昭栄化学工業の株式二千九百万株（約三・五パーセント）を取得、一期計画の所要資金三百億円のうち百億円はフィリップス社の保証によって米国の金融機関から調達した。

だが、一期計画では昭栄化学工業に対して全幅の信頼を寄せ、協力を惜しまなかったフィリップス社も、二期計画では消極的な態度を示しはじめていた。パートナーのフィリップス社が同意しない限り大分二期計画の実現はありえない。何故なら昭栄化学とフィリップス社の株主間協定で、出資比率に応じて資金調達が義務づけられていたからだ。

大分建設本部の発足とともにフィリップス社との本格的な折衝が開始されたが、フィリップス社の投資戦略が北海の油田開発に比重がかかっていることも手伝って、対日投資にきわめて消極的であった。それどころか、フィリップス社は二期計画に正面切って反対したのである。

昭栄化学工業の大分二期計画は完全に行き詰まった。大分石油化学コンビナートは二期計画を実現して初めて完結する。これを放棄することはジリ貧であり、コスト競争力の低下によって、エチレンセンターとして脱落することを意味する。フィリップスに翻意を迫る以外に手はない。そのためには、フィリップス原油の日本のマーケットへの売り込みをバックアップするなど、反対給付を具体的に提示する必要があるというのが四十八年十二月時点の昭栄化学工業の基本的な考え方であった。

ところが佐藤社長は、フィリップスと資本提携関係を解消することも考えてはどうか、と経営会議で発言し、居並ぶ役員を驚かせたのである。

説明要員として経営会議に出席していた高橋は、あっと声を洩《も》らしそうになった。高橋は二年前の四十六年七月に、「トップが技術畑出身のキーラーから財務畑出身のマーチンに交代したこともあって、フィリップスの日本への投資に対する態度に微妙な変化が見られる」と発言し、当時の情勢を的確に分析したレポートをその時点で経営会議に提出している。その先見性なり予見性はさすが、ということになるが、その高橋にしてフィリップスと訣別《けつべつ》することなど思いもよらないことであった。ことがらの重大性というより佐藤の発言が突飛すぎて、一瞬、会議室は水を打ったように静まり返ったが、張り詰めていた空気が弛緩《しかん》し、すぐにざわざわしはじめた。

「まさかねえ」「いくらなんでもフィリップスは了承しないだろう」「無理な相談です

よ」

役員たちは口々に言って、顔を見合わせている。

佐藤にとって役員の反応は予想外のものだったとみえ、声がいくらか苛立《いらだ》った。

「あなた方、一方的に思い込む必要はありませんよ。交渉してみなければわからないじゃないですか。欧米流の経済合理性というものをもう少し勉強してください。フィリップスが油田の開発で資金需要が増えている事情を考えれば、渡りに舟ということかもしれませんよ。西本さん、どう思いますか」

腕組みして考え込んでいた西本は、出し抜けに意見を求められて咄嗟《とっさ》の返事に窮し、五秒ほど間を置いたが、意を決したように面を上げた。

「正直に申し上げて、見当がつきません。そういう発想は思いもよりませんでした。しかし、大変難しい交渉になると思いますが、やってみる価値はあると思います」

「窮すれば通ずです。私はもともと物事を悲観的に考えるのは嫌いなほうですが、この交渉はスムーズに運ぶような気がしますよ」

佐藤はゆっくり一同を見回しながら、自信ありげに言った。

年が替わった四十九年三月の中旬に、佐藤は、西本、高橋、渉外室長の増山の三人を従えて米国オクラホマ市のフィリップス本社へ乗り込み、マーチン会長らフィリップス社首脳と交渉、資本提携解消の線で合意する。あとは条件をどう詰めるかの問題であった。

米国から帰国した高橋から、フィリップス社が資本提携関係の解消に基本的に同意したと聞かされたとき、柿崎は、担がれているのではないかと思った。昭栄化学工業が石油化学事業で利益を出すのはこれからで、現実に子会社、昭栄油化の四十八年の好決算を見れば投資マインドが刺激されて当然ではないか、昭栄側の申し出をフィリップスが受け入れるとは考えられないと柿崎は思っていたのである。

「きみが信じられないと思うのも無理からぬことだ。社長に、交渉してみなければわからないじゃないかと言われたとき私も首をかしげたが、この三年間、フィリップスの東京事務所の連中と接触して、北海油田に相当深入りしていることがわかった。あるいは財政的にも逼迫《ひっぱく》しているのかもしれない。だとすれば、提携の解消について両社の利害は一致するわけだから、ひょっとすると、という気がしないでもなかった。まさか、こうもあっさりOKを出してくるとは思わなかった」

「三年前、室長は、フィリップスの対日投資態度が微妙に変化していると言ってましたねえ。北海の油田開発に対する投資に比べて評価が低いということでしたが、いま現在でも同じ見方をしてるとしたら、オクラホマの連中は情報不足なんじゃないですか」

「条件交渉はこれからだから、終わってみなければなんとも言えないが、日本人だったら資本提携の解消ともなればいじいじしちゃうところなんだろうけれど、ドライに割り切るところは欧米の流儀なんだろうね。社長はその点をきちっと見ていたようだが、恐れ入ったよな。われわれ凡愚には、こういう発想はできないものな」

「ええ、私もびっくりしました。こんなに早くフリーハンドが得られるなんて、考えてみたら夢のようですね」

「まったくねえ」

高橋は感慨深げに引っ張った声で言った。

「しかし、安心するのはまだ早いんじゃないですか。条件交渉の段階で、決裂なんてことにならないとも限りませんよ」

「こら、縁起でもないことを言うな」

高橋はかるく柿崎を睨《にら》んだ。

4

佐藤治雄がマーチン会長との二度目の交渉でニューヨーク入りしたのは、昭和四十九年五月十三日の午後四時過ぎのことだ。カナダのトロントで開催されたアルミニウムの国際会議に出席し、その足でニューヨークへ回ったのだが、東京から直接ニューヨークへやって来た高橋健二とセントラル・パークにほど近いピエール・エセックス・ホテルのロビーで落ち合った。

佐藤は英語を話せるが、交渉事には必ず同時通訳の資格を持つ増山を帯同する。今回のカナダ、米国旅行にも増山が同行していた。

昭栄化学工業とフィリップスの資本提携の解消に関する事務局間の交渉は、両社の主張に懸隔がありすぎて暗礁に乗り上げ、トップ会談で局面を打開する以外に途《みち》は残されていなかった。フィリップスのほうからニューヨークでトップ会談を持ちたいと提案してきたのである。ピエール・エセックス・ホテルから車で約十五分ほどのところにあるウォルドルフ・アストリア・ホテルに佐藤、高橋、増山の三人が到着したのは、四十九年五月十四日午前八時四十分のことである。

この日のトップ会談で交渉がまとまらなければ、大分二期計画は断念せざるをえないのだろうか、なんとしても……そう思うと高橋は気持ちが高ぶってほとんど眠れなかったし、朝食も満足に喉《のど》を通らなかった。

随員の俺がこうだから、交渉の当事者で経営の全責任を負っている社長は一睡もできなかったのではあるまいか、と高橋は佐藤に同情した。

「社長、おやすみになれましたか」

朝食のとき高橋が訊《き》くと、

「五時に眼が覚めましたが、五時間は熟睡してますからまあまあです」

と、佐藤は答え、高橋をして頼もしがらせるに十分だった。佐藤たち三人がフィリップス側で用意した二十階のスイートルームのテーブルに着いたのは、九時五分前である。フィリップス側は、マーチン会長、ジョンストン副社長、プレスネル担当部長、フィリップス・ジャパンの小野社長の四人で、九時きっかりに交渉が始まった。

　昭栄化学とフィリップスの合弁企業である昭栄油化の株式をどう評価するかで、まず佐藤が意見を述べ、評価の基礎を過去の収益率などに照らして整然と説明した。増山がメモをとりながら、一語一語区切るように通訳する。話にならんとでもいうように、マーチンが首を振っている。

　マーチンが赭《あか》ら顔を一層赤くし、早口にまくし立てた。今度は佐藤が首を振る番だった。マーチンは、昭栄油化の株価は額面の四倍が妥当だと主張し、佐藤との間に二倍近い差が生じていたのである。

「三月の会議では、あなたはそうは言っていなかった。食言である。ディスカードではないか」

　佐藤がテーブルを叩《たた》いて声を励まして迫ると、マーチンは、「そんな発言をした記憶はない。ミスター・マスヤマの誤訳ではないのか」とやり返し、言った言わぬで三十分近く激しく渡り合う場面もあった。

　テーブルの中央で向かい合う佐藤、マーチン両トップのみがフットライトを浴びているように、両人以外に発言する者はなく、いずれもうつむきかげんにメモをとっている。

　両人はしばし無言でまっすぐ見つめ合ったまま微動だにしなかった。高橋は喉が渇いて仕方がなかったが、席を立つわけにもいかず、中身があるはずもないコーヒーカップに手を伸ばし、そのままま元へ戻さねばならなかった。コーヒーカップが受け皿に触れ合う音がとんでもなく大きく聞こえた。息苦しいほどの静寂の中で高橋はそっとネクタイをゆるめた。

昼食抜きで午後一時まで交渉は続けられたが、妥協点は見出《みいだ》せそうもなかった。一時過ぎにマーチンが内部協議のため二十分の休憩を求め、再びテーブルに着いたのは一時三十分で、三時近くになって佐藤が二度目の譲歩を行い、マーチンが不承不承OKし、株式の譲渡価格は額面の三倍、総額五千三百万ドルで交渉が成立した。そして支払い条件についても合意が得られ、いよいよフィリップス保有の昭栄化学株式二千九百万株の売却問題に移った。

「昭栄株式の換金はできるだけ急ぎたいと思っているが、一挙に市場に放出すれば株価は下がるので面白くない。さりとて小出しにしていたのでは、いつになったら処分し終わるかわからない。ミスター・サトウになにかいい考えがあればお聞きしたい」

マーチンは時計に眼を落としながら、うんざりした口調で言った。さすがに疲労の色を濃くし、眼のまわりが黝《くろ》ずんでいる。この先、何時間話せばいいのだ、と言いたげに、佐藤の顔にうらめしげな視線を投げていた。次の瞬間、マーチンの表情が生気を取り戻して輝いた。思いがけぬ返事が増山の口からこぼれたのである。

「一週間後にニューヨークで全株現金でお引き取りします。価格は本日の東京市場の株価をベースとします」

増山は、佐藤のその発言を正確に訳して伝えた。

「オウッ」

間投詞が向かい側の男たちの口をついて出た。

「社長！」

高橋が思わず大きな声を出して、佐藤を見た。事情を聞かされていない高橋は、佐藤がなにか勘違いをしているのではないか、と思ったのである。

佐藤はかるく左手を挙げて、高橋を制した。その横顔が笑っている。佐藤がニューヨークで初めて見せた晴れ晴れとした笑顔であった。マーチンが立ち上がったので、つられてフィリップス側の三人が起立した。

「それで満足です。ありがとう」

「こちらこそ。長い間お世話になりました。あなた方の友情は忘れません」

佐藤も起立して、マーチンの差し出した手を固く握り返した。全員が握手し合って、口々に交渉の成果を讃《たた》えた。高橋は夢を見ているような気がした。いや、名優が演じる沙翁《さおう》劇を見ていたのかもしれない。最前までの険悪ともとれる激しい言葉の投げ合いが信じられぬほど、あまりにも劇的な幕切れだった。

高橋はトップ会談に同席し、メモをとっていたにすぎないが、七時間に及ぶ難交渉をまるで自分がまとめ上げ、精も根も使い果たし、躰中《からだじゅう》の脂を抜かれてしまったような疲労を覚えた。それにしても、東京市場の株価で、株を引き取れるのだろうか……。

ウォルドルフ・アストリア・ホテルから宿泊先のピエール・エセックス・ホテルへ帰る車の中で、佐藤がタネ明かしをした。

「二千九百万株の株式は、ちゃんと嵌《は》め込み先を決めてあるんですよ」

ことともなげに言いながらも、佐藤は高橋の驚愕《きょうがく》ぶりを楽しむように、ゆっくりと続けた。

「この一か月ほどの間、銀行、損保、生保、証券会社をずいぶん歩きましたからね。あなた方がフィリップスとの交渉で苦労しているのを承知してましたから、お手伝いさせてもらったんです。西本専務から聞いてませんでしたか」

「いいえ」

「そうですか。副社長と両専務には話してあるんですよ。企画室長の耳にも入っていないとは、箝口令《かんこうれい》が厳しく守られていたことになりますね」

「しかし、それならなぜ二つの問題を抱き合わせて交渉なさらなかったのですか。フィリップスにとってあれだけの好条件を先に提示していたら、昭栄油化の株価をめぐって、あれほど揉《も》めることはなかったと思うのですが……」

高橋は抗議する口調になった。トップ・シークレットだから、自分の耳に入らなかったことは仕方がないとしても、交渉のテクニックがまるで拙劣ではないか、と言いたかったのである。

「私は難しい問題から先に片づけ、やさしい交渉は後回しにする主義なんです」

佐藤は上体を高橋のほうへねじって言った。

「はあっ？」

高橋は反問したが、佐藤は眼もとをなごませ、静かな笑みを浮かべているだけだった。

ホテルの玄関に車が横づけされたとき、佐藤が言った。

「このまま私の部屋へ来てください。三人とも心配してるでしょうから東京へ電話をかけておきましょう」

西本康之がニューヨークからの国際電話を川崎・東古市場《ひがしふるいちば》の自宅で受けたのは、五月十五日午前五時四十分のことだ。西本は、妻の由美子を制して寝床を離れた。時間が時間だけに、西本の顔色は変わっていた。寝室から玄関に通じる廊下で電話は鳴り続けている。工場の災害、事故でなければいいが、と祈るような気持ちで西本は受話器を取った。

「ニューヨークからです。おつなぎしますからそのままお待ちください」

交換手の声を聞いてひとまずほっとしたものの、瞬間的に、フィリップス社とのトップ交渉が決裂したのではないか、と西本は不安になった。

「もしもし……」

高橋の声だった。

西本の急《せ》き込むような声が高くなった。

「どうしたの？」

「今、交渉が終わってホテルへ戻ってきたところです。専務が心配しているでしょうから、さっそく電話を入れようと社長が言われたものですから。社長に代わります」

佐藤の声が聞こえた。

「びっくりさせて申し訳ありません。そちらは早朝だから、どうかなと思ったのですが、善は急げです。大変難しい交渉でしたが、今、やっとまとまったところです。マーチン会長も強硬で、はじめはどうなることかと思いましたが、終わってみると、双方譲歩し合って、まああのところへ収まったんじゃないですか。さすがに疲れました。一年分まとめて仕事をしたような気がしますよ」

「ご苦労さまです。それで、株式の譲渡価格は……」

佐藤は西本の質問が聞き取れなかったのか、交渉経過を話しはじめた。冒頭、マーチンが提示した条件に対して、佐藤がどう回答し、双方にどんなやりとりがあったか、そして、交渉がいかに煮詰まっていったかを……。

「どうです？　合格点がもらえますか」

難交渉をまとめた直後の快い興奮が、受話器を耳に押し当てている西本にも伝わってくる。

「よくぞ……」

西本は絶句した。これで、二期計画へのフリーハンドを確実に掌中にすることができたと思うと、喜びが身内に広がってくる。声を押し出そうとするのだが、適当な言葉が咄嗟《とっさ》に出てこなかった。

「大山副社長と森田専務には電話しますが、石油化学事業本部の関係者には伝えておいてください。みんな心配してるでしょうから……」

「はい。それで、やはり昭栄化学の株の引き取り問題が切り札になったんでしょうか」

「いや、今も企画室長からお叱りを受けたところですが、最後に出しました。当社に対するフィリップスの永年の協力を多として、感謝の気持ちを込めたつもりです。初めに出したのではフィリップスのほうの有難味が違うでしょう」

「よくわかりました。ほんとうにご苦労さまでした」

電話が切れてからも、西本はしばらく立ち尽くしていた。

高橋は、佐藤が受話器を置いてこっちを振り返り、笑顔を向けてきたとき、ソファから腰を上げて深々と低頭した。とてもこの人にはかなわない、手も足も出ない、そんな気持ちだった。

5

企画室の大部屋に西本が現れたのは、その日の昼前である。空席の室長席に腰を下ろすなり、にこにこ顔で大声を放った。

「きみたち、忙しそうだが、ちょっといいかい。良い話があるんだ」

「何ですか」

すぐ隣の佐々木が椅子を西本のほうへ寄せた。佐々木は察しがついていた。七時過ぎにニューヨークの高橋から自宅に電話がかかったのだ。「一人ぐらい俺の口から誰かに伝えたかったんだ」と言う高橋の弾んだ声がまだ聞こえてくるようだった。柏原や柿崎に話したくてうずうずしていたのだが、昼食にでも誘って、と思っているうちに西本が現れたのである。話さなくてよかった、と佐々木は思った。

「柏原君と柿崎君もちょっと……」

佐々木に手招きされて、柿崎と柏原が席を立ってきた。

「外部へリークされると困るが、フィリップスとの交渉がまとまったよ。今朝早く社長から電話をもらったばかりだ。どうだ、ビッグニュースだろう」

「やったなあ」

柿崎は思わずつぶやいてしまい、急いで口を押えた。

「うむ、そうだ。やったんだ」

西本が柿崎を見上げて、こっくりした。

「二期計画の幕開けですね」

佐々木の声がうわずっている。

「フリーハンドを持ったことは素晴らしいことですが、自己責任も大変ですね」

いつも冷静さを失わない柏原らしく、醒《さ》めた言い方をして表情を引き締めた。

「そのとおりだ……」

西本は手短に交渉の経過と条件を話して、退室した。

「大変なハードネゴだったらしいよ。アメリカではタフ・ネゴシエーションと言うらしい。七時間近くかかったそうだ」

佐々木が、高橋の話を二人に伝えた。

「勇将の下に弱卒なしといわれるようにしたいですね」

柿崎が感慨を込めて言うと、「われわれはトップに恵まれたね」と、柏原が応じ、「財界理論派なんてとんでもない。ジャーナリストが勝手に貼ったレッテルで、行動派と言ってもらいたいな」と、佐々木が締めくくった。

あくる日、五月十六日の夜九時過ぎに佐藤治雄社長一行が米国から帰国した。柿崎は企画室の若い連中と会社の近くの焼鳥屋で焼酎《しょうちゅう》を飲みながら時間をつぶし、とつおいつしたあげく、結局、羽田空港へ一行を出迎えた。驚いたことに、佐々木も来ていた。

「なんだ、きみも来てたのか」

「はあ」

申し訳なさそうに、柿崎が頭を掻《か》いている。

「今日は特別だよな。柏原まで来てるんだから……」

佐々木はあたりに眼を遣《や》って、柏原を探したが、

「あれっ！」

と、頓狂《とんきょう》な声を上げた。

「西本専務が見えてるよ。驚いたな」

昭栄化学工業では社長に限らず、役員の海外出張の送迎には通常、車の手配をする関係で秘書室から一人空港へ出向くだけだったから、国際線の到着ロビーで突如、拍手が

沸き起こったとき、それが自分たちに向けられたものとはつゆ知らず同じフライトに有名人でも乗り合わせたのだろうか、と佐藤、高橋、増山の三人はきょろきょろあたりを見回している。出迎え人は、十数人もいたのである。

「社長！　ご苦労さまでした」

西本の声で拍手の嵐が一段と高まり、たちまち三人を取り囲むような形で輪ができた。

佐藤と西本が握手を交わした。

「お疲れさまです」

「ありがとう。わざわざ出迎えに来てくれたんですか」

「強制したつもりはないんですがね。私はみんなを出し抜いたつもりだったのですが……」

「そうですか。皆さんに喜んでもらえたらしいですね。おかげさまで、うまく運びました。皆さん、ありがとう」

佐藤は、一人一人にうなずき返すように、ゆっくりと一同を見回した。柿崎は、輪の外から熱い眼差《まなざ》しを佐藤に注いでいた。佐藤の光をたたえた瞳《ひとみ》がまたたき、じっと柿崎を見返した。

「今日から昭栄化学工業の新しい歴史が始まると、私は思っています。いわば、積極的な経営を打ち出せる路線を敷いたということができ、名実ともに一流の化学工業に脱皮できるチャンスを自らの手で摑《つか》むことができました。しかし、平坦《へいたん》な道ばかりではないと思います。いや、険しいと考えなければならないでしょう。しかし、昭栄化学工業の百年の大計のために、私は敢《あ》えて苦難の道を選択しました。二期計画は、石にかじりついてもやり遂げなければなりません。私も力の及ぶ限り頑張ります。皆さんもどうか全力で取り組んでいただきたい」

再び拍手が沸き起こった。

まさに二期計画へ向けて苦難の道が始まったのである。

6

九月中旬にしては、いやに蒸し暑い夜だった。西本康之が帰宅のため専用車を本社ビルの玄関前に待たせたのは午後七時過ぎである。

西本が車に納まって何げなく別館ビルのほうを振り向くと、七階のあたりが明るかった。建設本部の連中がまだ仕事をしているのだろうか、と思った瞬間西本は気が変わった。

「ヤボ用を思い出した。申し訳ないが、一時間ほど後にしてください」

「承知しました。車庫でお待ちしてます」

律義な運転手が慌ててドアを開けるために外へ回ろうとするのを押しとどめて、西本は車を降りた。

西本が脱いだ背広を担ぐような恰好《かっこう》で蛍光灯の点《つ》いている七階の建設本部を覗《のぞ》くと、

部屋の中はからっぽだったが、奥の会議室から大きな話し声が聞こえてくる。

「要は最強のコンビナートをつくることだろう……」

その声が柿崎仁のものであることは明瞭《めいりょう》だった。西本が会議室のドアをノックすると、見なれぬ若い社員の顔が覗いた。

「会議中に悪かったかな」

柿崎を含めた室内の三人がいっせいに立ち上がって、西本に会釈した。

「遅くまで頑張るなあ」

「いや、雑談です。そろそろ帰ろうかと思ってました」

柿崎が答え、テーブルの上を片づけはじめた。テーブルいっぱいに図面や書類が広がっている。とても雑談という雰囲気ではない。

「そうか。じゃあ一杯つきあわないか」

「ありがとうございます。なにか腹に入れようかと考えてたところでした」

「焼鳥で一杯というのはどうだ」

「いいですねえ」

柿崎は嬉《うれ》しそうに答えて席へ戻り、帰り支度を急いだ。十分ほどして、会議室で待っている西本のところへ柿崎が現れた。

「専務、お待たせしました」

「よし、行こうか。きみだけかい？」

西本は立ち上がった。

「ええ、ずいぶん勧めたのですが二人とも気づまりらしくて……」

「敬遠されたというわけか」

「さあ。ご存じと思いますが、二人とも大分工場の技術部の者です。あの連中は三百五十トンの大型ボイラーを三基も新設しなければ、コンビナートの安全運転に支障をきたすみたいに考えているので、そんな必要はないと教育してたところです」

「しかし、ノン・ボイラーでいけると思うか。三基はともかく、ちょっときついんじゃないかね」

西本は、柿崎の話に引きずり込まれて、椅子に腰を下ろした。柿崎が西本の隣席に坐《すわ》り直して言った。

「まずボイラーの新設が必要不可欠だという固定観念を払拭《ふっしょく》すべきだと思うんです。それには蒸気の需要予測を綿密に行わなければなりませんが、現在、二百六十トンと三百八十トンの二基、それに小型の四十トン、合わせて時間当たり《パーアワー》六百八十トンの蒸気の供給能力を保有しているわけです。

ボイラーの稼働率は六〇パーセント見当というところで、相当余裕を残しています。いろいろな角度からケース・スタディをやってますが、新しく建設するエチレンプラントは省エネルギー型で、廃熱ボイラーシステムを採り入れることになっていますし、エチレン以外のプラントについても熱回収を徹底することによって、蒸気のバランスは十分とれると考えられます。

それに、工場側の要求を入れてボイラーを新設するとなれば、およそ百五十億円の建設費を投入しなければなりません。社長や専務が常日頃言われている最強のコンビナートをつくるためには、建設コストを切り下げ、省エネルギーを徹底する必要があります」

西本は顎《あご》を引く程度に頷《うなず》いた。「最強のコンビナート」という最前耳にした言葉の意味がようやく呑《の》み込めたからだ。

「そのために安全性が損なわれるようなことになっては困るが……」

「さっきの連中もそうですが、安全運転を確保するためにボイラーに余裕を持たせたがってるようですけれど、その心配はご無用です。われわれは、一期計画の建設と運転を通じて、安全運転、安定運転、最適経済運転を同時に満足できるコンピュータ・コントロール・システムを確立しています。ボイラーなどのユーティリティ設備をコンピュータ・コントロール・システムに組み込んでやっているのは大分コンビナートだけですが、安全性についてはまったく問題ありません」

柿崎は至極断定的に言って、風呂敷《ふろしき》包みをほどきにかかった。説明し足りないと考えているらしい。青写真の図面を広げはじめたので、西本は手を振った。

「わかった。今日はここまでにしておこうか。ただ、蒸気のバランスを慎重に積み上げて、建設本部として結論を出そう。大分コンビナートには昭栄以外の企業もメンバーに参加しているのだから、万が一にも蒸気の不足をきたすようなことがあってはならないからな」

　二人で手分けして建設本部の室内を消灯し、守衛室にカギを渡して別館を出たときは七時半を過ぎていた。

「その重そうな風呂敷包みも守衛に預けたらどうだ」

「いや、いいです」

「酒が入って忘れたりしないか。もっとも、たくさん飲ませるつもりはないがね」

「大丈夫です。電車の中で読みたい本があるもんですから」

　柿崎が後生大事そうに抱えている風呂敷包みには、大部な専門書や書類が入っている。紫の染めが色褪《いろあ》せて白っぽく変色している風呂敷包みは、つねに柿崎のそばにあった。

　西本に連れて行かれた焼鳥屋は、浜松町・大門界隈《だいもんかいわい》でいちばん小汚い店を選《よ》ったと思えるほど見栄《みば》えのしない店だった。屋号も何もない赤ちょうちんに〝焼鳥〟と書いてあるきりの、屋台に毛の生えた程度の店である。

「この辺の焼鳥屋は七、八軒知ってるが、ここがいちばんうまいんだ」

　西本は縄のれんをかきわけ、引き戸を開けて中を窺《うかが》った。

「ついてるぞ。ＯＫだ」

　背後の柿崎を振り返った西本の顔がほころんでいる。柿崎と西本は肩を触れ合わせるようにして、向かって右側の隅に納まった。Ｌ字型のカウンターは八人でいっぱいだ。

「ビールを一本、あとは〝吉四六《きっちょむ》〟のオンザロックにしようか」

吉四六とは大分産の麦焼酎《むぎしようちゆう》のことだ。大分に出張の都度飲まされているうちに、口あたりもさわやかで悪酔いもしないので、西本は吉四六を愛飲するようになっていた。カウンターの中では、愛想のいい中年の夫婦が甲斐甲斐《かいがい》しく客の世話を焼いている。酒の面倒は女房が見て、亭主のほうは焼鳥のほうを分担している。

ビールで乾杯したあとで西本が訊《き》いた。

「糖尿病はどう？　元気そうには見えるが……」

「おかげさまでこのとおり元気です。去年の八月に血糖値の検査をしましたが、まあまあのレベルに収まってました」

「そのままあはあてにならんな。だいいち、去年の八月なんて一年以上も前のことじゃないか。そう言ってるそばから酒を誘うほうも誘うほうだが、無理したらいかんぞ。カロリー計算はちゃんとやってるんだろうな」

「もちろん注意してますよ。でも、病気なんて気の持ち方ひとつでどうにでもなるんじゃないんですか」

柿崎は腹が減っているとみえ、レバーやタンをどんどんたいらげている。

「気にしすぎてもいけないが、気にしなさすぎるのはもっといかんぞ」

「そんなことより、われわれは設計作業にかかりはじめていますが、通産省の認可は取れるんでしょうか。新聞を見ると、政府の総需要抑制策で、エチレン設備の新増設は当面一社に絞るみたいなことが書いてありますが」

「たしかに情勢は厳しい」

西本はぽつっと言って、グラスをカウンターに戻して腕を組んだ。

昭和四十九年五月にフィリップス社との資本提携を解消し、共同出資者の制約を脱してフリーハンドを得た昭栄化学工業は、大分二期計画について通産省に早期認可を要望していた。五十二年三月完成を目標に、エチレン年産三十万トン設備を中心としてポリエチレン、ポリプロピレン、酢酸、合成ゴムなど十七品目を新増設するという、所要資金一千二百億円に及ぶ大型計画である。

当時は光陵油化、住之江化学、それに五井石油化学と日本油化の共同投資会社である浮島油化の三社がエチレン四十万トンの計画を打ち出し、昭栄化学を含めた四社の競合状態となっていた。四社の中で、昭栄化学工業はエチレンセンター会社としては後発であったから、順位をつけるとすれば最下位ということになる。

しかも四十九年九月中旬のこの時点では、需要にかげりが出はじめていたこともあって、昭栄化学工業の大分二期計画が通産省当局の承認を得られる可能性は皆無に近かった。ありていに言えば、いつまで待たされるかわからない状態だったのである。

柿崎は、四十九年八月一日付で石油化学事業本部企画室から建設本部へ異動し、大分で二期計画のコンピュータ・コントロール・システムの基礎的な設計作業を指揮していた。

「さっきも企画室長と二人で下川君から話を聞いたんだが、通産省はウチの計画の完工時期について早くても五十三年という考えをとっているようだ。浮島油化の計画についでは、業界内のコンセンサスも得られているから問題はないが、残りの三計画は来年三月まで凍結すると言っているらしい」

「すると、佐藤社長が主張している企業の自己責任論は、通産省にも業界にも受け容《い》れられないわけですか」

柿崎は怒ったように言うなり、焼鳥をくわえて力まかせに串《くし》を引っ張った。肘《ひじ》が右隣の客の脇腹にぶつかった。

「ごめんなさい」

柿崎は詫《わ》びを言って、西本のほうに顔を向け直した。

「ほかの二社は本当にやる気があるんでしょうか。住之江化学さんはシンガポール・プロジェクトとの両面作戦はとれないでしょうし、光陵油化さんも需要が冷えてきたためか、ヘジテートしてるみたいですが……」

「そうかもしれない。しかし、二社より先に出るためには相当な仕掛けがなければいかんだろうな」

「例のエチレンセンター間融通のことですか」

「聞いてるか」

西本はグラスの氷をカタカタ鳴らして、反問した。

「ええ。でも、エチレン三十万トンの半分以上も同業他社に融通するというのも、ずいぶん遠慮したものですね。大分コンビナート内で全量消化することは難しいとは思ってましたけど……」

「今、佐々木君に他社の意向を打診《サウンド》してもらってるところだからトータルで何万トンになるのかわからんが、自己完結も結構だけれど、理想ばかり追わずに、現実的な対応というか、同業他社と協調すべきところは協調すべきだと思う。孤立の道を選択して、他のエチレンセンターを敵に回すようなことは避けるべきじゃなかろうか」

「何年か前に東西二大ブロック化構想というのがありましたが、大分が西の核になるというわけですね」

「そこまでうぬぼれる必要はないが、高度成長期のように進め進めだけでもいかんだろう。オイル・ショックを契機に高度成長時代とはっきり訣別《けつべつ》したと考えるべきなんじゃないか」

「しかし、メーカー間融通をまとめたら通産省は認可してくれるんでしょうか」

「それはわからない。だが、一歩も二歩も前進することだけはたしかだろう」

隣の三人連れが退散し余裕ができたので、柿崎は躰《からだ》を右のほうへずらした。麦焼酎のオンザロックが三杯目になった。ボトルとアイスボックス、それに輪切りのレモンをあてがわれてセルフサービスでやるためか、ついピッチが速くなる。

「エチレンの規模を三十万トンから四十万トンに変更する必要はありませんか。今からなら不可能ではありませんが……」

「まったくないと思う。他社がみんな四十万トンにスケールアップしているから、心理的に負けちゃあいられないという気持ちになるのはわかるが、私は三十万トンが最適経済単位だと確信している。三十万トン設備と四十万トン設備がフル操業したら、四十万トンのほうがコストが安いことは当然だが、稼働率との関係を計算すると、その差は、二十万トン設備と三十万トン設備の格差ほどではない。社長も、規模の問題を心配されたようだが、三十万トンがベターであることがはっきりしてくる。私の説明を了解してくれた」

「わかりました。それにしても、せっかく融通問題がまとまったとしても、五十三年以降ですと着工の遅れで建設コストがかさみますし、金利負担も大変ですから、えらいことになりますねえ。地元の大分はウチの二期計画をどう考えてるんでしょうか」

「もちろん、なんとしてもやってもらいたいと思ってるさ。地域開発というか、地域経済の発展に寄与することは間違いないわけだからね。二期計画に関する公害防止協定も近く締結できる見通しだし、地元は大変な熱の入れようらしいよ」

「当然そうでしょうね。それなら、中央に対してもっと地元のニーズを強くアピールしてもいいんじゃないですか」

「…………」

「一度、林市会議員に話してみましょうか。彼は昭栄化学の利益代表でもあるんですから……」

柿崎は、そのときは深く考えて喋《しゃべ》ったわけではなかったが、西本と別れて家へ帰ってから、何かしら重要な意味があるように思えてきた。時計は十時を回っていたが、柿崎は大分の林の自宅へ電話を入れた。林弘は大分市議会議員としてすでに二期目に入っていたが、性来の世話好きと行動力が受けて、二期目はゆうゆう上位当選を果たしていた。

「本社建設本部の柿崎です」

「あっ、柿崎さん。その節はお世話になりました」

「そんな大昔の話は忘れましたよ。だいたいお世話した憶《おぼ》えなんかありませんがね」

「……………」

「実は、お願いしたいことがあるんです」

「はい。何でしょうか」

林の言葉が改まった。夜の十時過ぎに東京からわざわざ長距離電話をかけてきたとなれば、緊張しないほうがおかしい。

「地元は、もちろん二期計画を歓迎してるんでしょう?」

「ええ。大分県民挙げて待望してますよ。なんとしても年内に着工してもらいたいと思ってるんです。通産省の認可のほうは……」

「どうも見通しが暗いんですよ。それで、地元の意向をじかに中央へ伝えてもらう手はないかとさっき西本専務と一杯やっているときに話が出たわけです」

「ほう。同じようなことを篠原部長が言ってましたよ。似たようなことを考えるもんですね。以心伝心というやつですか。ただ、贔屓《ひいき》の引き倒しみたいなことになりません

になるんですか」

「どうしてですか。地元の熱意なり雰囲気を中央政府に伝えることがどうしてマイナスか」

「そうですね。取り越し苦労ですよね」

自分に言い聞かせるように話して、林はつづけた。

「さっそくトライしてみます。こんなことでお役に立てるんなら、私も嬉《うれ》しいですよ」

大分市議会が動いてくれれば通産省への圧力にはなるはずだ、と柿崎は計算したのだが、林や篠原がどんな手を打ったか知る由もなかった。篠原は、昭栄アルミニウムに転じた広瀬のあとを受けて大分工場の事務部長に昇進していたが、林との電話で篠原が同じようなことを言っていたと聞かされ、柿崎は、現場は本社以上に二期計画の行方について気を揉《も》んでいるんだな、とつくづく思った。

篠原や林がどんな根回しをやったのかわからないが、その一か月後の十月十五日に大分県知事の立木勝、大分市長の安東玉彦、大分県商工会議所連合会会長の吉村益次ら大分県政財界首脳が上京、通産省基礎産業局長の矢野俊比古らに面会し、「昭栄化学工業の次期エチレン増設工事を早期に認めてほしい」と陳情した。柿崎は「明日《あした》、立木知事らが通産省を訪問する」と林から電話連絡を自宅で受けたとき、「ほんとうですか」と、思わず感に堪えないような声を発していた。

「林さんの政治力もたいしたものですね」

「私は、柿崎さんの意を体してほんのちょっと走り使いをさせてもらっただけですよ。私なんかより、篠原部長がだいぶ動いたみたいです。もっとも、知事も市長も二つ返事で、問題は日程の調整だけだったみたいですよ」

林は苦労人らしく柿崎を立てた言い方をした。

「出すぎたことを言ってすみませんでした。ほんとうは私が林さんに電話をしようがしまいが、話は進んでたんでしょう？　いくら私が鈍感でもそのぐらいのことはわかりますよ。ご立派です。昔、若気の至りで林さんの選挙に反対したことがありますが、よくそこまで地元に融《と》け込んだものですね」

「九六位山の話は、今でもときどき話題になります。あれが選挙戦のハイライトでしたね」

「九六位山ですか。それを言われると冷や汗が出るなあ。あのときは、山野や相川たちに引っ張り出されて、柄にもないことをしちゃって……」

柿崎は受話器を耳に当てたまま顔をしかめて、左手の甲で額をこすりながら急いで話題を変えた。

「知事や市長が通産省に陳情に見えるなんて、夢にも思いませんでした。せいぜい県の商工部長クラスが上京してくれるのかなと思ってたんです。通産省もびっくりするんじゃないですか。近来にない快挙ですよ。逆に地元が通産省に対して反対陳情するとかしないとかいった話ならいくらでもありますけど、早期認可を陳情するなんて、おそらくこれをもって嚆矢《こうし》とするんじゃないですか。通産省も大分県民の総意を厳粛に受け止めてくれるでしょう」

「そうかもしれませんね」

「久しぶりの朗報です」

「また、大分へ転勤ということになりますね」

「ええ。建設が始まれば、行かせてもらえるはずです。もともとそういう含みで建設本部に移ったわけですから、今度はじっくり腰を据えて大分で仕事をするつもりです」

柿崎は沸き立つ気持ちを素直に言葉に出した。

翌日の夕方、柿崎は企画本部の次長になっている下川秀太郎に、社内電話で陳情の一件を確認した。下川は通産省に日参しているから、そうした情報の収集は速い。

「ご心配なく。立木知事、安東市長、吉村会長のお三人は本日午後二時に、通産省の局長と課長に面会しています。省内でちょっとした反響を呼んでますよ」

「そうですか。同業他社はショックでしょうね。わが社に対してジェラシーを覚えるんじゃないですか」

「まったくね。それも、多少知恵をつけたようなことはあったかもしれないけど、ほとんど地元の意思で、勝手にやってきたというんだからたいしたものです。僕もそうだけど、西本専務も昨日初めて知らされて、びっくりしたそうですよ」

下川の声が上ずっている。柿崎の声も弾んだ。

「よかったですね。なんだか祝杯をあげたい心境です」

「なかなかそうは問屋が卸してくれないんだな。しかし、相当なプレッシャーにはなると思いますよ」

柿崎が下川と電話で話しているころ、西本は駿河台《するがだい》の「山の上ホテル」に投宿中の立木知事を訪ね、謝辞を述べていた。西本は、さらに翌日の午後、麴町《こうじまち》の市町村会館に安東と吉村を表敬訪問している。地元の積極的な対応と支援に対して一刻も早く謝意を表さずにはいられなかったとみえる。

昭栄化学工業は、西本、高橋、佐々木らの努力が実って、十月末には同業他社とエチレンの融通契約を結ぶことができた。光陵化成、五井東圧化学の両社に年間ベースで各五万トン、旭化学に同四万トン、新協和石油化学に同三万トン、合計十七万トンのエチレンを融通するという内容である。新規に建設するエチレン設備の能力は三十万トンだから、実に半分以上を供給能力の不足が予想される四社に供給することになるが、この段階で、エチレンセンター会社十一社のうち四社が昭栄化学工業の二期計画を了承したと言える。しかし、政府の総需要抑制策を盾に通産省は、凍結の方針を変えなかった。

社長の佐藤治雄が同業他社の社長を訪問し、協力を求めたところ、正面切って反対する者はいなかったが、通産省には内々「絶対反対」の圧力をかけていたふしが見られる。供給能力の過剰、供給圧力による過当競争の誘発を同業他社が警戒するのは、もっともなことだし、昭栄化学工業の市場占有率の上昇はなんとしても避けたいと考えるのは当然と言えた。だが、自由経済の体制下にあっては、投資は基本的に企業の責任、判断において行われるべき筋合いのものであり、第三者の介入には一定の限度がなければならない。企業の自己責任と協調の折り合いのつけかたが問われたケースだが、同業他社へのエチレン融通は、昭栄化学工業としてギリギリの譲歩であり、これが許容されないわけはない、と佐藤や西本は考えていた。

四十九年十一月の中旬に、佐藤は、河本敏夫《こうもととしお》通産大臣に会った。表向きは、単なる表敬訪問ということになっている。大分二期計画に関する陳情は罷《まか》りならぬ、と通産省の事務当局に釘《くぎ》を刺されていたので、佐藤は、慎重に言葉を選んで河本から政府の経済政策を聞き出すという態度に終始した。

当時、河本は、通産大臣に就任して間もなかったから、石油化学の業界地図に精通していたとは考えにくい。まして、一私企業の事情など知る由もないであろう。

佐藤は、内心じれったかったが、事務当局から諄《くど》いほど念を押されていたので、ここは辛抱しなければならない。もちろん収穫はあった。河本は総需要抑制策を見直したいとの意向を示し、むしろ不況対策に重心を移すべきだと強調したのである。佐藤は、暗闇に光明を見出《みいだ》した思いであった。

「大臣、おっしゃるとおりです。まったく同感です」

佐藤は、わが意を得たりという顔で思わず膝《ひざ》を打った。帰りがけに河本が訊《き》いた。

「佐藤さん、なにか心配事でもありますか。お役に立てることがあれば……」

佐藤は、河本の行き届いた心くばりに感謝した。陳情はしたくなかったので、問わず語りというわけにはいかないが、質問に答える形なら、事務当局との約束に反することもない。

「技術革新も含めて大分の石油化学工場を拡張したいと考えてるのですが、総需要抑制ということでなかなかご認可をいただけないのです。しかし、大臣のお話をお伺いして意を強くしています」

「インフレ対策も必要ですが、変に萎縮《いしゅく》しちゃあいけません。日本経済に活力を与えるためには、マイナス成長ではだめなんです。佐藤さん、大いにやってください。設備の更新をやらなければ、企業は活性化しません」

佐藤は、河本が差し出した手を両手で包むように力を込めて握り返した。

「ありがとうございます」

佐藤は、鬱屈《うっくつ》していた胸の中がすっきりし、この一年間の苦労が報いられたような思いがした。

通産省基礎産業局長の裁断で、昭栄化学工業のエチレン三十万トン計画が年央着工、操業開始時期はあらためて調整するという条件付きで正式に認可されたのは、昭和五十年三月三十一日のことである。

第六章　平社員の直訴

1

佐藤社長が河本通産相から認可への感触を得た昭和四十九年十一月の時点で、大分建設本部の機能は東京から大分へ移り、柿崎仁も十二月一日付で大分へ転勤を命じられた。一期計画の建設に携わった技術屋たちがまた大分へ集結したのである。システム室長だった木原拓三は建設部長として、事実上、建設全般の指揮を執り、システム室課長の松島幸夫はシステム室長（次長待遇）に、柿崎はシステム室課長に昇格、往年のトリオが再現する。第一技術室長だった村田等は建設本部の技術部長になった。村田は技術・プロセスの選択から設計全般の責任者として大分へ赴任、建設部と技術部が一体となって二期工事を推進する体制が敷かれた。

取締役建設副本部長として勢威をふるい現場の大将格だった上野寛は、技術担当常務に昇格して、本社勤務に替わっていたが、大分を離れていたかっての戦士たちは再び大分の地で相まみえることになったのである。若いエンジニアも増えた。

柿崎は、三月半ほど単身で過ごしたが、三月末には春休みを利用して家族を大分へ呼び寄せた。管理職に昇進していたので明野北町《きたまち》の社宅は、八畳の洋室と六畳、四畳半の和室にダイニングルームと、かなり広くなっている。

三月三十日の日曜日の午前九時から十時にかけて、柿崎家の引っ越し手伝いに、沢木、原、飯岡、相川、山野、森たちが集まってきた。いずれもシステム室のメンバーで、柿崎の部下である。飯岡は、つい最近まで本社の石油化学管理部企画室で柿崎の下にいた。

「柿崎課長との腐れ縁が切れると喜んでいたのに、また大分で一緒になるなんて、なんとついていないんだろう。こうなったらやけくそです。地獄の底までお供します」と柿崎の前で大仰に嘆いてみせたが、内心は、柿崎と一緒に仕事ができることを喜んでいる。

沢木は四十五年に大分へ赴任し、一年ほど柿崎についてしごかれた口である。原は、川崎工場から最近転勤してきた。相川と山野は地元大分の出身で一期計画の建設時代から柿崎と苦楽を共にした仲だ。森は、柿崎の大分高専非常勤講師時代の教え子で、四十六年に入社し、直ちに大分工場に配属された。

森が十時前にやって来たとき、柿崎が呆《あき》れ顔で飯岡に言った。

「いったいどうなってるんだ。隣近所の飯岡には手伝ってくれと頼んだ憶《おぼ》えはあるが、大の男が五人も六人も……そんなに荷物はないぞ」

「多々ますます弁ずですよ」

「森でおしまいだろうな」

「こんなところでしょう。なあ？」

飯岡に顔を覗《のぞ》かれて、相川が申し訳なさそうに首をすぼめた。飯岡が小声で相川に訊いた。

「まだ来るのか」

「どうですかねえ」

相川は不安そうに言葉をにごした。飯岡と相川のやりとりを聞いていた森が当惑したような顔で頬をさすっている。

たまりかねて、志保子が口を挟んだ。

「森さん、せっかくの日曜日をほんとうに申し訳ございません。助かりますわ」

十一時までに、さらに三人増えた。

先刻、志保子から「あなた、なんですか。迷惑そうに、あんな言い方がありますか」と注意されている柿崎は、さすがに、「悪いなあ。ありがとう」と礼を言ったが、飯岡と相川は一人増えるたびにバツが悪そうに顔を見合わせた。

午前中にあらかた片づき、遅れて現れた者は、何をしにやって来たのかわからないようなことになってしまった。にぎやかな昼食になった。ソファを隅に寄せて、絨毯《じゅうたん》に思い思いに坐《すわ》り込んだ。ビールで乾杯のあと、飯岡が立ち上がった。

「柿崎一家と私の歓迎会を、はからずもやっていただくことになりまして、恐縮しております。たぶん、山野・相川両君のおかげかと思いますので、ろくに引っ越しの手伝いもせずに、ビールとお寿司《すし》にありつけた人はとくにあとで二人にお礼を言ってください」

飯岡が坐ると、今度は相川が腰を上げた。

「飯岡さんからみんなに声をかけるように厳命されました。お礼を言うなら飯岡さんに言ってください」

「何を言ってるんだ。俺はそんなこと言ってねえぞ。それにしたって常識ってもんがあるだろう」

飯岡が相川を見上げて、やり返している。

「皆さん、気になさってるのよ。あなたが妙な言い方をするから……」

志保子に肩を小突かれて、柿崎は「ふざけてるだけだよ。本気にするやつがあるか」と言ってから、声量を上げた。

「とにかく、みんなありがとう。飯岡も私も、歓迎会は何度もやってもらってるから感激してないが、女房と子供二人は確実に感激してると思います。引っ越しの手伝いに、こんなに集まってくれるとは思いませんでした。私はやることがないから子供たちと遊んでいたが、おかげで腰痛とか引っ越し疲れで会社を休まなくて済みそうです」

三時を過ぎたころには、沢木、飯岡、相川の三人を残すだけになった。車で来ている相川は、ビールを二、三杯で切り上げて番茶を飲んでいる。

娘たちにまじって後片づけの手伝いをしている相川は、長身だからジーンズがよく似合う。「相川さん、素敵ね」と、陽子に褒められて、相川は気を好《よ》くしている。父親似で、陽子も四年生の割にはノッポだ。

「陽子ちゃんのコーデュロイのズボンも素敵だよ」

相川が陽子と台所でそんな会話を交わして、リビングルームに戻ると、柿崎から、

「きみは、ここにいればいいんだ」

と、たぐり込まれるように、隣に坐らされた。

「俺のいない間に惰眠をむさぼってたんじゃないだろうな」

「山野たちと勉強会を続けてます。コンピュータや計装の仕事はものすごく進歩が速いので、うかうかしてられません。また柿崎教室を再開していただけるんですか」

「おい、本気か。莫迦《ばか》に調子がいいじゃないか」

柿崎が相川の背中に手をやって、嬉《うれ》しそうに言うと、飯岡が首と手を振った。

「寝た子を起こすようなことを言うなよ。きみ、課長の躰《からだ》のこと心配じゃないのか」

「そうでした。撤回します。それじゃ、沢木さんか飯岡さんに講師をお願いしましょうか」

「プロセス・コンピュータの第一人者を差し置いて、そんなことができますか」

「まったくですね。しかし、勉強会にたまに顔を出すくらいならいいよ。さて、あんまり長居しても悪いから、そろそろ退散しますか」

沢木に促されて、飯岡も腰を上げた。

相川が一人残った。

「会社は二期計画をこの時期にやろうとしてるんでしょうか。柿崎課長が大分へ乗り込んで来たのですから、本気とは思いますけど……」

「そのとおりだ。正真正銘、世界最強のエチレンプラントをつくる。これは断言できるぞ。すごいのができる」

「しかし、マーケットのほうは大丈夫ですか。去年の十二月からエチレンプラントの操業度を六五パーセントに落としていますが、ポリエチレンの製品在庫は増えつづけています。四月五日から一月ほどエチレンプラントの運転を休止することに決まったようですけど、定期修理以外にストップするなんて、かつてなかったことです。事態は相当深刻だと思います」

相川の清潔な面が翳《かげ》った。

柿崎もかすかに眉《まゆ》をひそめたが、すぐに笑顔を取り戻した。

「たしかに、いま現在は市況もよくないし需給バランスも崩れている。オイル・ショックの直後の物不足、狂乱物価時代に、石油化学製品に限らないが、いい気になってつくりすぎたことの反動が出ていることと、循環的な不況もあると思う。しかし、三十万トンの第二プラントが完成するのは二年先だから、こうした状態がそのまま続くなんて考えられない」

「でも、すごくリスキーだと思うんです」

「リスクのない計画、事業なんてないよ」

「それはそうですけど、問題はリスクの度合いだと思うのです。イチかバチかの賭《か》けをやるような事業だったらやめるべきです」

「そんなに心配か」

「ええ」

「正直なところ、俺も心配だ。しかし、経営トップがゴーと決断した以上、その判断を正しいと信じて従《つ》いていくしかないじゃないか。どうしてこうも不景気の波が短くて激しいのか、俺にもわからんが、プラントが完成したころには必ず景気が上向いていると トップは予測してるんじゃないだろうか。それと、きみの心配を少しは軽減することになると思うから言わせてもらうが、二期計画の総投資額は千二百億円なんてかからないよ。エチレンを大量に融通することになったから、誘導品もカットしなければならない。俺の計算じゃ八百億円以下に圧縮できる。いや、不況期でコントラクター(建設業者)の手があいているときだから相当値切れるだろう。案外、七百億円そこそこまで建設コストを下げることができるような気がするな」

「………」

「繰り返しになるが、今度建設するエチレンの新プラントは現有プラントに比べて、エネルギーの消費量が確実に三〇パーセントは違うはずだ。きみが心配するように、新プラントが立ち上がったとき万一マーケットが拡大していなかったら、現有設備の運転を止めればいいんだ。そんなことはしたくないし、まずありえないだろうが、設備の更新という考え方に立てば気が楽だろう。これだけははっきり言うが、新プラントは、フィロソフィが一号機のときとまったく違う。魂の入れ方が違うと言ってもいい。相川の心配はもっともだし、俺もトップの判断に半分首をひねってるようなところもあるが、信じるほかないんじゃないか。俺は、ある時期、新プラントのエチレンの規模を四十万トンにスケールアップすべきじゃないかと考えたことがあるが、今にして思うと、三十万トンの選択は正解ということになるね」

「…………」

「少しは安心したか」

「はい」

相川は、いくらか愁眉《しゅうび》をひらいたようであった。相川が帰ったあとで志保子が言った。

「相川さん、逞《たくま》しくなったわ。大人になったというのかしら」

「ひょろっと上背だけあって、なんだか頼りなかったが、面構えもしっかりしてきた。事故を起こして、ベソをかいていたあいつがいっぱしの口をきいて、会社の行く末を心配するようになったんだから驚く」

柿崎は珍しく煙草をくゆらせながら、一期計画の試運転で悪戦苦闘した昔のことを思い出していた。自信をなくして、会社を辞めようとまで思い詰めている相川を大声で叱りつけたことがあった。あれから六年も経つのに、つい昨日のことのような気がしてならない。

2

四月に入ると、柿崎たちは建設本部の設計作業の進展とは裏腹に、二期計画の着工繰り延べを求める声が社の内外で高まり、二期計画の推進は自殺行為に等しいときめつける者さえ出はじめる始末であった。

四月中旬の経営会議で、大分二期計画をめぐって論議が沸騰した。毎週月曜日に開かれる昭栄化学の経営会議は、いわゆる常務会に相当するもので、意思決定機関と言える。通常は朝九時に始まり、昼食前には終了する。経営会議で、論議が沸騰したり紛糾したりすることはめったにない。事前に意見のすり合わせが行われ、根回しがなされ、経営会議で確認する、というのが通常のプロセスである。だが、この日は昼食を挟んで延々と会議が続き、議論が蒸し返された。

大山副社長が同じことを何度言わせれば気が済むのだと言いたげに、エキセントリックとも思える疳高《かんだか》い声でまくしたてた。

「石油化学業界は今、深刻な不況に直面している。エチレンセンター十二社の平均稼働率は六〇パーセント、なんと四〇パーセントもの操短を実施しているわけです。私が調べた範囲でも、住之江化学は九〇パーセントの操業率を確保できる見通しがつくまで増設を見送ると言っている。光陵油化も市況が採算点に上昇するまで増設しないということです。当社より先に通産省の認可を得ている浮島油化でさえ、完工時期を半年繰り延べざるをえないと言っているんですよ。いずれもごく常識的な経営判断だと思います。当社の財務体質がどういう状態にあるか、考えてもらいたいですね。西本君、なんならもう一度数字を並べようか」

「けっこうです……」

西本は、絡んだような大山の言い回しに反発するように、きっとした顔でつづけた。

「しかし、エチレンプラントが一基、しかも二十万トンの小規模設備にとどまっている限り、ジリ貧ですよ。今こそジャンプするチャンスです。このチャンスを逃したら、永久に昭栄は大分コンビナートの拡張はできなくなるかもしれません」

「何を大袈裟《おおげさ》なことを言ってるんです。政府の認可を得ているんだから、やろうと思えばいつでもできる。誰もギブアップしろなんて言ってるわけじゃないでしょう。投資のタイミングは、今がベターかどうか慎重に見直すべきだと言ってるんです」

「今は景気が冷え込んでますから、副社長がおっしゃるとおり投資意欲を失ってますが、少し良くなってくれば、またみんなが増設したいと言いだして収拾のつかなくなることもありうるし、そうなると当社は優先順位で、最下位に回される恐れなしとしません。二期工事は、今こそ推進するチャンスだと私は考えています。いや、私だけではない。

石油化学部門は挙げて推進したいと願っているはずです」

「さあ、どうですかね」と、常務の及川がおもむろに発言した。及川は、会社全体の投資計画や関連事業部門の調整機能を果たしている企画本部長を委嘱されている。

「全社員が固唾《かたず》をのんで本日の経営会議を注目していると思いますが、ここで着工を繰り延べ、しばらく様子を見る、情勢の推移を見守るという結論を出せば、みんなホッと胸を撫《な》でおろすんじゃないでしょうか。私は、千葉のアルミの増設と大分二期計画の同時進行はありえないとかねてから主張してまいりました。当社にそれほどの体力はありませんから、二者択一となれば先行投資しているアルミの増設を優先すべきでしょう……」

アルミニウムの増設計画を強行すべきだと主張している軽金属事業担当の太田常務が、わが意を得たりという顔で頻《しき》りに頷《うなず》いているのを横眼でとらえながら、及川はそれにも水をかけた。

「しかし、アルミも凍結すべきです。この時期に大増設を実施するなど無謀も甚だしいと言わなければなりません。だいたい銀行が資金を貸してくれるかどうかだって、あやしいものです」

「賛成！」

大山が挙手をして、ひときわ高い声を発した。

太田が発言を求め、「アルミの資金需要と石油化学のそれとでは、四―五倍差がありますよ。アルミぐらいやらせてもらってもいいんじゃないですか」と、訴えた。

経営会議は、大分二期計画などは論外であり、問題はアルミをやるかやらないかだ、といった流れに傾きはじめていた。

「芙蓉銀行は、大分二期計画を現在のタイミングで推進することには、きわめて懐疑的です」

それを決定づけるような大山の発言に、役員会議室は熱気が冷め、しらじらとした空気さえ漂いはじめた。メインバンクの芙蓉銀行の支援が得られない限り、大分の二期計画も千葉のアルミ計画も一頓挫《いちとんざ》を免れない。

「西本さん、旗色が悪いようですね」

議長席からやんわり加勢されて、西本は大山の視線をはね返すようにとらえた。

「不況下の投資ということで臆病《おくびょう》になるのは仕方がないと思いますが、二期計画が技術革新を伴う合理化投資であるという事実に思いを致してください。十二センターのトップに立つ、またとないチャンスだとは考えられませんか」

「金利負担、償却負担が重くのしかかってきますよ。しかも、マーケットを考えずに強行すればどんな結果をもたらしますか」

及川は事前に大山と意見調整していると思えるほど、大分二期計画に断固反対の姿勢をとりつづけている。

上体をゆすって、発言しようとする西本を無視して、大山が佐藤のほうに視線を送った。

「意見は出つくしたと思います。社長のお考えはいかがですか」

佐藤は軽く頷いたが、発言を差し控えている出席者を一人一人指名して、意見を訊《き》いた。ニュアンスの差こそあれ、大分二期計画については慎重論が大勢を占め、佐藤に方針の変更を求めていることがはっきり見て取れた。佐藤が胸中を吐露したのは、午後四時を過ぎたころである。

「大山副社長に代表される慎重を期せとする意見も、西本専務の推進すべしとする意見も、いずれも昭栄化学工業を思う真情の発露であり、傾聴に値すると思いますが、私の経営決断に従っていただきたい……」

佐藤の眼が光を帯び、表情が引き締まったが、すぐに微笑が洩《も》れ、食い入るようなおびただしい視線に、やわらかい眼差《まなざ》しを返すように、円卓を見回してつづけた。

「まず、千葉のアルミ工場の増設について申し上げるが、断念せざるをえないと思います。経営者にとって、撤退ほど辛《つら》い選択はありませんが、原料事情等から考えてアルミは海外指向の途《みち》をとるべきだと判断しました」

軽金属事業本部長の太田常務が思わず洩らした吐息がみんなに聞き取れるほど静まり返り、佐藤の次の言葉を聞き洩らすまいとするように、全員が上体を前のめりにして息をつめている。

「大分二期計画ですが、当初の計画どおり推進したいと考えます。社の内外に異論があり、情勢が日々厳しさを増していることも承知していますが、私は今日まで、二期計画について懐疑的になったことは一時たりともありません。五十二年三月完成の線はなんとしてもキープしたいと思っています。フィリップスのマーチン会長との交渉をまとめたときから、私は大分二期計画に対して闘志を燃やして取り組んできました。あなた方も、どうか私の経営判断を信じて私に従《つ》いてきていただきたい」

佐藤は気魄《きはく》のこもった声で決断を下したあと、くだけた調子で言った。

「芙蓉銀行の一部に異論のあることも事実でしょう。しかし、必ず私の方針を支持してくれると思いますよ。資金調達については工夫を要すると思いますが、銀行は芙蓉のほかにもたくさんあります。良いプロジェクトには黙っていても銀行はついてきます。逆に、銀行を選別しなければならないかもしれませんよ」

釈然としないと言いたげに、顔をしかめていた大山や太田の口元からも、笑みがこぼれた。

3

佐藤、西本ら昭栄化学工業の首脳陣が大挙して大分コンビナートへ繰り出してきたのは、昭和五十年七月十三日の午後である。エチレン三十万トン設備の増設を軸とする大分第二期計画の起工式を翌日に控えていた。

佐藤は、大分空港からその足で立木勝知事、平松守彦《ひらまつもりひこ》副知事を県庁に表敬訪問した。平松守彦は通産省の出身で、国土庁審議官を最後に中央官庁を退官し、故郷の大分県に副知事として迎えられたばかりであった。平松は、通産省時代に石油化学行政に携わったこともあるから、石油化学産業の事情に精通していた。また、コンピュータの国産化に力を入れるなど輝かしい業績を残し、惜しまれて地方行政に転じたが、後年、知事に選ばれ、〝一村一品運動〟を推進するなど大分県のイメージアップに並々ならぬ手腕を発揮した人として知られている。

苦味走った顔で、いかにも骨太な印象を与えるし、腹蔵なく直截《ちょくせつ》にものを言うが、人の気持ちがわかる男で、通産省時代から平松ほど部下に慕われた男も少ない。

平松は、手ぐすね引いて待っていたという風情で、副知事室で顔を合わせるなり、

「佐藤さん、本気ですか」と、詰問調で訊いて佐藤を驚かせた。

「何のことですか」

佐藤が怪訝《けげん》そうに反問すると、平松はもどかしそうに口早に言った。

「二期計画はうまくいくと思いますか。東京では、昭栄化学さんはどうかしていると言われてるらしいじゃないですか。この時期にエチレン三十万トンをやるなんて、正直なところ大丈夫ですか」

「…………」

「知事とも話したんですが、通産省に早期認可を陳情した手前、まさかおやめください とは言えた義理ではありませんけれど、そのために会社が傾くようなことがあったので は元も子もありませんからねえ。正直なところ、やっていただくのは大変ありがたいの

ですが、地元はみんな心配してるんですよ。県が通産省に陳情したときと今とでは、だいぶ情勢が変わってますからね」

「平松さん、ご心配には及びません。成功することは疑う余地がありません。それが一〇〇パーセントの成功か、九〇パーセントなのか、あるいは八〇パーセントになるのか、その度合いはわかりませんがね」

今度は、平松が呆気《あっけ》にとられる番だった。平松は、気を鎮めるようにゆっくり煎茶《せんちゃ》を飲んだ。

「私としては、明日《あした》の起工式を中止していただきたいくらいです」

「何をおっしゃいます。デモンストレーションだけで起工式をやるわけではありません。ごく実際的なものです」

佐藤の悠揚迫らぬ態度に、平松は内心うなった。まさか、やけくそとは思えない。この底知れない自信はいったい何だろう……。平松は、佐藤の胸中を測りかねた。

「佐藤さんほどの経営者がそこまでおっしゃるんでしたら、私ごときがこれ以上何も申し上げることはありません。しかし、私が本気で心配しているということだけは、憶《おぼ》えててくださいよ」

「ええ。あなたのご好意は忘れませんよ」

佐藤は静かに笑って、湯呑《ゆの》みに手を伸ばした。

あくる日、昼前に起工式のあとで、佐藤は、大分工場の幹部社員を総合事務所の会議室に集めて二期計画の建設に向けて決意を披瀝《ひれき》し、一層の奮起を促した。

「先日、あるジャーナリストと話したのですが、ウチのような石油化学の〝後進国〟が〝先進国〟に追いつくには、他人と同じことをやっていたのではダメなんです。企業経営を一つの芸術にたとえるなら、私は、ほかの人とは違う画風で、違う絵を描きたいんです。エチレン三十万トンの二期計画の成否は、需給の問題よりも競争力で決まると私は思っています。

既存のプラントに比べて償却金利は当然高いので、比例費を安くしてトータルコストでコンペティティブになっていなければなりませんが、その点について私は、露ほども疑念を持っていません。不況が深刻になっているため、皆さんの中には心配している方もいると思います。昨日も、平松副知事から成功すると思いますか、と聞かれましたが、私は成功することは決まっているが、要はプロバビリティの問題だとお答えしました。

どうか一〇〇パーセントの成功が収められるよう一人一人が力を出し切っていただきたいと思います。経営者は、どんな場合でも言い訳は許されません。経営は結果がすべてです。私は八〇パーセント程度の成功で満足してはならないと自らに言い聞かせているんです。皆さんもそのつもりで頑張ってください」

佐藤が話し終わったとき、柿崎は思わず拍手していた。それに誘発されて拍手が巻き起こり、会場がどよめいた。柿崎は胸の中のもやもやがふっ切れたような気がした。

松島と上気した顔を見合わせながら拍手している柿崎の横顔を、壇上の佐藤の隣席から西本がじっと凝視していた。柿崎のやつ、しばらく見ない間に少し痩《や》せたのではないか、と西本は気遣った。

4

「カキさん、ちょっと……」

帰りしなに松島に呼びとめられて、柿崎はソファへ腰を下ろした。柿崎は明日一番の飛行機で東京へ出張することになっていた。

「これを小橋常務に渡してもらいたいんだ」

松島は、センターテーブルの上の角封筒を柿崎のほうへ押しやった。

「大事なものですか」

「例の、開銀と通産省向けの説明書だ」

「重要書類ですね。なくしたらえらいことになりますね」

「コピーしてあるが、時間的にぎりぎりのタイミングらしいから、なくされると困るよ。技術部の布川と清原に手伝ってもらって、三日がかりでつくった。きみの出張にやっと間に合ったというわけだ」

「財務のほうも苦労しているらしいですね。二期計画がまだ通産省の認可を受ける前に、フィリップス社が撤退したため昭栄は資金調達力が弱いとずいぶん言われましたが、やっぱりうちのウィークなところなんでしょうか。去年の七月に起工式をやって半年以上経ってますし、工事は一期のときとは比較にならないほど順調に進んでますが、内情は火の車なんですかねえ」

「そうでもないが、芙蓉銀行に依然として二期計画にネガティブな意見があるらしいから、財務としてもやりにくいことはたしかだろう」

「大山副社長は二期計画に懐疑的らしいですね。トップが決断したのに、いまだに愚図愚図言っているのはおかしいんじゃないですか。二期計画が命取りになるような意味のことを芙蓉銀行に対して言っていると聞いたことがありますけれど、副社長がいくら芙蓉銀行の出身でも閣内不統一みたいな話を外部に洩《も》らすなんておかしいですよ」

「副社長は本気で心配してるんだろう。昭栄を思う気持ちでいっぱいなんじゃないか。財務体質を良くすることが自分の使命だと考えている人だから」

「それはわかります。私も会社の行く末を心配することにおいては人後に落ちないつもりです。でも、トップの判断を信じます。成功率の問題だと社長は明言しましたね。二期計画について、露ほども疑念を持ったことはないとも……」

「メインバンクの芙蓉銀行の中にも、浦野常務のように推進派で応援してくれる人もいるから、芙蓉がそっぽを向くとは考えられないが、それにつけても開銀融資を取り付けることが必須《ひっす》条件だ。金利が安いこともさることながら、都市銀行なり、興長銀から融資を受けるための呼び水的な役割を果たしてくれるから、なんとしても通産省の推薦を欲しいところなんだ」

「すると、万一開銀融資が受けられないと、大変なことになりますね。資金調達ができなかったために、行き詰まるなんてことにならないとも限らないわけでしょう」

「われわれが心配したって始まらん。カネなら銀行にいくらでもあるよ。それに、開銀融資は絶対に受けられる。私はそう確信している。カキさんが力を入れてくれた制御管理システムひとつとっても、立派な新技術として通用する。企画室にいる間も、文献その他をよく読んで勉強してくれた。感謝してるよ」

「すべてはチームワークによるもので、個人の力量など知れてますよ」

「そんなことはないさ。機器メーカーに対するきみのダメの押し方は、凄《すさ》まじいものだったものな。横河電機の担当課長が、二百項目以上の質問を受けたと顎《あご》を出していたぞ」

「へーえ、そんなこと言ってましたか。しかし、彼らもよく耐えてわれわれのニーズをすべて満たしてくれましたね。横河のCENTOMにしろ日立のHIDIC—80にしろ、プロセス・コンピュータとして世界一と言っていいんじゃないですか」

「まったくね。われわれユーザーが機器メーカーのレベルを引き上げていることはたしかだろう。それにしてもお互いよくやったよ」

昭栄化学工業は大分二期計画で、プロセス・コンピュータ・システムに、マイクロ・プロセッサを使用したDDC（ダイレクト・デジタル・コントロール＝直接計数制御）を世界で初めて採用しようとしていた。数多《あまた》の機器メーカーの機種を比較検討した結果、横河電機のCENTOMと日立製作所のHIDIC―80を組み合わせたシステムを採り入れ、エチレンプラントの制御だけでなく、環境保全センターからタンクヤードに至るまでコンピュータ制御を行うことになっていた。いわば、徹底的に省力化しようというわけである。

柿崎が二期計画のコンピュータ・システムづくりで中核的役割を担ったことはたしかで、昭和四十九年十二月に建設本部システム室課長の辞令を受けてから直ちに作業に入り、五十年三月に「コンピュータ・システム計画書」が完成した。その年の七月に二期工事の起工式が行われ、五十一年二月中旬のこの時点で、早くも五〇パーセント近い進《しん》捗度《ちょくど》を見せていた。

しかし、資金調達計画が工事のスピードに追いついていけず、微妙な段階を迎えていた。資金コストを引き下げるためにも、市中銀行から資金を調達するためにも、開銀融資は絶対的要件と考えられていた。いわゆる「財政投融資」と称する日本開発銀行の融資には、新技術工業化、地域開発、公害防止などの項目があり、技術振興を目的とする新技術工業化枠については、金利が五・五パーセントと安いこともあって、資格審査は厳しいものであった。

松島たちがまとめた説明書には、第二期計画における基本的な考え方として、加熱冷却の防止、廃熱の徹底回収、エネルギー形態の選択、プロセスの簡素化などにより最も効率の良い設備をつくることを目的とする――とあり、中核となる二号エチレンプラントについては、①分解炉の内部構造を改良して熱効率を向上、②前蒸溜《じょうりゅう》系でより多くの良質エネルギーを回収、③新蒸溜システムを導入、④最新のソフトウエアを織り込んだコンピュータ・コントロール・システムを全面的に導入して経済的な安定運転を徹底する——と記されている。

事実、四十八年秋のオイル・ショック後、原料ナフサの価格は四倍以上、エネルギー価格は三倍以上、建設資材も暴騰し、環境保安は極端に強化されるという厳しい経済社会の状況下で進める二期計画において、省資源、省エネルギーを徹底した競争力の強いプラントを建設する以外に昭栄化学工業が生き残れる方途はなかったと言える。

経済効果としては一号エチレンプラントに比べて約三〇パーセントの省エネが可能になるなど、年間三十億円ものコストダウンが見込めることになっているが、問題はエチレンプラントの基本特許、基礎技術を米国のストン・アンド・ウェブスター（S&W）社から導入していることであった。

昭栄化学工業の技術陣が総力を挙げて改良に取り組んだ結果、実質的には昭栄独自のプロセスを確立していたが、オリジンは米国のエンジニアリング会社が開発した技術である。これを通産省なり開銀が新技術として認定してくれるかどうか——。

柿崎と松島が話しているところへ建設本部技術部次長の本山剛がやって来て、松島の隣に坐《すわ》り込んだ。本山は松島と同期の技術者で、原料部門を担当している。人あたりが柔らかく、いつも笑顔をたやさぬ男である。柿崎自身、気をつけなければいけないと自戒していることだが、技術屋には自意識過剰で、人の意見に耳を貸そうとせず、頭から無視してかかるタイプが少なくないが、本山にはそうしたところがない。

しかし、今日の本山は浮かぬ顔で生彩を欠いていた。

「どうしたの？　元気がないじゃない。例の話、やっぱりうまくいかないのか」

「そうなんだ。お手上げだよ」

本山は溜息《ためいき》まじりに言って、天井を仰いでいる。

「例の話って何ですか」

「副社長が、バース（桟橋）の建設を頑として認めてくれないんだ。先週、佐々木さんと二人がかりで副社長に会って、海が荒れる冬場は工事ができないから、なんとしても四月に着工しなければ間に合わないと申し上げたが、けんもほろろで、顔色を変えて反対された。反対理由は、九州石油のバースを利用すればよかろうの一点張りで、話にならない。そんなものに二十億円もカネをかける莫迦《ばか》がどこにいるかって……」

「また副社長ですか……」

柿崎は、松島と顔を見合わせて言った。

「しかし、今度は副社長の言ってることに合理性があるように思えますねえ。たしかに、賃貸料を払っても、金利と償却を考えると借りたほうが安くつくんじゃないですか」

「カキさんでもやっぱりそう思うとしたら、副社長の硬い頭で理解できるわけがないか」

「どういうことですか」

「デマレージ、つまり滞船料のことなんだが、仮に九石のバースに当社がチャーターしたナフサ・タンカーを着けたいとしても、九石の原油タンカーがバースを占領してれば、沖で待っていなければならない。もちろん、その逆も考えられるが、いずれの場合も、当社がデマレージを負担しなければならないわけだ。

佐々木さんは、バースとナフサ・タンクの建設の必要性を最も強硬に主張している人だが、関西石油化学の佐川企画部長と雑談したときに、佐川さんが自前のバースとタンクを持たないことを後悔していたらしい。あの会社はナフサ輸入依存度の高いところだからね。それで佐々木さんは確信を深めたというわけだが、自前のバースとタンクを持つことの最大のメリットは、好きなときに好きな量のナフサを輸入できる点にある。

佐川さんが悔しがるのは、海外にスポットもので安値のナフサがあったときに、それを買いたいと思っても自前の受け入れ設備がなければ買えないことがいちばん大きいんじゃないだろうか。どう、まだわからないか」

「よくわかりました。しかし、ナフサの輸入権は九石にあるわけだし、九石がバースをお使いくださいと言ってきたら、それを断るのは事を構えるというか、穏やかではありませんね。九石にしてみれば、バースの利用度を上げればそれだけ償却も早くできるわけでしょう」

「その話は聞いたことがあるな……」

松島が、煙草を灰皿にこすりつけながら、話を引き取った。

「西本専務が九石の社長に文書でバースの賃貸を申し入れたところ、文書で断ってきたというじゃないの」

「そうなんだ。佐々木さんがその点を指摘したら、副社長は、そんな話は聞いてないって色をなして、それこそ怒髪天を衝《つ》く勢いで怒りだすんだから、どうにもならない。後で専務に確認したら、九石の社長名のレターを稟議書《りんぎしょ》にして副社長にも回してサインをもらってるそうだ。忘れてしまったとは考えにくいが、いったいこれはどう解釈したらいいのかなあ」

「芙蓉銀行からなにか言われたんでしょうか。大山副社長とじかに話したことはありませんから、どんな人か知りませんけど、そんなにエキセントリックな人なんですかねえ」

「本社には、刺し違えてやりたいなんて物騒なことを口にする者が一人や二人にとどまらないそうだよ。僕だって、むかっとしたもの」

「温厚な本山さんがそんなふうじゃ、敵は相当なものですね」

柿崎には、本山が怒ったときの顔がいっかな想像できなかった。

「さっきの話にぶつかりますが、基本的に、二期計画そのものに疑念を持っていることに問題があるとしか言いようがありませんね。副社長は聞く耳持たないわけでしょう。バースを持つことの意味をわかろうとしない。とにかくカネを使うのは困るということで、不況期だからよけい入るを計って出《いず》るを制したいってことなんでしょうが、こうなったら、社長から副社長に話してもらうしかないじゃないですか」

「社長から押えつけてもらえば簡単だが、あとで西本専務が副社長の恨みを買うのは眼に見えてるし、話が陰にこもると思うんだ。こんな話を社長の耳に入れるのも忍びないし……」

「専務は、副社長に話したんでしょうか」

「もちろん話しているさ。二度は説明してると思う。ところが、九石とよく話をして理解を求めるようにって、きかないそうだよ」

「しかし、建設が進行していることは副社長も承知しているはずだろう。すでにカネも出ている。バースのカネは出したくないと頑張ったところで、エチレン設備が完成したときに、原料のナフサを物理的に九石から供給してもらえないことがわかっているとしたら、バースを自前で持ってナフサを輸入するしかないことぐらい、なんぼなんでもわかりそうなものじゃないの……」

松島は三本目の煙草に火をつけてつづけた。

「副社長に九石と話してもらえば、いちばん早いんじゃないかな」

「バースの建設を認めてもらうよりもっと難しいんじゃないですか。それこそ建設本部長がいるじゃないか、とカミナリを落とされるだけですよ。第一、九石さんと話してきてください、と副社長に伝えることは、猫の首に鈴を付けるより難しそうですね」

「他人事《ひとごと》みたいに言ってくれるなあ」

本山は長嘆息して、脚を投げ出した。

「経営会議に差し戻すってのはどうですか」

「いや、そんな時間はないよ。結局、西本専務から社長に話してもらうしかないかもしれない」

本山は躰《からだ》を起こして、思い詰めたような顔を見せた。

5

あくる日、柿崎は十一時過ぎに本社に顔を出し、すぐに常務室へ向かった。

小橋は眼鏡をおでこへずり上げ、説明書にざっと眼を通して、「よし。もっともらしくつくってあるな。これでパスしなかったら、しないほうがどうかしている。よく頑張ってくれたな」と、柿崎をねぎらった。

「私は、この資料の作成にはまったくタッチしてません。松島室長のお使いで、出張のついでに運んできただけです」

「松島君の下にいて、手伝ってないのか」

「はい。ほかにすることがたくさんありますから」

「そうか。それじゃ、昼めしを奢《おご》る必要はないかな」

小橋は赭《あか》ら顔を崩して、にこっと笑った。一見とっつきが悪そうに見えるが、笑うとなんともいえずいい顔になる。

「でも、一度ぐらい常務に昼食をご馳走《ちそう》になっても悪くないと思うんです。新技術工業化の開銀融資が受けられることになったら、その何万分の一かは、技術開発のほうで私もお手伝いしたわけですから」

「そうだったな。きみはコンピュータの鬼だったね。計装制御のほうでポイントを上げてくれてるんだ。何万分の一なんてそんなに遠慮しなくても、きみのことは西本さんから聞いてるよ」

小橋は眼尻《めじり》を下げて言った。小橋の取締役財務部長時代に、大分二期計画の説明で、次長の佐々木と一緒に会ったことが一度あるきりだが、「小橋さんとのマージャンぐらいにぎやかで楽しいマージャンはない」と、かつて佐々木が話していたことを柿崎は思い出した。

「鮨《すし》ぐらいでかんべんしてもらおうか」

小橋と柿崎は、本社から三分ほどの路地裏にある富美寿司のカウンターの前に坐《すわ》った。昼前のせいか、客は一人もいない。痩《や》せぎすの店主が中とろの切身に包丁を入れている最中だった。

「ビール一杯ぐらいどうかな」

「やめておきます。二時から技術部と打ち合わせがあるんです」

「そうか。寒いから、俺もやめておく。熱いお茶をもらおう」

小橋は背をまるめ、手をこすりながら、途中から声高になって奥のほうへ直接伝えた。

「開銀融資、大丈夫でしょうか。資金計画が齟齬《そご》をきたさなければいいのですが」

「この一週間ほどの間に、事態はだいぶ好転したよ。心配することはない。もともと地域開発と公害防止関係は問題はなかった。問題は新技術工業化枠なんだ。初めは通産も開銀も冷たかったが、ここのところだいぶ態度が軟化している。技術陣を動員して、相当しつこく説明したからね。かなりわかってきてくれたようだ。おそらく、きみたちがつくってくれた資料が決定打になると思うよ……」

柿崎は、私はタッチしていません、と念を押そうと思ったが、小橋の話をさえぎるまでもないと考え直した。

「それと、天の時とでもいうのかな、ツキもあるんだ。不況が長期化しているから、どこの会社も投資しようなんて気持ちになれんだろう。だから、申請件数も少なく開銀の資金も潤沢で、審査の幅もゆるやかになっている。案外目いっぱい借りられるかもしれない。あまり楽観してもいかんが、低利の新技術工業化枠をどれだけ積み増しできるか、その点が勝負どころになってくるんじゃないか、そんな気がしてるんだ」

「そうですか。心配するほどのこともなかったんですね」

柿崎は嬉《うれ》しそうに言って、中とろの握り鮨をつまみ上げた。気分が晴れてくる。小橋と食事をするのは初めてだが、昼食の誘いに積極的に応じてよかったと思った。気のおけない小橋に親しみを感じてはいたが、気づまりでないわけでもなかった。昼食の相手ならば、ほかにいくらでもいたのである。

話は前後するが、柿崎が松島づてに通産と開銀の審査をパスしたと聞いたのは、その二週間後である。ついでながら新技術工業化枠百二十五億円、地域開発枠八十三億円、公害防止枠十四億円、合計二百二十二億円の開銀融資が認められた。開銀融資が決定したおかげで、市中銀行からの借り入れもスムーズに運んだ。かつてさんざん貸し出しを渋ったことなどすっかり忘れて、開銀融資のウエートが高すぎると逆にクレームをつけ、あまつさえシェアアップを要求してきた銀行さえ見受けられたという。

柿崎は、口の中の鮨を始末して、湯《ゆ》呑《の》みをカウンターへ戻した。

「大山副社長がバースの建設に反対してるそうですが……」

「きみまで知ってるようじゃ、知らない者のほうが少ないかな」

「そう思います。世事には疎いほうで、昨日初めて聞いたんですが」

「みんな手を焼いている。俺も一度、西本さんと話しに行ったことがあるが、まるでとりあってくれなかった。人の中傷や陰口を叩《たた》くのは俺の主義に反するが、あの人だけは、どうしても言いたくなるなあ」

「そんなにひどいんですか」

「うむ。ひどい」

小橋は短く答えて、ガリを口へ放り込んだ。

「藤江君なんかしょっちゅう喧嘩《けんか》腰《ごし》でやり合ってるよ。あの男は直情径行っていうのか、腹に溜《た》めずに言いたいことは全部言っちゃうほうだから、傍《はた》で見ていて胸がスッとするようなことがあるが、いつかも、経営会議で大山さんの食言を衝《つ》いてやっつけてたことがあったな」

藤江は人事・総務を担当している常務である。柿崎は藤江とは面識はないので、総務部長時代に阿賀野川有機水銀中毒事件を担当して筆舌に尽くせぬ苦労をしたということぐらいしか藤江に関する知識はない。

「副社長がバースの建設に反対する根拠は、いったい何でしょうか」

「無駄ガネだと思ってるんだろう。芙蓉銀行の頭取と親しいようだから、直接なにか言われたのかもしれんぞ。そう考えないと理解できないようなところがある。バースの件では、劇的に態度が変わったような気がするなあ」

「芙蓉銀行でも常務までいった人だし、経営者として立派な人なんでしょうけれど、今は昭栄化学の副社長なんですから、どっちを見て仕事をしてるのかと言われても仕方がないですね」

「大山さんの話はこの程度にしておこう。バースのことは社長決裁で押し切るしかないよ」

小橋は、強引に話を打ち切った。これ以上話を続けると、大山批判がエスカレートするだけで不愉快になると考えたのかもしれなかった。

「大山さんはあれで、良いところもたくさんあるんだ」

鮨屋を出るとき、小橋は後味の悪さを打ち消すようにぽつっと言った。

6

柿崎が昼食から戻って、古巣の石油化学事業本部の企画室へ顔を出すと、閑散とした大部屋のソファで森田、吉原、村山の三人が話し込んでいた。いずれも柿崎の企画室時代の後輩社員で、森田は引き続き企画室だが、村山は石油化学事業本部の業務部、吉原は合成樹脂営業部に所属している。

「やあ、しばらく」

「ごぶさたしてます」

「どうも」

「課長、少しスマートになりましたね」

三人は立ち上がって挨拶《あいさつ》した。柿崎は空いているソファに腰を下ろした。

テーブルの上に書類が広がっている。見ると、「ナフサ輸入専用バース建設について」というタイトルの大きな文字が読み取れた。

「きみたち、昼休みだから雑談かと思ったら、仕事の話らしいねえ」

「ええ」

課長補佐の森田が答えた。

「それじゃあ、邪魔しちゃ悪いなあ。遠慮しようか」

柿崎が腰を浮かせるのを森田はおしとどめた。

「食事は済んだの?」

「いいえ。なんだか食欲がないんです」

吉原が答えた。

「三人とも?」

「…………」

三人が同時にこっくりするのを見やりながら、柿崎はあきれ顔で言った。

「どうしたんだ。まるで、光化学スモッグの集団ヒステリーだかアレルギーだかに罹《かか》ったみたいじゃないか」

「そんなんじゃありません。みんな緊張感で大変なんです。村山なんか、ガタガタふるえてますよ」

先輩格の森田が冗談ともつかずに返した。森田は三十二か三、吉原と村山は三十歳になるかならないかの平社員である。

「そんなふうには見えないな。いったいどういうことなんだ。バースのことで話してたことぐらいは、頭の悪い俺でも察しがつくが……」

柿崎の声が苛立《いらだ》った。なにかこう、はぐらかされているような気がしたのである。森田が二人に眼配せして、柿崎に話すことを確認してから説明した。

「柿崎課長は、大山副社長がバースの建設に反対していることはご存じですか」

「昨日、初めて聞いたが、かなり頑固らしいね」

「実は、一時十五分から、大山副社長に三人で面会することになっています。四、五日前に三人で話しているときに村山が言いだしたんです。副社長は若い社員の話なら、専用バースのことで耳を傾けてくれるんじゃないか、断られてもともとだから、当たって砕けるつもりでやってみようということで、秘書を通じて話したところ、ＯＫが出たんです」

「バースの件だとはっきり伝えてあるのか」

「もちろんです」

森田が答えた。吉原と村山が同時にうなずいた。

「企画室長や次長は、このことを知ってるのかい」

「いいえ。どんなことになるのか見当がつきませんから、連絡してません。チンピラ社員が副社長に直接《じか》談判なんて聞いたことありませんし、こんなことが赦《ゆる》されるのかどうかも心配なんです」

「赦されないなんて法はないさ。風通しの良いことはわが社の美点じゃないか。しかも、用件はバースの件だと伝えてあるんなら、なおさら問題はない。読んでもいいか」

「どうぞ。村山がまとめてくれたんです」

森田は柿崎が指さした資料のコピーを一枚とって、柿崎に手渡した。

「陳情団に参加してもいいかな。俺は副社長と話したことは一度もないから、何者だと訊《き》かれたら大分建設本部の柿崎だと答えれば、原料担当で、本山次長の部下だと勝手に解釈してくれるだろう。大分工場の者が一人ぐらい居合わせてもいいんじゃないか。枯木も山のにぎわいということもあるから、黙って眺めているだけでも、少しはたしになるかもしれないよ。まさか取って食われることもないだろう」

「いいですね。柿崎課長が入ってくだされば、僕たちずいぶん気が楽になります」

「じゃあ、決まった。いま一時十分前だ。蕎麦《そば》なら二十分で食べられる。俺は、村山の労作を読んで勉強させてもらうから、急いで行ってきたらいい。まず、腹ごしらえだ。めしも喉《のど》を通らないなんて、闘う前から負けてるやつがあるか。一時十五分に秘書室の前で落ち合おう」

柿崎に追い立てられて、三人はあたふたと部屋から出て行った。

柿崎はそれを見届けてから、おもむろに企画室長席の近くへ移動し、窓際にもたせかけるように背を向けて、資料を広げた。ソファに坐《すわ》っているときは、ぼっと滲《にじ》んで見えた文字が、窓から射し込んでくる光線を受けてはっきり浮かび上がった。A3判の大型の用紙にガリ版向きと思える几帳面《きちょうめん》な字で整然と書き込まれてある。

「ナフサ輸入専用バース建設について」の表題と、①ナフサ輸入の実態、②ナフサ輸入量、船舶量、③専用バース建設のメリット、④ご承認いただきたい事項――の四項目の見出しは大きな文字だからソファに坐っていても読み取れたが、小さな文字やグラフは日光を当てないと読み取りにくかった。

柿崎は一心不乱に資料を読んだ。とりわけ③の「専用バース建設のメリット」は二度眼を通して、一字一句すべて頭の中に刻み込んだ。④の「ご承認いただきたい事項」の中でスケジュール表が線グラフで示されてあったが、これも確実に記憶にとどめた。実によくできている。百点満点だ、と柿崎は思い、「立派だ」とひとりごちて深くうなずいたとき、ざわざわと人の気配がし、「カキさんじゃないか」と、声をかけられた。昼食から戻ってきたのか、一団の中に佐々木が認められた。佐々木は長身をかがめるように丸めて近づいてきた。

「次長、しばらくです」

柿崎は、資料をたたんで背広の内ポケットにしまい、上からそっと押えながら、窓際を離れた。

「技術部と打ち合わせが終わり次第顔を出しますが、お邪魔じゃありませんか」

「四時過ぎならいると思う」

「私のほうも四時ごろまでかかると思います」

「そうか。じゃあ、あとで」

柿崎は、佐々木と別れて本館の秘書室へ向かった。エレベーターの前でタイミングよく森田たち三人と一緒になった。柿崎はエレベーターの中で村山の肩を叩《たた》いて言った。

「どう、武者ぶるいは止まったかい」

「課長のおかげで蕎麦が喉を通りました」

村山の童顔からえくぼがこぼれた。

三階でエレベーターを降りると、すぐ左脇が秘書室である。四人は秘書嬢に副社長室へ導かれたが、大山は不在だった。デスクの前にコの字型にソファが並べてある。デスクを背にしたソファは大山の指定席と思えた。柿崎と森田が窓側に、吉原と村山が廊下側に向かい合った。

「時間は何分とってあるの」

「十五分か二十分と言われてます」

森田が、柿崎の質問に答えながら腕時計に眼を落としたとき、出しぬけにドアが開き大山が現れた。四人ともはじかれたように起立した。大山は無言でソファに腰を下ろした。眼鏡の奥で神経質そうな細い眼をしばたたかせている。眉間《みけん》の皺《しわ》が深い。虫の居所がよかろうはずがなかった。

「きみたち、誰に頼まれて来たのかね」

大山は四人を睨《ね》め回しながら言い放った。

「西本君か、それとも高橋の入れ知恵かなんかしらんが、なすべき努力もせずに、私を屈服させようとしても無理だ。九州石油と誠心誠意話し合うことが筋と思うが、違うかね。一度断られたくらいで諦《あきら》めるとは言語道断だよ。有り余るカネがあるなら別だ。借金で首が回らない。それがこの会社の実態だ。二十億円もバースに注ぎ込むカネがあったら、借金を返すことを考えるべきだろう」

大山は首のつけ根まで真っ赤に染めて、一層オクターブを高めた。

「野放図な投資をしていたら、この会社は潰《つぶ》れてしまう。そんなことにならんように、私は一生懸命やってるつもりだ。きみたちも、芙蓉銀行がついてるから会社は安泰などと、甘い考えは捨ててもらわねば困る。甘えの構造を……」

「ちょっとお待ちください」

森田が強引にさえぎった。その声がふるえている。

「私たちは、西本専務にも高橋企画室長にも無断で、副社長に面会をお願いしたのです。失礼を顧みず、副社長にお会いしたことは申し訳ないと思いますが、あくまで私たちの意思でそうしたことです。専務や室長にご迷惑をかけるようなことになったら申し訳ありません」

「そんなことはどうでもいい」

「どうでもよくはありません。まず、その誤解を解いてくださらなければ困ります。お願いします」

森田が声をつまらせて低頭すると、吉原も村山も頭を垂れた。柿崎だけが、傲然《ごうぜん》と射るような視線を大山に向けている。

「わかった。さしずめ憂国の士というところだな」大山が皮肉っぽく言った。「いいから、顔を上げてくれ」

「そうです。おっしゃるとおり憂国の士なんです」

柿崎は残りの煎茶《せんちゃ》を飲んで話をつづけた。さすがに胸が波打った。

「ここにいる三人は、会社を思う真情だけでここへやって来たのです。どうしても副社長にバースの建設を承認していただきたい。そう思う一心で、相当なリスクを冒して、面会を求めたのだと思います」

「きみは、どこの部だ？」

「申し遅れました。建設本部の柿崎といいます」

大山の眉《まゆ》が動き、疳走《かんばし》った声で浴びせかけた。

「建設本部って、こんなことで大分からわざわざ出て来たのか！」

「いいえ。技術部と二時から打ち合わせがあります。時間が空いてましたので、無理に混ぜてもらいました。昼休みに偶然打ち合わせをしている三人を見かけ、このことを知ったのです」

大山の咎《とが》めるような視線をはじき返すように、柿崎は見返した。

「きみも憂国の士というわけか」

大山の口調がいくらか柔らかくなった。

「とんでもありません」

「あとの三人は企画室の者か」

「企画室の森田です。本日はお忙しいところを申し訳ありません」

「業務部の村山と申します」

「合成樹脂営業部の吉原です」

三人が次々に自己紹介した。いずれもほっとした思いが顔に出ている。

「副社長は、バースの建設にあくまで反対されてるそうですが、なにか特別の理由がおありなのでしょうか」

村山は関西の出身だから、いくぶん訛《なまり》がある。それが鋭さを削ぎ取り、切迫した空気をやわらげるには効果があった。

「あくまでも反対などということはない。私は、経済合理性にかなっていればとやかく言うつもりはないが、すでに存在する九州石油のバースを利用することがベターだと思っているだけだ。失礼ながら、西本君にしても九州石油に対する交渉の仕方が手ぬるいように思えてならないから、ダメを押しているんだ。二十億円といえば大金だよ。金利と償却を考えただけでも胸が痛くなる。この会社の財務体質を考えてくれないか」

「九石の藤井社長から、文書でバースの使用を断ってきたそうですが、いやしくも社長のレターですから、決定的なものと考えます。そうは思われませんか」

「そんなものは見た憶《おぼ》えはないが、仮に事実だとしても、それで諦めてしまってよいとは思わないね。この会社の財務体質を少しでも改善するのが、私の務めだ。そのためにみんなに憎まれても仕方がないと思っている」

大山は、質問者の柿崎に視線を注いだ。

「エチレン設備が完成しても、原料のナフサがなければ設備は動かないのです。九石にナフサの供給余力はありません」

大山は森田のほうをじろっと見て、答えた。

「そう言い切る前に、ナフサの需給バランスをもう少し勉強する必要はないのか。普通に考えれば、九石に限定せず国産ナフサを調達できるんなら、そのほうがリスクが少ないと思うがねえ」

「専用バースのメリットについて、もう一度お考えいただけないでしょうか」

村山がファイルから資料を取り出して、テーブルの上に広げた。

「副社長にお読みいただきたくて、整理したものです。私としましては、客観的にまとめたつもりです。ここにも書いてありますが、仮に九石のバースを借りてナフサを輸入したとしますと、ハンドリング・チャージ（使用料）は年間四億五千万円かかります。つまり、百五十万キロリットルのナフサを輸入したとして、キロリットル当たり三百円の計算です。このほかに、デマレージが年間七億円かかると予想されます。これは、原油船とナフサ船トータルで月に十六日分の滞船が発生するという前提に立っていますが、ハンドリング・チャージと合わせて、年間十一億五千万円のコストという計算になります」

村山は煎茶をひとすすりして話をつづけた。

「一方、当社が専用バースを建設した場合のコストは、設備投資が二十一億五千万円です。内訳はドルフィン（係船柱）十五億五千万円、配管四億円、漁業補償二億円で、償却はドルフィン五十年、配管十年、漁業補償五十年としますと、金利、保税修理、償却などの初年度負担額は五億二千七百万円になるわけです。当社が専用バースを持つことによって、同業他社から委託を受け、逆にハンドリング・チャージをとれることも十分考えられますし、ハンドリング・チャージが上昇すると予想されますから、専用バースのメリットはただいま申し上げた数字を上回るとみてよいと思います」

腕組みして資料を睨《にら》みつけながら村山の説明を聞いていた大山は、ぐいと顎《あご》を突き出した。

「負担額の五億いくらというのは甘くないかね。ユーティリティや人件費をカウントしたらどうなる？」

「はい。それらを織り込んでも六億円にはならないと思います」

村山は間髪を入れずに、自信ありげに答えた。

こうした議論は、実は一年近く前に行われたはずである。何故なら、隣接の九州石油が保有するバースを借り受けることと、専用バースを建設することのコスト比較は、九州石油からそれを断られた時点で意味をなさなくなっていたからだ。それを蒸し返してきたところに、村山たちの巧妙な計算がある、と柿崎は資料を読んだときにそう睨んだのだが、大山が話にたぐり込まれてきたところを見ると、まさに彼らの計算は的中したように思えてくる。

「きみ、エチレン設備は予定どおり三月には完成するのかね」

大山の質問が柿崎にぶつけられた。

「はい。遅くとも四月から試運転に入れると思います」

「そう。バースの工期はどのくらいかかるのかね」

柿崎は、スケジュール表の線グラフを即刻眼に浮かべることができた。

「この資料にもありますが、およそ九か月と考えられますが、季節風の吹きすさぶ冬場は海が荒れて仕事になりませんから、四月、いや三月が着工のぎりぎりのタイミングだと思います」

「漁業補償はどうなっている？」

「内々交渉しているはずです」

「県への申請はどうかな」

森田がつづけて答えた。

「運輸省、海上保安庁も含めて、事前折衝はやっていると思います。ですから、副社長の承認が得られれば、明日《あした》にでも正式に申請できると思います」

「言うまでもないと存じますが、ナフサに限らず、ブタンや天然ガソリンを輸入することも可能です。当社は、原料の多様化にも取り組んでますから、安い原料をいつでも海外から輸入することができるわけです。専用バースを建設することのプラス面は、いろいろ考えられます」

吉原が少しもじもじしながら初めて発言した。本山も言っていたことだが、いいことを言うと柿崎は思った。

「地元に投錨地《とうびょうち》指定の動きもあると聞いています。バースの建設のチャンスは、今を措《お》いてめぐってこないと思うのです。副社長、なんとかバースの建設をご承認いただけないでしょうか」

眦《まなじり》を決して森田が迫った。

「頭取が何と言うかなあ」

大山は伏目がちにふと洩《も》らした。頭取の固有名詞は出していないが、それが芙蓉銀行の笹岡頭取を特定していることは紛れもなかった。

「芙蓉銀行が二期計画に強く懸念を表明していることは知っています。しかし、佐藤社長の経営判断に従って、建設本部は脇目もふらずまっしぐらに前進しています。副社長がフォローしてくださってることはわかってるつもりですが、もっともっとフォローしていただきたいと思います。芙蓉銀行が反対なら、それを説得するのが副社長の……」

柿崎は憎まれ口を叩《たた》いているつもりはなかったし、大山の神経を逆撫《さかな》でしているとも思わなかったが、大山の表情が引きつれていくのが見てとれ、さすがに途中で口をつぐんだ。

「そんなもって回った言い方をしなくてもいい。私は、二期計画の実施時期については、今でも疑問を持っている。結果がどう出るかわからんが、あのとき私が反対したということを、きみたちにもテークノートしておいてもらいたい。だが、バースについては、きみらの勉強ぶりを私なりにチェックさせてもらうつもりだ」

大山は、〝芙蓉銀行のほうばかり見ている〟という社内評が気にならないでもなかった。

思わず洩らしてしまったつぶやきが気持ちの上で負担となっていたから、照れ隠しに怒鳴りちらすわけにもいかなかったが、言わせておけばいい気になって、とむかっ腹だった。しかし、四人が退室するとき、大山は「ご苦労さん。私は若い人と話をするのは好きだから、いつでも来てほしい」と、機嫌を直してねぎらいの言葉をかけている。

本館から別館へ戻るまでに、柿崎がさかんに頭を搔《か》いた。

「すまんすまん。きみらのせっかくの苦労をぶち壊すようなことを言ってしまって。もっとフォローしてくれというのは、やっぱり皮肉になっちゃうよな。あれは言わずもがなで、ひと言多かった」

「僕もドキッとしました。副社長の顔色が変わったから、これはいけないと思って、下を向いて眼を瞑《つむ》りましたよ」

「村山は眼を瞑ったかもしれないが、俺はよくぞ言ってくれた、と思ったけどな」

「ほんとうですか」

と、村山は森田の顔を覗《のぞ》き込んだ。

「副社長はどうやら理解してくれたんじゃないか。コスト比較を持ち出したのがよかったね。おそらく以前論議したことを蒸し返したんだと思うが、見事に意表を衝《つ》いたというところだな。悪知恵にたけた人たちだ」

「違いますよ。同じことを何度も繰り返し主張することが、相手を納得させる最も効果的な方法だと教えてくれたのは、高橋室長です。もっとも、これは西本専務からの受け売りらしいですけどね」

「副社長、わかってくれたんだろうな」

村山と吉原がしたり顔でうなずき合っている。

「なにを偉そうに言ってるんだ。さっきまでめしも喉《のど》を通らなかったくせに」

「森田さんこそ、ほんとうにふるえてたじゃありませんか」

柿崎は満ちたりた思いで後輩のやりとりを聞いていた。彼らは長いサラリーマン生活の中で、一度あるかないかの場面にぶつかったのだ。村山たちの気持ちが高揚していないわけはなかった。

四時半に柿崎が企画室を覗くと、佐々木が待っていた。応接室で二人は話した。

「森田君から聞きました？」

「いや。二時過ぎに外出したよ。今日は帰らんだろう。なにかあるのかい？」

「話したくてしようがないはずなのに、よっぽど時間がなかったのかなあ。森田、村山、吉原の三人がさっき副社長に会ったこと聞いてませんか」

「聞いてない」

「副社長に直訴に及んだのです」

「…………」

「昼過ぎにその話を聞いたので、私も大分代表として参加させてもらったんですが、面白かったですよ。副社長はたじたじでした。村山なんか実に勇敢で、副社長は完全に一本取られた形です」

「いったい、どういうこと？」

佐々木はもどかしそうに訊《き》いた。

「バースの問題ですよ。建設本部、石油化学事業本部が総がかりで向かっていって歯が立たなかった副社長を、わずか三人で陥落させたんです。次長も先週、本山さんと副社長に面会したそうですが、らちがあかなかったのでしょう？」

「……」

佐々木が生真面目な顔でうなずくのを楽しむように、柿崎は弾んだ声でつづけた。

「昼めしを佐々木次長にご馳走《ちそう》になろうかとも考えたのですが、そうしなくてラッキーでした。小橋常務と鮨《すし》を食べて、十二時半ごろ企画室を覗いたら、森田たち三人が話してたんです。聞いてみたら、バースの問題で副社長室に乗り込むっていうから、それなら俺も一枚加えろということで、僥倖《ぎょうこう》にありつけたわけです」

佐々木はどうやら事態が呑《の》み込めたらしく、引っ張った声でつぶやいた。

「そんな話、ぜーんぜん、聞いてなかったなあ」

「連中だって、どうなるか見通しが立たないから黙ってたんでしょう。私だって結果が良くなければ、報告する気になれなかったかもしれませんよ。しかし、結果オーライです。村山のつくった資料を検討させてもらうと確約したんですから、まさにやった！

という感じです」

「糠喜《ぬかよろこ》びということにならないか。カキさん莫迦《ばか》に興奮してるようだけど、もうひとつぴんとこないなあ。われわれはこの数か月の間、苦心惨憺《くしんさんたん》して一生懸命にアプローチしてきたんだぜ。それこそ、腫《は》れ物にさわるような感じの人を相手に、手を替え品を替えしてやってきた。それでも、どうにもならないんだからひどい。手づまり、手の打ちようがなくなったから、恥ずかしい話だが、いよいよ社長に話してトップダウンでいくほかないと考えてたところなんだ」

佐々木はまだ半信半疑らしく、しきりに首をひねっている。柿崎はいかにも確信ありげに言った。

「今日は金曜日ですから、今週中は無理ですが、来週の初めには副社長はバース建設の件で稟議《りんぎ》書《しょ》に判を押すと思いますよ。賭《か》けてもいいですよ。これが興奮せずにいられますか。いや、興奮というより感動しました。憂国の青年社員の会社を思う気持ちにです」

「きみ、いま資料がどうのって言ったけど、資料って何だい」

「これです」

柿崎はポケットから資料を出して、広げながら佐々木に示した。

「決め手はこの資料です。おそらく一年前に論議しているはずですが、バースのメリットを強調しているわけです。正攻法というか古典的というか、村山たちは初心に帰って、一からやり直してみたわけですね」

「この資料は初めて見るな。たしかによく整理されているが、これと似たような資料は、以前副社長に提出してるんじゃなかったかなあ」

「とっくに忘れてますよ。二期計画の工事費を圧縮することばかり考えて、ろくすっぽ見てなかったかもしれませんね。若い社員の熱意に打たれて、やっとどっちが得か考えてみる気になったんじゃないですか」

「あの人は、若い社員の話は聞くのかなあ。芙蓉銀行から昭栄化学に転出して間もないころ、ヒラ社員ばかり集めて勉強会をやっていたという話を聞いたことがあるけど」

「こういうことは考えられませんか。少しむきになりすぎて、振り上げたこぶしをどう下ろそうかと考えていたところへ、村山たちが押しかけてきて、そのチャンスをつくってくれたというか……」

「そんな感じじゃなかったな」

「それじゃあ、やっぱり若い社員の熱意に負けたんですね。しかし、頭のいい副社長がバースのメリットに今ごろ気づくというのも、よくわかりませんね。私もバース問題にはノータッチというか無関心でしたから、昨日、本山次長からこの話を聞いたときは、瞬間的に九石のバースを借りたほうが合理的なのではないかと考えたのですが、バーバース・メリットの説明を聞いて、なるほどと思い、すぐにそれを撤回しました」

「どっちにしても、まだ信じられんが、これで話が前へ進むことになれば森田たち三人は殊勲甲だ。いや違う、カキさんも入れて四人になるか」

「冗談よしてくださいよ。私は彼らの尻馬《しりうま》に乗ったというか、野次馬みたいなものです。村山たちを褒めてやってください」

柿崎は急に顔をしかめ、手の甲で額のあたりをこすっている。佐々木はにやにやしながら言った。

「でも、若い三人をリードしてくれたわけだろう」

「黙って坐《すわ》ってただけです」

「そう照れるな。きみが黙っているわけがない。それより、久しぶりに一杯やらないか。バース問題が解決したとして、前祝いといこうじゃないの」

「やっと信じる気持ちになったみたいですね。ところが、だめなんです。今日は前橋《まえばし》の親父の家に泊まることになってます」

「残念だなあ」

「この資料いただいておきます。室長、席にいなかったようですが、よろしく言ってください。それと森田、村山、吉原の三人にくれぐれもよろしく」

柿崎は佐々木と握手をして別れた。そして浜松町駅へ急いだ。明日《あした》の土曜日に、群馬大学の付属病院に、高校時代のクラスメートである助教授の遠藤を訪ねることになっていたのである。技術部との打ち合わせは柿崎でなければいけないというわけではなかったが、遠藤と会いたいがために出張を買って出たのである。糖尿病が再発したらしい。八年前ほどではなかったが、視力が低下していた。

第七章　病気再発

1

熊谷《くまがや》を過ぎたころから深々《しんしん》と底冷えの厳しさが増してゆく。その夜、柿崎仁が前橋駅へ着いたのは七時半過ぎであった。県庁所在地にしては静かな街である。上州颪《じょうしゅうおろし》がコートの裾《すそ》を引きからげ、躰《からだ》の芯《しん》まで縮み上がらせる。柿崎はコートの襟を立てて急ぎ足になった。

前橋は気候の厳しいところとして知られている。夏の暑さもさることながら、冬の寒さはことのほかきつい。久方ぶりの郷里とはいえ、上州のからっ風がこたえるとは、温暖な大分でぬくぬくとしているせいかもしれない、相当なまっているな、と柿崎は思い、背筋を伸ばして前かがみになっていた躰を起こした。

転勤の直前に挨拶《あいさつ》がてら家族連れで実家を訪れたのは四十九年十二月だったから、一年以上の無沙汰《ぶさた》となる。川崎工場あるいは本社勤めで横浜の社宅に住んでいたときは、正月と夏休みには必ず実家へ顔を出したものだが、大分勤務になってから二度迎えた正月も大分で過ごした。

八年前、一期工事のときもそうだったが、郷里に限らず外へ出るのが億劫《おっくう》になるのは、〝大分の二度泣き〟といわれるゆえんかもしれなかった。

駅から徒歩で十四、五分の前橋市内に柿崎の実家はあった。柿崎の実父の征一郎は、先年、群馬大学の学長を定年で退官し、今は私立大学に教授として奉職していた。実母は、柿崎が社会人になって間もなく病気で他界したが、征一郎は、友人の慫慂《しょうよう》に応じて後添いを娶《めと》っていた。義母の三枝子は気の置けない女だったが、年齢が近いこともあって、柿崎は気持ちの上で距離を感じてしまう。大分への転勤をよいことに、実家と疎遠になっていると言えないこともなかった。

「遅かったじゃないか。もう少し早いのかと思って、三時過ぎには帰ってたんだが……」

征一郎夫妻は、久しぶりに顔を見せた柿崎を歓迎した。

「これでも、一杯やろうという誘惑を断って急いできたつもりなんですよ。仕事で本社へ出張してきたんですから、仕方がないですよ」

「とにかく、一風呂《ひとふろ》浴びたらいい。腹をすかして待ってるんだが、待ちついでだ」

「そうさせてもらいます」

柿崎は烏の行水よろしく五分ほどで風呂から上がり、義母が用意してくれた丹前を着て、居間へ戻った。

「ビールでよろしいですか」

「ええ、湯上がりにはこれがいちばんです」

「あまり飲まんほうがいいぞ」

征一郎が柿崎のほうにちらっと眼をくれると、

「仁さん、少し痩《や》せたんじゃないかしら」

ビール瓶をかたむけながら三枝子が言った。

「そう、私も仁と顔を合わせたとき、そう思った。やつれたというほどではないが、ずいぶん痩せたぞ」

「そうでもないですよ。そりゃあ全盛期に比べたら、七、八キロ減ってますが、百七十五センチの身長に対して六十五キロですから、バランスはとれてるんです。少し太めだったから、これでちょうどいいんです。ともかく乾《ほ》杯!」

柿崎は、グラスを高く上げてから、一気に飲み乾した。

「先刻、そう六時半ごろだったかな、付属病院の遠藤さんから電話があった。受付に話してあるので、保険証を出して、書類を作ってもらったら、すぐ四階の医局へ来るようにということだった。遠藤さんって、たしか眼科の助教授だったね」

「ええ、高校時代の親友です」

「眼科で診てもらうのか、それとも遠藤さんから内科を紹介してもらうのかしらんが、どこか具合が悪いんじゃないのか。おまえがすすんで診察を受けるなんてよくよくのことだろう」

征一郎は、グラスを両掌《りょうて》でこねくりながら、息子の顔をまじまじと見つめた。

「遠藤のやつ余計なことをいってお父さんを心配させて、しようがないやつだ。たいしたことはありませんよ。せっかく付属病院で会うんですから、ただ会うのは勿体《もったい》ないでしょう。視力をテストしてもらおうと思っただけですよ。老眼には少し早いような気もするんですが、若干、視力が落ちてるんです」

「八年前にもそんなことがあったそうだな……」

「……」

柿崎は、おやっという顔で箸《はし》を止めた。糖尿病のことは、もちろん父親には話してなかった。

「志保子さんに電話をかけて、話を聞いたよ。保険証を持って東京へ出張したとは知らなかったそうだ。大変心配していた。ここへ着いたら、すぐに電話をしてほしいと言っていたよ。食事が終わったら、電話してあげなさい」

征一郎は、深刻な顔でつづけた。

「糖尿病が原因で視力が低下しているとしたら、かなり病勢が進んでいるということにならないか。眼底出血しているわけだろう。糖尿とは厄介な病気に取りつかれたものだ」

「そんなオーバーに心配しないでください。以前視力が弱ったことがありますが、そのときに比べると、比較にならないくらい軽いんですから。そうじゃなかったら、いくらなんでも志保子に話しますよ」

「志保子さんに心配かけまいとして黙っていたのではないのか」

「違います」

柿崎は即座にかぶりを振った。八年も前の病状を正確に憶《おぼ》えてるわけはなかったが、あのときとは比ぶべくもないと思う。ただ、放っておいて悪化してもかなわないから、友人の眼科医に診てもらう気になったのだ。

「それくらいにしておけ」

征一郎は、手酌でビールを注ごうとする柿崎から強引に瓶をとりあげた。

十時前に志保子から電話がかかった。柿崎が連絡するまでもないと言い張って愚図愚図しているうちに、しびれを切らしてかけてきたとみえる。

「あなた、どんな具合ですか」

「心配しなくていい。あした遠藤に会うので、ちょっと診てもらうことにしたんだ。親父が勘違いしてきみに電話をしたようだが、たいしたことはない」

「保険証を黙ってお持ちになるなんておかしいわ。よほど悪いんでしょうか」

「他意はないよ。話すのがめんどくさかっただけだ。出張から帰ったら話すつもりだった。ほんとうに心配しないでくれ」

「そうはいきません。あなたがご自分で病院へ行くなんて、かつてなかったことです」

「そんなふうに、きみは大袈裟《おおげさ》に言うから、嫌なんだ。診察の結果はちゃんと話すから、それで勘弁してくれ。きみが大仰なことを言うから、親父まで心配してるじゃないか」

「心配するのは当たり前です」

志保子にしては、きつい言い方だった。実際、義父から電話で聞かされるまで、夫が前橋の実家を訪問することも知らなかったのだから、嫁の立場はなかったといえる。それよりなにより夫の躰が心配だった。我慢強い柿崎が自らすすんで診察を受けようとしているのだから、心配するなと言うほうが無理である。

「あなた、ほんとうに遠藤先生の指示に従ってくださいね」

「わかった。入院しろと言われたらそうするよ」

柿崎は、冗談ともつかず答えたが、翌日遠藤から、入院を勧められるとは夢にも思わなかった。

あくる日、柿崎は午前九時から十二時近くまで、群馬大学の付属病院の中を引き回された。まず、眼科で視力の検査が行われ、右眼が〇・三、左眼が〇・〇七と測定された。両眼とも瞳孔《どうこう》の裏側の毛細血管が切れているため、中心部分の周辺は見えるが、焦点がぼやけてしまう。小さな文字でも、横眼でとらえるように斜めにすると読み取れるが、じきに首がくたびれてくる。検眼鏡や眼底カメラによる検査は、大分の県立病院でも経験したことがあるが、遠藤は、独断を避けるためか、医局員を二人も動員して診せるのでやたら時間をとられる。しかも内科で検尿し、血糖値まで調べた上に、仲間の助教授にも診断を求めるほど丁寧な対応を見せてくれたが、柿崎はいささかげんなりしていた。診察が終わったあと、眼科の教授が不在とみえ、教授用の個室のソファで柿崎は遠藤と向かい合った。

「疲れたか」

「ああ。こんなに厳格にやられるとは思わなかった。きみ一人で気軽に診てもらえると思って来たが、こんなことなら来るんじゃなかったよ」

「そうはいかない。ちょっとやそっとで音を上げるような柿崎じゃないことはわかってるからな。その柿崎が僕の診断を受けにやって来たということは、容易ならざることだと考えるのは当然じゃないか」

「カミさんと同じようなことを言ってやがる。親父のところへ来たついでに旧友の顔を見に来ただけだよ。それで、結果はどうなんだ」

柿崎はうんざりした口調で訊《き》いた。

遠藤は、白衣のポケットからマイルドセブンを取り出して、一本咥《くわ》え、柿崎にもすすめた。

柿崎は首を横に振って、じれったそうに、

「たいしたことはないんだろう？」と、返事を促した。

ライターを鳴らして煙草に火をつける遠藤の緩慢な動作がひどくもどかしかった。

「はっきり言って、あんまりよくないぞ。このまま放置しておくと、失明する恐れも十分あると思う」

「…………」

「初期の段階で、レーザー光線で、出血しやすい毛細血管を焼いておけばよかったんだが、今からでも遅くないだろう。二か月ほど入院してもらうことになるが、光凝固療法というのをやったほうがいいな」

「入院だなんて、冗談よせよ」

柿崎は口ごもった。

「網膜症が進行して失明するよりはいいだろう。手遅れとは敢《あ》えて言わないが、ぎりぎりのタイミングだと思う」

遠藤は、断固とした調子で言い放った。

「しかし、八年前に一度視力が低下したが、いったん回復したんだから、一過性のものと考えるのが自然じゃないのか」

「糖尿病からくる網膜症はそんな単純なものじゃない。医者の立場で言えば、このまま入院してもらいたいくらいだ」

遠藤は、煙草を灰皿に力まかせにこすりつけた。

「節制これ努めるから、入院は勘弁してくれ。半年ぐらいたてば可能かもしれないが、今は無理だ」

「おまえ、そんな暢気《のんき》なことを言っていいのか」

遠藤は、他人事《ひとごと》みたいにまるでこたえていない柿崎にあきれ顔で言った。

「レーザー光線で毛細血管を焼くという治療が効果があるのかどうかしらないけれど、通院ではできないのか」

「できない」

「しかし、今がぎりぎりのタイミングというのはオーバーだろう」

「仕事のことで現場を離れられないのか」

「そうなんだ。一期計画のときもそうだったが、いちばん忙しいときに限って、おかしなことになる。ついてないったらないなあ」

柿崎は、ふーっと吐息を洩《も》らした。もっとも、一期のころに比べれば、はるかに気が楽で、俺が現場から離脱したとしても、なんとかなる、と柿崎は思う。システム室の課長として、計装制御の全般を見ている立場にあるが、エチレンプラントのコンピュータ・コントロール・システムを一人で任された八年前とは比較にならないほど緊張感は少ない。かつて柿崎が担当したエチレンプラントは一年後輩の谷水が担当しているし、沢木や飯岡も成長して、かなりの仕事をこなしていける。上には松島が控えているから、設計作業の段階ならいざ知らず、ここまで来たら、たとえ俺が抜けてもその穴はなんとか埋められるだろう、と柿崎は計算していた。だが、その分が確実にみんなの負担になるのだから、あと半年ぐらいは、頑張れることなら頑張りたい――。

「おまえの言うとおりにするから、なんとか入院の時期を先へ延ばしてもらえないかなあ。酒をやめろと言われればやめるし、食餌療法《しょくじ》も天地神明に誓って守るよ」

「そんなに忙しいのか」

遠藤は、旧友をいとおしそうに見やった。

柿崎は、瀬踏みのつもりで遠藤の返事を待ったが、どうやら妥協してもらえたらしい。それでも断固跳ね返されたら、入院を覚悟するぐらいの気持ちはあったのだが、遠藤は、「可及的速やかに仕事のケリをつけて前橋へやって来るように」と、しつこく念を押して〝即時入院〟を撤回してくれた。

「スポーツはどうなんだろう」

「眼に負担がかからなければ、積極的にやったほうがいいんじゃないか。インシュリンはやってないと思うが、眼にはよくないからやらんほうがいいと思う。俺は眼科だから、めったなことは言えないが、食餌療法の厳守は当然だろう。酒はやめたほうがいいな」

遠藤は、玄関まで柿崎を見送り、そんな注意を与えた。

2

柿崎は、健気《けなげ》なほど食餌療法を守り、アルコール類は一切口にしなくなった。残業を少なくして、努めて部下に仕事を任せるようにした。原書の専門書を読むことはやめなかったが、眼が疲れると志保子に読ませたり、ときにはテープレコーダーに収録させて、あとで聴くこともあった。

勤務中の柿崎の態度は、以前のままでとくに変化はなかったから、上司や部下に視力の低下をさとられることはなかった。いや、仕事に対しては、以前にも増して厳しく、谷水や沢木をよく叱り飛ばした。

「建設中は、机の前に坐《すわ》っている時間をできるだけ少なくしろ。努めて現場へ出て、コントラクター（建設業者）と接触するようにしなければだめだ」

柿崎は、自分自身がそうしていたから、デスクワークにかまけて現場へ出たがらない部下を追い立てるように現場へ向かわせることがよくあった。柿崎は、コントラクターと一体となって建設工事を進めていることを忘れてはならない、と自らに言い聞かせ、緊張感を分かち合うことが大切だと考えていたが、メーカーの技術者が建設をコントラクター任せにせず、現場で一体感を盛り上げる在り方は、工事の進捗《しんちょく》度、丁寧さといった面に確実に現れていた。

柿崎は、朝出勤のとき、飯岡の車に便乗させてもらっていたし、帰宅も飯岡に送ってもらうことが多かったが、車中仕事の話ばかりで、飯岡をして辟易《へきえき》させずにおかなかった。

「一日は二十四時間だぞ。テレビばかり見てたらいかん」

「わかってますよ。課長の〝一日は二十四時間〟は耳にタコができるほど聞かされてます。仕事に対する目的意識を忘れるなってことでしょう」

「そんなに何度も話してるかなあ」

「毎日、一回は聞かされてるような気がしますよ」

「おい。スピードを落とせ、おまえの運転、少し乱暴だぞ。それにウインカーの出し方がなってない。車を左へ寄せるのも遅すぎるぞ」

「これじゃ教習所の教官に助手席に頑張られてるようなもんですよ。少し静かにしてください。それとも、運転を代わってくれますか」

「冗談じゃねえよ。あんないい加減なやり方で免許をもらって、運転ができるわけがねえ。俺が免許を取ったのは四十二年だが、まったく、ひでえもんだった。飯岡はいつ取ったんだ」

「二年前です。僕のときは厳格なものでしたよ。教官に、クラッチの踏み方が悪いって蹴飛《けと》ばされたり、ハンドル操作が下手だって手を叩《たた》かれたりさんざんしぼられましたよ」

「おい。ウインカーを出せ」

「ペーパードライバーならペーパードライバーらしく、静かにしててください」

柿崎と飯岡はそんなやりとりを何回となく繰り返した。

志保子が運転免許の取得に挑戦したのは、五十一年の初夏である。教習所だけでは心もとなかったので、日曜日にしばしば飯岡のコーチを受けることになった。「つまり、僕のドライバーとしての実力を認めたわけですね。これからは口のきき方に気をつけてもらいましょう」。飯岡はそんな憎まれ口を叩きながら、志保子のめんどうを見てくれた。

柿崎は、律義なところがあったから、日曜日をつぶしてくれる飯岡に日当三千円の授業料を納めるように志保子に言いつけ、「水くさい」と言って辞退する飯岡に、志保子は、「あなたに毎日乗せていただいてるし、ほんの気持ちですから」と、茶封筒をポケットにねじ込むようにして、その薄謝を渡していた。志保子が自動車の免許を取り、小型車を購入したのはその年の秋である。柿崎がゴルフを始めたのはそのころだ。

体重は六十五キロから増えも減りもしなかったし、視力も低下していなかった。それどころか節制の甲斐《かい》あってかいくぶん持ち直しているように思えた。前橋の遠藤から二度、長距離電話がかかり、入院を催促されたが、状態の良いことを強調して、先送りしてもらった。

柿崎は明野北町の社宅から徒歩十分足らずのところにある打ちっ放しのゴルフ練習場へ毎日曜日の午前中に通い詰め、三か月ほどコーチについて、みっちり基礎を身につけた。学生時代と入社後も独身時代に卓球をやったくらいのところで、スポーツに自信のあるほうではなかったが、ゴルフの上達は早かった。コーチから筋がいいと褒められたこともほどよい刺激になって、柿崎は一時期、ゴルフに熱が入った。『ゴルフ入門』『初心者のゴルフ』『ゴルフ上達法』『秘密のゴルフ』など、ゴルフ関係の書物も十冊以上読破した。もっとも、そのうちの半分以上は、志保子の援《たす》けを借りたが、ゴルフに関する理論的な話なら、大分コンビナート三千人の従業員の中で柿崎の右に出る者はいなかったろう。

白球をクラブヘッドの芯《しん》で捉《とら》えたときの手ごたえの爽快《そうかい》さといったらない。柿崎がゴルフに向いていたと思える理由の一つに、いわゆるヘッドアップをしない点が挙げられる。視力が弱いから、打ったボールの行方が確認できない。したがって、ボールを追う必要がないから、顔を上げなくて済み、フィニッシュまでフォームが崩れないという利点があったのである。

娘たちは、ゴルフに付き合ってはくれなかったので、柿崎は、もっぱら志保子を練習場へ引っぱり出した。「きみも、健康と美容のためにゴルフをやらないか」と殺し文句で志保子を助手につけたが、ボールの行方を志保子に確認してもらうのが柿崎の狙いだった。

「おい、どうだ」

「ちょっと右へ寄りすぎてる」

「今度はどうだ」

「やっぱり右の方へ行ったわ」

「距離はどうだ」

「二百ヤードの標識を越えてます」

「こんどはいいだろう」

「ええ。ナイスショットよ。まっすぐだわ」

志保子は手を叩いて、答える。

「そうだろう。手の感触でわかるよ。会心の当たりだ」

柿崎は嬉《うれ》しそうに白い歯を見せる。

「きみも、ちょっとやってみないか」

「いいえ。私は、たくさん」

「そうかあ。やってみると、実に爽快だぜ」

柿崎は、打席へ戻って、ゴム製のティーにボールを乗せた。

柿崎は、社内コンペにも積極的に参加した。アプローチパットは視力の加減で苦手だったが、それでも二度目のラウンドでハーフ五十八のスコアをマークし、「俺は道を誤った。ゴルファーを目指すべきだった」と得意満面で語ったものである。ただ、飯岡、沢木、相川など気心の知れた者がパートナーの中に入っているときは、問題はなかったが、そうでないときは、柿崎が自分の打ったボールの行方をしつこく訊《き》くのをうるさがって、「そんなに無理をしてゴルフをやって、面白いかねえ」と、厭味《いやみ》を言われたこともある。

3

大分石油化学コンビナートの二期工事は、不況期で建設業者の手がすいていたことや、一期工事の経験が十分に生かされたため、予想を上回るスピードで進行していた。大山副社長の頑強な反対によって着工が遅れていた輸入ナフサ専用バースも、五十一年四月には建設工事に着手することができた。村山たち若い社員の直訴が効を奏して、その三日後に大山は承認のサインをしたのである。

コンビナートの北側海岸線から沖合に向けて四百五十メートル、水深十八メートルの地点に建設される着船用バースは、陸上の貯槽タンクに直径三十インチのパイプで接続し、最大七万トン級のタンカーが接岸、十三万五千キロリットルの付属タンクを含めてフル稼働時で年間約百五十万キロリットルの原料が受け入れられる能力を持つことになる。

バースとタンクは、三、四年後に国産ナフサが不足し、輸入ナフサが格安のときに威力を発揮した。これによって昭栄化学工業は、弾力的な原料調達が可能となり、巨額の利潤を生み出すことになる。さらにナフサ一辺倒の原料体制を改め、ブタンなども使用できるように原料多様化技術を開発したことが相乗効果をもたらすが、後年、西本康之は「九州石油にバースの使用を断られて、他動的理由でやむなくバースとタンクをつくったが、言うなればまぐれ当たりのようなものだ。一方、原料の多様化は、早い時期から狙いすまして準備していた戦略の一つである」と述懐している。バースとタンクは五十二年三月に完成した。一か月後の四月には、年産三十万トン能力の第二エチレン設備が完成するが、十三日にオイル・インし、三十数時間でオンスペックに達している。当時、外国誌は「大分コンビナートの新設エチレンプラントのスタートアップ三日で完了。これは記録的である」と報じた。

そのコピーが手元へ届いたとき、柿崎はワイシャツの胸に仕舞って、社宅へ帰ってから、食事の前に志保子に読んでもらった。

「この記事のとおりですか」

「もちろんだ。三日というのは、完全に運転が軌道に乗るまでの期間で、オンスペック（規格品）に到着するまでの所要時間は十三時間四十七分。この記録はちょっと破れないんじゃないか」

「夢のようですわね。一期のときの苦労を考えると、とても信じられませんわ」

「まったくだな。いかに経験がものをいうか、よくわかるよ。緊張感がまるで違う。一期のときは、何日会社に泊まり込んだか憶《おぼ》えてないほどだが、今度はたったの二日だものな。ほんとうは一日でよかったんだが、安全をみて二日にしたんだ。なんだか拍子抜けしてしまったよ」

「あんなひどいことにはならないと思ってましたが、やはり緊張しましたわ。あなたがわりあい暢気《のんき》そうなので、ほっとしましたけれど」

「………」

「きょうは特別な日ですから、久しぶりにビールを出しましょうか」

志保子に、顔を覗《のぞ》き込まれて、柿崎は一瞬逡巡《しゅんじゅん》したが、「やめておこう。飲みだすとくせになるからな」と、答えた。

「工場ではいつもそうだが、ジュースの乾杯で我慢しよう。いや、お茶にしよう。番茶でいいよ」

「あなた、ご立派ですわ」

志保子は、夫の自制心を頼母しく思う半面、いとおしさが募った。

「たいしたことねえよ。酒なんか飲まなければ飲まないで、どうってことねえや」

柿崎は、照れ隠しのつもりか、ことさらにぞんざいな言葉遣いになっている。

「エチレンプラントが完成したら、少しは楽になるんじゃありませんか。有給休暇をまとめてとらせていただいて、遠藤さんとの約束を実行したらどうかしら。あれから一年以上もたってるんですよ」

「そんな約束はすっかり忘れてたよ。こういう……」

柿崎は、テーブル上の外国誌の切り抜きコピーを手に取って続けた。

「細かい字は読みにくいが、眼の具合は悪くなっていない。とくに困ることもないし、これだけ節制してるんだから、良くなりこそすれ、悪くなることはないだろう。レーザーで血管を焼くことが、遠藤が言ってるほど効果があるかどうか俺には疑問なんだ」

「でも、やらないよりはやったほうがいいと思います」

「けっこう次から次へと仕事が出てきて手が抜けねえんだよな。会社っていうのはな、よっぽど重病で寝込むかなんかしなけりゃあ、休めないようになってるんだ」

「あなたご自分で忙しくしてる傾向がおありのようね」

志保子がテーブルに掌をついて立ち上がったとき、弘子と陽子が顔を見せた。

「お腹すいたあ。ごはんまだ」

陽子は、そう言いながら英文のコピーを摘《つま》み上げた。

「なんだ、こりゃあ」

「アメリカの雑誌がお父さんの会社のことを書いてくれたんですって。新しいエチレンプラントが完成したのよ」

「へーえ。そうすると、また竣工式《しゅんこうしき》をやるんでしょう？」

「やるかもしれないな」

「今度もダークダックスが来るかしら」

「ばかねえ。同じことを二度もやるわけないでしょう」

中学三年の弘子が、小学校六年の陽子に姉さんぶった口調で話している。

「そんなことわからないでしょう」

「決まってるじゃない。ねえ、お父さん」

「今は会社が不景気だし、一般的にも増設の完成で派手な竣工式をやることは少ないだろうな。しかも石油化学業界の猛反対の中を建設したいわくつきのプラントで、昭栄化学は異端児みたいに思われてるから、竣工式をやらないことも考えられる」

実は、第二期計画工事の竣工式は五十二年八月二十五日に行われた。誘導品の設備のすべてが完成したのはその年の七月だったからだ。四十四年六月四日の第一期計画の竣工式の祝賀記念祭典に比べてはるかに質素な竣工式であった。建設工事参加企業に対する感謝状の贈呈式、コンビナート内の見学会、記念植樹などが行われたにすぎない。

4

柿崎が、網膜光凝固療法の手術を受けるため、群馬大学付属病院に入院したのは五十三年三月下旬のことである。

陽子のテニスの試合に応援に出かけて、至近距離からテニスのボールがはっきり見えないことにショックを受け、手術を受ける気になったのである。陽子は、小学五年生のときからテニスクラブに通っていたが、地元の中学校へ進学し、テニス部に入部するなり上級生を押しのけて、市の大会に出場するまでに上達していた。父親譲りのがっしりした骨格と、運動神経に恵まれた陽子は、中学でテニス部のエース格にのし上がり、中学女子の部の個人戦で準決勝へ進出したのである。柿崎は、志保子に誘われて、日曜日の昼前に市営の総合グラウンドへ散歩がてら出かけたが、会場で、偶然本山に出くわした。本山の娘も出場していたが、中学二年のその娘は、二回戦で敗退していた。

「女房は、娘が負けるのを見るのはつらいと言って来なかったが、たしかにこんなに早く負けるんだったら、来ないほうがよかったですよ」

本山は、そんなことを志保子に言いながらも、柿崎夫婦と最後まで陽子を応援してくれた。三回戦も、四回戦も引き続き、四ゲーム先取でストレート勝ちした陽子は、準決勝の始まる前に、昼食をとりに観覧席のベンチへやってきた。

「陽子ちゃん、強いなあ、うちの娘《こ》が四—二で負けた相手に、一ゲームも取られずにやっつけちゃうんだから、すごい。小父《おじ》さん胸がスーッとした。ここまで来たら、優勝しなくちゃあ。昭栄化学工業のためにも頑張ってね」

「はい。頑張ります」

陽子は、にこにこ顔で海苔《のり》でくるんだおむすびを食べている。

「陽子のボールは、ゆるいからなあ、ここから先は、大変だぞ」

「なに言ってるの。お父さん、眼が悪いのにテニスのボールが見えるわけないじゃない」

本山はハッとした顔で、眼のやり場に当惑している。志保子も、おろおろして「陽子さん、テニスのボールぐらいお父さんにだって見えますよ」と、たしなめるように言った。

「そうかなあ、陽子は見えっこないと思うけどな。ねえ、ほんとうは見えないんでしょう？」

陽子に訊《き》かれて、柿崎は具合悪そうに「少しは見えるさ」と、答えた。

「だから、早く入院して手術すればいいのよ」

陽子は、まるで屈託がない。

準決勝が始まった。四回戦までは四ゲーム先取制だが、準決勝から六ゲーム制となる。四回戦までは、ラブゲームを何度も取り、一方的に相手を破ってきた陽子も、準決勝では苦戦した。相手は、強いサーブ力を見せ、二度続けてサービスエースを取られ、一ゲーム目はワンポイント取るのがやっとで、ブレイクすることができなかった。二ゲーム目もファーストサービスが決まらず、接戦の末、陽子は敗れた。相手は三年生で、陽子よりはるかに大柄の選手だ。

本山は、陽子がポイントを取るたびに盛大な拍手を送り、ポイントを献上したときは天を仰いで悔しがった。志保子も、両手を胸のあたりで握りしめるように合わせて、陽子の勝利を祈った。二人とも夢中で応援しているが、柿崎は軟式のやわらかいテニスボールの行方を追うことがほとんどできなかった。結局、陽子は、六―四で惜敗し、決勝進出はならなかった。

柿崎が受けた網膜光凝固療法とは、網膜症の進行を防ぐ目的で、出血しやすい新生血管に、細く絞ったアルゴンレーザー光線を照射して焼いてしまう治療法だが、術後、一時的に視力は若干回復したかに見えた。

糖尿病の治療を含めて五月末まで入院するが、五月中旬に部下の沢木が、本社への出張のついでに前橋まで足を延ばして見舞いに顔を見せてくれた。

「本を読めないのがいちばんつらいよ」

「課長は読書家だから、その気持ちはよくわかりますよ。その分、奥さんが苦労してるみたいですね。技術書をテープに吹き込んでもらってるそうじゃないですか。それも英文のがたくさんあるって、奥さんこぼしてましたよ」

「あいつそんなこと言ってたか。ときどき翻訳も頼んでるが、英文科を出てるくせにボキャブラリーがプアーで、たよりねえんだよな」

「なに言ってるんですか。普通じゃ考えられませんよ。課長の奥さんだから、できるんじゃないですか。専門用語に戸惑うぐらいあたりまえです」

二人部屋の一方のベッドが空いているので、個室並みになっていたから、声高に話しても他の患者に迷惑をかけることはない。柿崎はパジャマ姿でベッドの上にあぐらをかいて坐《すわ》り込み、沢木は、備え付けの丸椅子に腰掛けている。

「そんなことよりトラブルはないだろうな」

「すべて順調です。課長がいないから、みんなかえって緊張してますけどね」

「ほんとうか。鬼の居ぬ間の洗濯をきめ込んでるんじゃないだろうな」

「言われないうちに言っておきますが、〝自分より職階が一つ上の立場、考え方で物事を見、職階が一つ下の者の分の仕事まで行え〟を課員一同励行してます。課長にあれだけ同じことを何度も言われると、その気になってしまうものですね。給料を倍もらわなければ合わないって、みんなで話してますよ」

「……」

柿崎は、手の甲で額のあたりをこすりながら訊いた。

「今度の出張は何だったの？」

「くだらないヤボ用です。中国から来てる技術ミッションが大分コンビナートを見学するっていうんで、その打ち合わせで、丸紅と日揮へ行って来ました。大慶《だいけい》に大型のエチレンプラントを建設する計画があるそうですけど、三井物産―東洋エンジニアリング組が受注することに決まってるみたいですよ。丸紅が強引に割り込んで、お義理で大分を見てくれるそうですが、あんまり意味がないんじゃないですか。忙しい思いをして、無理にウチのコンビナートを見てもらう必要はないですよ」

「物産とTEC（東洋エンジニアリング）は、中国との契約にサインしてるのかい？」

「まだそこまではいってないでしょうけど、九分九厘確実と聞いてます」

「それはどうかな……」

柿崎は、沢木の方へ躰《からだ》をぐっと近づけた。

「大分の第二エチレンは、世界の最新鋭プラントだぜ。あのプラントを見て食指が動かないわけがない。どういうレベルの技術者が来るか知らんが、中国にだって石油化学工場は存在してるんだから、判断する能力はあるだろう。沢木、この話は、大変な朗報かもしれないぜ。丸紅―日揮のグループが強引に大分コンビナートに中国の技術ミッションを招いた狙いもその辺にあるんじゃないだろうか」

「そんなものでしょうか」

沢木の、細面の顔に朱が差した。柿崎は気魄《きはく》を込めて言った。

「逆転サヨナラホームランの可能性は十分あると俺は思うな。ウチのコンピュータ・コントロール・システムを見て、欲しがらなかったら、よっぽど間の抜けたミッションで、そんなものは偉そうに技術ミッションなんて言えたシロモノじゃないぞ。信義を重んじる国だから、物産―TECグループと契約を結んでいれば、逆転は不可能だが、そうでなければ、なにが九分九厘決定なもんか。沢木、この話は絶対にいけるぞ」

沢木は、胸ぐらをつかまえられてるような圧迫感でたじたじとなった。

「課長に言われて、なんだかその気になってきましたけど、丸紅も日揮からもそんな感じは受けませんでしたが」

「何を言ってるんだ。勝負はこれからだぞ」

柿崎は、沢木の姿勢に気づいて、あわてて躰を立てかけた。沢木は、ベッドの上から柿崎が覆いかぶさらんばかりに前のめりになってくるため、自然、上体を反り返らせていたのである。

「俺から松島次長に電話してもいいが、きみから伝えてくれ。いいか、中国の技術屋に、隅から隅まで余すところなくコンビナートを見せてやってほしいんだ。とくに計装、制御関係は念入りに見せてもらいたい。ノウハウを盗まれるなんてケチな考えは持たずに、徹底的にオープンな態度で、彼らの質問にはすべて答えるようにすべきだと思うんだ。それで、ウチの技術を買わなかったら、彼らの見る眼がないんだから諦《あきら》めもつくじゃないか。おそらくそんなことはないだろう。東南アジアの某発展途上国みたいに、賄賂《わいろ》を要求するようなところではないし、リーズナブルな判断をする国だから、大いに可能性はあると思うな。そろそろひと昔になるが、一期計画で苦労したときに、将来技術を輸出することだってありうるという意味のことを話して、相川たちを激励した記憶があるけれど、それが実現するかもしれないなあ」

「たしかに、可能性はありますね」

沢木は、久しぶりに柿崎の眼がきらきら光を放つのを見たと思った。

「たまに東京へ出て来たんだから、ほかに行く所やすることがたくさんあったと思うが、前橋くんだりまで見舞いに来てもらって、ほんとうに申し訳ない。恩に着るよ。きみに会えて、嬉《うれ》しかった」

「僕のほうこそ課長に会えてラッキーでした。正直なところ中国の技術ミッションを迎えるのは気が重かったのですが、歓迎する気持ちになれそうです」

「げんきんなやつだなあ」

「………」

沢木は、首をすぼめて頭を掻《か》いている。

「とにかく、うちのコンビナートを心ゆくまで見てもらうことだな」

「ええ。そうします。あまり長居してもなんですから、そろそろ失礼します」

「まだ、いいじゃないか。それより、今晩俺の実家に泊まってってくれないか。そろそろ親父も帰ってくる。電話をしておくから、一晩だけ親父の話し相手になってくれるとありがたいなあ」

「いや、十五時十三分の電車に乗れば、大分行き最終便に間に合います。早く帰って報告したいことがたくさんありますから」

「そうか。沢木も仕事の鬼になってきたなあ」

「上にいる人がいる人ですからね。これでも鍛えられてますから」

「俺のことをあてこすってるつもりか」

「ほかにいますか」

「なにを言うか。仏の柿崎をつかまえて」

「ご冗談でしょう。鬼の柿崎を自他共に認めているはずですがね」

二人は、真面目な顔で冗談を言い合って別れた。

5

五月初めに来日した中国石油化学技術ミッションが日本各地の石油化学コンビナートを精力的に見学し、最終目的地の大分入りしたのは五月二十七日のことである。最終目的地というには当たらない。同ミッションが大分を訪問する予定はなかったのだが、関係者の熱意に押されて、日程を変更したのである。陶遵礼団長以下一行十六名はすでに来日の目的を果たし、ついでに立ち寄るといった気軽な感じがあったせいか、くつろいだ雰囲気をただよわせていた。

ミッションを受け入れる側も、ひょっとしたらという一縷《いちる》の望みはないとはいえないが、今後の永い友好関係の中で中国との商談が出てくることを期待するといった程度の気持ちだったから、胸襟を開いて気楽に応対した。もっとも、昭栄化学工業の松島や沢木は、なにやら柿崎に暗示をかけられて、五〇パーセントの確率で、エチレン・コンピュータ・コントロール・システムが技術輸出される可能性はあると思わぬでもなかったので、それなりに緊張していた。

新鋭の大型エチレンプラントや中央制御室を見学するころから、一行の眼の色が変わり始めた。とくに若い技術者は、来日して初めて目の当たりにするコンピュータ・コントロール・システムにすっかり魅了された様子で、メモを取りながら、沢木たちにシステムの利点を根掘り葉掘り質問し、ときには団員の技術者同士が熱心に立ち話で討議する場面も見られた。

大型コンピュータを装備した中央制御室から一時間近くも退室しようとせず、沢木たちをつかまえて放さなかった技術者が、先輩格の団員に促されて名残惜しそうに立ち去った直後、松島と沢木は、予期せぬ手ごたえに上気した顔を見合わせた。

「すごい熱気だったな。カキさんに見せたかったよ」

「ええ。驚きました。彼らがこんなにも勉強家とは思いませんでした」

「そうだな。初めは、なんだか遊びに来たような感じでこっちもしらけたが、第二エチレンを見学したころから顔色が変わるのがわかったものね。CCR（中央制御室）に来てから、ミッションのムードは最高潮に盛り上がったんじゃないか」

「そう思います。しかし、柿崎課長が説明役になってたら、もっと盛り上げたんじゃないでしょうか。声も大きいし、熱の入れ方といい、われわれとは迫力が違いますからね」

「そうかもしれないな。気にしてるだろうから、あとで病院へ電話を入れてやったらどうだ。技術輸出に直結するかどうか、そう簡単に運ぶとは思えないが、今日の見学会のムードだけでも伝えてやったら喜ぶんじゃないか」

「はい。病院へ電話するのもなんですから、さっそく今夜にでも手紙を書きます」

あくる日の午後、中国技術ミッションは、高崎山と水族館の観光を中止し、ミーティングを持ちたいと申し出てきて、昭栄化学の関係者を驚かせた。本国とも連絡をとっていたと思えるが、相当な権限を持たされているとみえ、エチレン・コンピュータ・コントロール・システムをハード、ソフトを含めて一式導入したいとミッションが意思表示したのは、その日のミーティングの席上であった。その上、昭栄化学工業のEPICS（エチレン・プラント・インフォメーション・コントロール・システム）が決め手となって、急転、丸紅―日揮グループとの間にエチレンプラントに関する技術導入交渉が進められることになった。柿崎の予見はずばり的中したのである。

その夜八時過ぎに、柿崎から沢木の自宅へ電話がかかった。

「先日はお見舞いありがとう。今、親父の家なんだ。きょうの午後退院したんで、連絡しておこうと思って」

「そうですか。おめでとうございます」

「きょうは水曜日だから、三、四日トレーニングさせてもらって、来週月曜日から出勤するようにするよ」

「あわてることはありませんよ。もう少しゆっくりされたらどうですか」

「そう邪魔にするな。糖尿というのはなまくら病で際限《きり》がないから、いい加減なところで切り上げないと、かえって躰《からだ》がおかしくなっちゃうよ。それより、どうだった？」

「どうだったって、何がですか」

沢木は、松島たちと社員クラブで祝杯を上げ、一杯機嫌だったから、柿崎をじらす気になっている。というより、すぐに話してしまうのは勿体《もったい》ないというか、愉《たの》しみを先送りしたい気持ちだった。

「中国の技術ミッションは大分コンビナートへ来なかったのか」

「来ましたよ。きのう課長宛に手紙を半分書いたので、今夜残りを書いて、あした投函《とうかん》します。住所を教えてください」

「おい、手紙ってどういうことだ」

「速達で出しますから、あとでゆっくり読んでください」

「何のことかわからんが、ミッションの反応はどうだったの。少しは脈があるんだろう？」

「大ありです。筆不精の僕がせっかく手紙を書く気になったのにちょっと残念ですが、言っちゃいます。ウチのEPICSを技術導入したいと、きょう中国ミッションから申し入れがありました。いや、エチレンのプラント輸出を含めての大型商談に発展しそうな状況です。課長の見通しがあんまりぴたり当たっちゃったんで、もうびっくり仰天ですよ」

「ほんとうか。かついでるんじゃないだろうな」

柿崎の声がオクターブを上げ、負けずに沢木の声も疳高《かんだか》く弾んだ。

「松島次長と祝杯を上げて、たった今、帰って来たところです。あんまりタイミングよく課長から電話がかかったので、誰かに先回りされたかと思いましたよ」

「…………」

「これから交渉に入るわけですから、まだ喜ぶのは早いかもしれませんが、中国側の熱意からみて、間違いないと思います」

「そうか。やったか。うん、うん。よし、そうか、そうか」

柿崎の興奮した声は言葉をなしていない。

「次長がCCRでカキさんに説明役をやらせたかったたって言ってました」

「中国の技術屋さんの眼はフシ穴ではなかったわけだな」

「フシ穴どころか、眼の色を変えて一時間近くも食いついてきました。彼らの技術レベルは、そうばかにできないんじゃないでしょうか」

「また仕事が一つ出てきたな。二期の建設が終わって運転はすべて順調だし、今度は何をやったらいいのか、病院でいろいろ考えてたんだが、良い知恵が浮かばなかった。中国との話がもしかすると、と思わぬでもなかったが、まさか、こんなにうまくいくとはねえ」

「…………」

「どうせ北京《ペキン》で交渉することになるんだろうが、そのときは俺が行かせてもらうぞ。ハードネゴなら任せてくれ。われわれが心血を注いで開発したEPICSを安売りされちゃあ、かなわんからな」

「課長、今からそんなに入れ込んで大丈夫ですか。また糖尿病が悪化しますよ」

「何をぬかすか。仕事が最大の良薬だよ」

柿崎は、実際胸が熱くたぎるほど興奮していた。長距離電話の長話を咎《とが》めるわけでもあるまいが、義母の咳払《せきばら》いが聞こえなかったら、柿崎はもっと沢木と話していたかもしれない。

ついでながら、第二エチレンプラントの操業が軌道に乗った前年の秋、大分建設本部は解散し、松島や柿崎は大分工場の技術部に配属され、松島はシステム室長から次長に横すべりしていた。技術部長の村田は、川崎工場長に、同建設部長の木原は大分工場長に昇進していた。

六月初めに三か月ぶりに出社した柿崎は、中国との技術輸出交渉の担当を買って出たが、松島からストップがかかった。理由は、病み上がりの柿崎を海外に長期出張させるわけにはいかないということと、部・課長レベルの責任のある地位の者を北京に派遣するよりは、「私には判断できません」と言い訳できる課長補佐にとどめたほうがベターではないかと、商社筋からサジェスチョンがあったからだ。

華僑《かきょう》の流れを汲《く》む中国人は、世界でも有数のネゴシエーターと言われている。中国との商談、それも中国側が買い手に回ったときの厳しさといったらない、と中国との商談で交渉した多くの商社マンが評言しているが、六月中旬から北京で行われたエチレンプラントのコンピュータ・コントロール・システムに関する技術輸出交渉に、昭栄化学工業は、大分工場技術部課長補佐の沢木を派遣することになった。

柿崎は、国内で、コンピュータのハード部門を担当する日立製作所、横河電機両社および丸紅―日揮グループとの調整役を担当した。沢木が北京から電話で、指示を仰いできたときは、もちろん柿崎が窓口になったが、約一か月に及ぶマラソン交渉がまとまり、契約に調印したのは七月中旬のことである。

第八章　大慶へ

1

夕陽が地平線にかかったのは午後四時十分である。柿崎は、汽車の窓に顔をこすりつけるようにして、橙色《だいだいいろ》のでっかい夕陽を眺めやっていた。

落日が西の空を赤く染めて大地に没したのは、その三分後だが、柿崎は息を詰めて瞳《ひとみ》を凝らしつづけた。

「素晴らしい光景ですね。地平線に沈む夕陽を見ることができただけでも、中国へやって来た甲斐《かい》がありますよ」

柿崎が感動をこめて言うと、松山が「ほんとうですね。溜息《ためいき》が出るほどです」と応じた。

「地平線がかすかに丸みを帯びて見えませんか」

「……………」

「なるほど、たしかにそう見えますねえ」

柿崎に代わって、沢木が答えた。柿崎の視力では、はるかかなたの地平線はもやったようにかすんで見えるだけだ。

「地球が球形であることを旧満州《まんしゅう》の大地が教えてくれたわけですね。それにしても、中国は広いですねえ。北京を発《た》ったのは昨夜の八時だからもう二十時間も汽車に乗ってることになります」

「沢木さん、この程度で驚いてはいけません。うちの上海《シャンハイ》支店に、上海からウルムチ（新疆《しんきょう》ウイグル地区）まで三昼夜、延々七十二時間も汽車の長旅を経験した者がいます」

松山が、寝台に腰をおろして言った。松山は、丸紅北京支店の駐在員で、日本でも有数の中国語使いとして知られている。昨夕、アテンドのため、北京空港へ柿崎たちを出迎えてくれたのである。

前日の午後八時七分に北京駅を発車したチチハル行きの特急列車に三人が乗り込んだとき、丸紅北京支店で手配した乗車券の関係でコンパートメントが分かれ、中国人の旅行者と一緒にされるところを、流暢《りゅうちょう》な中国語で車掌と渡り合って、三人を同じコンパートメントに集めてくれたのは松山である。コンパートメント型の寝台車は軟臥車《なんがしゃ》、それ以外は硬座車とある。

「融通の利かないところだと思ってましたが、そうでもないんですかね」

と、柿崎が訊《き》くと、松山は、

「愚図愚図言ってましたが、われわれは石油化学コンビナートの建設を指導するために、中国政府から招かれて大慶へ行くところだ。そのために車内で重要な打ち合わせをしなければならない、って言ってやったんです。われわれはしんがりで、この一週間ほどの間にすでに五十人からの日本人が大慶入りしてるんですから、われわれが大慶に何をしに行くのかわかりそうなものだし、それに言葉の通じない日本人と一緒に旅をするより、中国人同士のほうが彼らだって気が楽でしょう」

と答えたが、そのおかげで、車掌の態度が改まり、なにかと気を配ってくれた。日本語に翻訳した雑誌を届けてくれたり、ウーロン茶を運んできたり、朝、洗面やトイレの使用でも柿崎たちを優先的に扱うという按配《あんばい》である。

「大慶までまだだいぶかかりますか」

「いや、一時間足らずだと思います」

松山は、沢木に返して、「それにしても冷えますねえ」と、コートの襟を立てて首をすぼめた。

「さっきまでスチームが効いていたようですが、省エネルギーというわけなんでしょうか。鉄粉カイロを用意してきましたが、お使いになりますか」

「それはありがたい」

「課長はどうですか」

「僕はけっこうだ。外の寒さはこんなものじゃないだろうから、少しは慣らしておかないと。それに、間もなく大慶に着くんじゃないのか」

「課長、無理しないでくださいよ。鉄粉カイロといっても莫迦《ばか》にできませんよ。風邪でもひかれると困ります」

「心配するな。こう見えても寒さには強くできてるんだ」

「ばってらが一折残ってますが、片付けちゃいましょうか」

「それはありがたい。昼食に列車食堂で、わんさと中華料理を並べられたときは見ているだけで腹がいっぱいになって、あんまり食べられなかったから、少し腹が減ってきた」

「そうですね。七、八品はありましたかね。ランチ程度と思ったら、鯉の空揚げまで出るのにはびっくりしました」

深夜、寝しなに酒の肴《さかな》に食べたときも旨《うま》いと思ったが、今はその何倍も美味《お》しく感じられる。鯖《さば》ずしは、沢木が搭乗間際に成田《なりた》空港で買い求めたものだ。

「そんなもの買って誰が食べるの」

「課長は、食べなくてけっこうです。カロリー制限してる人には毒ですから」

「旅行中くらいは少し自由にやらせてもらうさ。郷に入っては郷に従えだ。本場の中華料理を賞味させてもらうよ。ばってらってことはないだろう」

そんなことを言った柿崎が、今は「旨い旨い」を連発している。

「そんなに美味しいですか」

「三食続くと中華料理もちょっとくどいな」

「そんなことでは先が思いやられますね。郷に入っては郷に従えとかなんとか、かっこいいことを言ってたのは誰でしたっけ」

「建前と本音は違うさ」

柿崎は、一本取られたかたちだが、しれっとした顔で二つめの餅ずしを頬張った。

特急列車が大慶駅へ着いたのは午後五時十五分である。車掌が手動のドアを開けると、柿崎は寒気でツーンと鼻が痛くなるのを覚えた。北京駅でも感じたことだが、構内はひどく薄暗い。首都の幹線駅がそんなふうだから、黒竜江省《こくりゅうこう》の省都ハルピンにしても天津《てんしん》にしても、プラットホームは日本のローカル駅のたたずまいである。

大慶駅は、貨物列車の停車駅とでも言ったらいいのか、低いプラットホームといい、乗降客の少なさといい、ローカル線の小駅そのままの趣だ。

柿崎たちがデッキからプラットホームに降りたとたんに、暗がりの中から忽然《こつぜん》と現れた七、八人の男たちに取り囲まれた。いずれも防寒服で身を固めている。柿崎は汽車の中でなにか悪さでもしでかしたっけか、と一瞬ぎょっとして気を回したが、それが駅頭での〝熱烈歓迎〟であることがわかるまでにたいして時間はかからなかった。

「柿崎先生、沢木先生、松山先生、ようこそおいでくださいました。われわれ大慶革命委員会と大慶石油化工総公司は、熱烈歓迎いたします」

通訳とおぼしき若い男が進み出て、切り口上で挨拶《あいさつ》した。

一行は大慶駅の貴賓室に案内され、熱いウーロン茶を振る舞われた。四、五十人は収容できそうな貴賓室は、駅とは不釣り合いに、シャンデリアが輝き、ソファまで備えてある。そこで柿崎たちに紹介された出迎えの中国側関係者は、大慶石油化工廠《こうしょう》総経理の王可駒《おうかく》、副総経理の王瑛《おうえい》、大慶設計院副院長の李長文《りちょうぶん》、管理部長の張殿印、接待部長の南廷才らである。ほどなくマイクロバスで、宿泊先であり、かつ基本設計審査会議の会場となる迎賓館に向かった。

石油化学コンビナートの建設サイト（現場）は、油田の南側、大慶駅から二十キロほど離れた地域に展開されることになっているが、バスの中で南廷才が大慶油田の由来などについて説明しはじめた。南は、接待部長にふさわしく、中年の如才ない男だ。

「今から十九年前の一九五七年の九月に第一号井から原油が噴出しました。時あたかも国慶節であったため、国慶節に捧《ささ》げるという意味を込めて大慶油田と名づけられたのです。解放後十年目の快挙に国中は沸き立ちました。一九四七年当時の中国全体の原油産出量は十二万一千トンにすぎませんでしたが、大慶油田の開発で一九六〇年には五百二十一万トンに増加し、十年後の一九七〇年には三千六十五万トン、一九八〇年には一億トンを超える見通しです。大慶油田で全体の五割に当たる五千万トンが産出されます」

「大慶と呼ばれる以前は何という地名だったのですか」

柿崎が、松山を通じて質問すると、南は、よくぞ訊いてくれたと言いたげに、ニッと笑った。

「油田の一帯は名もない草原、湿地帯でしたが、土地の羊飼いはサルッ（薩爾図）と呼んでました。サルッとはモンゴル語で〝月の昇る地〟という意味です」

「ずいぶんロマンチックな地名ですね」

柿崎が首をねじって後方を振り向きながら話すと、松山が正確に伝えてくれたとみえ、南は大きくこっくりした。

静寂の中で単調なエンジン音がやけに大きく耳に響く。柿崎は眼を閉じて、見渡す限り果てしなく広がる大草原に、蒼《あお》い月が昇りはじめる光景を頭の中に思い描いてみた。歳老いし羊飼いが羊群を牧舎に導き終わると、降るような星がまたたきはじめる。〝月の昇る地〟に出《い》でし月は、〝三笠《みかさ》の山に出でし月〟や〝長安《ちようあん》一片の月〟にもまして美しかったに相違ない。

中国側は、その夜、迎賓館の大食堂で歓迎パーティを催してくれた。日本人出席者は、日揮、丸紅を中心とする関係者約五十人、中国側もほぼ同数で、十数台の円卓に、双方四人ずつ八人で一卓を囲むが、ネームプレートで一人一人テーブルが指定されている。

柿崎と沢木は入り口から向かって右側のテーブルに着席した。

大慶革命委員会の副主任（副委員長）である催海夫が歓迎の辞を述べた。最前、大慶駅頭に柿崎たちを出迎えた若い男がたどたどしい日本語で通訳したが、その内容を整理すると次のようになる。

「大慶まではるばるおいでいただいて感謝申し上げます。われわれは、エチレン三十万トンの石油化学コンビナートを八一年度中に完成させたいと念じています。大慶コンビナートは、中国の他のコンビナートに見られない多くの特徴を持つことになりますが、その最たるものは原料面にあります。すなわち大慶油田で産出される原油のコンデンセート（随伴ガス）を回収して有効利用することです。コンデンセートは、メタン、エタン、プロパンなどが含まれているので、深冷分離装置にかけてメタン分はアンモニアの原料にし、エタンとプロパンはエチレンの原料にします。燃料ないし単に燃焼していたコンデンセートをケミカル原料として利用するわけです。コンデンセートはエチレン原料の三分の二を占めますが、残りの三分の一はナフサ、灯・軽油などを使い、原料メリットによって大慶コンプレックスのコスト競争力はそれなりにあると考えています。このほか昭栄化学さんから技術導入したＥＰＩＣＳ（エチレン・プラント・インフォメーションヨン・コントロール・システム）を含めて最新鋭の技術を採用している点も特徴の一つです。われわれは、あなた方から学ぶべきことがあまりにもたくさんあります。よろしくご指導、ご協力のほどをお願いします」

日本側は、日揮の担当部長が挨拶したあと、出し抜けに柿崎が指名された。意表を突かれて面食らったが、近くのテーブルから松山に声をかけられたので、柿崎はやむなく起立した。

「本日は、かくも盛大な晩餐会《ばんさんかい》を開いていただきまして感謝に堪えません。また、昭栄化学が開発したＥＰＩＣＳを正確に評価してくださったことに対しまして、併せてお礼申し上げます……」

松山が通訳している間に、次の言葉が用意できるので大いに助かる。

「大慶油田は、世界的にも有数の大油田だと存じてますが、その大慶油田を背景とした石油化学コンビナートの威力はさぞかしと思われます。国際競争力を備えたコンビナートの建設に、私たちが多少なりともご協力できることを大変光栄に思いますが、昭栄化学が永年蓄積してきたエチレンプラントのコンピュータ・コントロール・システムに関する技術をあますところなくお教えすることをお約束します……」

松山の韻を帯びた中国語は実にきれいで、自分が喋《しゃべ》っている以上に上手に伝えてくれていることが実感できる。

「昭栄化学工業は、大分にエチレン五十万トン設備を保有していますが、原料のナフサについては相当量を海外から輸入しております。大慶へ参ります直前に原料担当の責任者から聞いてきたことですが、遠からず大連《だいれん》港の出荷施設が完備し、大慶の余剰ナフサを輸出できる態勢が整うと聞いております。わが社は、大慶のナフサを優先的に輸入できる立場にあります。それは必ずや実現すると確信しますが、それによって大慶と大分を結ぶ絆《きずな》はより強固なものになると思います」

拍手の中を、柿崎はいかにも照れくさくてかなわないと言いたげに顔をくしゃくしゃに歪《ゆが》めながら着席した。

全員が起立し、マオタイ酒で乾杯した。ひりひりと喉《のど》が焼けると思えるほど強い酒だ。

料理は、前夜、北京飯店で賞味したものに比べて、こってりした感じが少なく、悪くないと柿崎は思った。圧巻はラムの串刺《くしざ》しである。コック長自慢の料理というだけあって、美味なことこの上もない。前夜から仕込んで、たれに漬け込み、くせのある味を消し、ラム特有のやわらかさだけが残されている。独特の甘味を伴ったそれは、舌にとろけ込む。

柿崎が困ったのは、乾杯の強要である。強いマオタイ酒を小さなグラスになみなみと注いで、カンパイ！ と口々に言って、まるで水でも飲むように一息にくうっと飲み乾《ほ》し、それを確認するため空のグラスを見せ合うのである。柿崎はアルコールに弱くなっているせいか、躰中《からだ》がカッカッと熱くなっていた。

晩餐会が終わって、柿崎たちが迎賓館の二階のベッドルームに引き取ったのは、九時少し前である。二階と三階が個室のベッドルームになっていて、部屋はゆったりとスペースが取られ、シングルベッドとソファの三点セットと執務用のデスクが備えてある。スチームもほどよく効いている。もちろん、バス・トイレ付きで、日本のホテルとほとんど変わるところはないが、強いて言えば、テレビがないことぐらいだ。柿崎がシャワーを浴びて、パジャマに着替え、ソファでぼんやりしていると、ノックの音が聞こえた。

「沢木です。ちょっといいですか」

「どうぞ」

柿崎がドアを開けると、トレパン姿の沢木が大型のジャーとウイスキーのボトルを抱えて立っていた。

「いくらなんでもまだ寝るには早いでしょう。一人でやるのもつまらないから押しかけてきました」

「そのジャーはどうした？」

「松山さんに頼んで、食堂から借りてきたんです。生水はやめたほうがいいでしょう」

「松山さんは？」

「誘ったのですが、汽車の中でほとんど眠れなかったので、休ませてもらうと言ってました」

「俺も寝かしてもらいたいな」

柿崎があくびまじりに伸びをしながら言うと、沢木は「三十分ぐらいいいじゃないですか」と、グラスにウイスキーを注ぎはじめた。

「たらす程度でいい。久しぶりに強い酒を飲まされてふらふらだ」

「そうですか。あんまり飲んでなかったみたいでしたけど」

「そんなことはない。乾杯だけで四、五回やったはずだから、四、五杯は飲んでる計算になる。肴《さかな》をなにか出そうか」

「いや、持ってきました」

沢木はソファから立ち上がって、トレーニングパンツのポケットから扇型の小さなチーズを三つテーブルの上に載せた。チーズから銀紙を剝《は》がしながら沢木が訊《き》いた。

いですか」

「ナフサの話はほんとうですか」

「佐々木さんから取材したんだから間違いないだろう」

「みんなびっくりして顔を見合わせてましたよ。すごい実力者が来たと思ったんじゃな

「そうか。やっぱり出すぎたかなあ」

柿崎は気にならないでもなかったので、皮肉ととったのである。

「どうしてですか。中国にとって朗報じゃないですか。結果的にリップサービスに終わったとしても問題ないですよ。契約ベースの話ではないんですから、無責任ベースの話でいいんじゃないですか」

「それならいいが、課長風情が、社長じゃなければ喋れないようなことを話したような気がして……」

「そんな、取り越し苦労ですよ。僕は率直に言って大変いい話だと思いました」

「それならいいんだが……」

柿崎は浮かぬ顔で、湯で薄めたウイスキーを飲んだ。

ついでながら、瓢箪《ひょうたん》から駒でもないが、昭栄化学工業が中国からナフサの輸入を開始するのは一年後の五十四年の秋からで、これはわが国の中国ナフサ輸入の第一号となる。

2

翌日から、基本設計審査会議が始まった。基本設計審査会議とは、どういう条件で設計を進めるか具体的かつ詳細に詰めるために行うもので当然、技術を売る側と買う側の利害は対立するから、ハードなネゴシエーションを伴う厳しい会議となる。全体会議でおおよそのスケジュールが決められたあと、計装、電気、基礎工事など十数項目に細分化された分科会ごとに白熱の議論が戦わされる仕組みになっている。

ＥＰＩＣＳについて言えば、昭栄化学が中国から取得する技術料の総枠や供与する技術の範囲は契約で定められてあるが、その細目はすべて基本設計審査会議の決定に委《ゆだ》ねられる。しかもソフト、すなわちノウハウの供与にとどまらず、ソフト、ハードぐるみの契約なので、基本設計審査会議におけるやりとりも複雑なものになってくる。

柿崎と沢木が大慶に持ち込んだ資料だけでも段ボール二十箱分に及ぶ膨大な分量であった。その中にはコンピュータ機種のカタログなどのたぐいも含まれているが、ノウハウ（技術秘密）に触れる重要資料も少なくない。基本設計審査会議ＥＰＩＣＳ分科会の日本側メンバーは、柿崎をチーフに沢木、それに丸紅本社の中国室から派遣されている中国語通訳の大宮の三人だけだが、中国側はラウンドテーブルに着く者だけで十数人、テーブルには着かないがオブザーバーとしてテーブルの背後をぐるっと取り囲む者が十数人、つねに三十人前後を動員してくる。

大慶石化廠《せっかしょう》の設計院、同生産部、同管理部などの総経理、副経理クラスから工程師（エンジニア）までがずらりと並ぶ。名刺を持たない習慣だから、一人一人の肩書はなかなか憶《おぼ》えられないが、この国の人海戦術はつとに聞こえているにしても、圧倒される思いで、人民裁判にかけられているような錯覚にとらわれる。食事以外朝から晩まで会議室に閉じ込められる。

ときには意見が鋭く対立し、会議が深更に及ぶこともある。柿崎が大慶に滞在した四十日の間に徹夜になったことが三度もあった。たとえば、ポンプならポンプ一つにしても、中国側は常設スペアを一台でも多く取り込もうとするが、それに対して柿崎たちは予備品付帯の義務はないと突っぱねる。

ブラウン管の寿命をめぐって論議が沸騰したこともある。ブラウン管自体の製造メーカーもライフ・ギャランティはしていない。使い方の問題で、輝度いっぱいに使用すれば寿命も短いが、輝度の加減で寿命はいくらでも長くなる。最悪の条件で使えば二年持たないこともありうる。そうした点を口が酸っぱくなるまでしつこく繰り返してやっと納得させたが、純技術上の議論がコマーシャルベースにすりかえられてしまうことがしばしば起きる。

下剋上《げこくじょう》の風潮でもあるのか、ラウンドテーブルのメンバーは、オブザーバーの若い人たちの眼が気になるとみえ、大変なハッスルぶりで、日本側にとってやりにくいことこの上もない。

コンピュータ用語を、中国語に訳せるものはそうするが、どうにも訳しようのない言葉は、そのまま英語を使用するよう申し入れ、その回答をとりつけるまでに、二、三日かかってしまったこともある。

中国側の英語の通訳にコンピュータ用語を憶えさせることから始めなければならないが、柿崎はそうした交流を通じて鐘剣飛と親しくなった。鐘は、地元の黒竜江大学英語科出身で三十五歳、訪日の経験もあり、コンピュータに関する知識の習得にも熱意を見せ、呑《の》み込みも早かった。浅黒い肌と切れ長の鋭い眼が印象的で、きれいな英語を話す。

日本語の通訳だけでも大慶に十数人いると教えられたが、中にはこれが通訳か、と思えるような者も少なくない。もっとも、若い通訳の人たちに同情すべき点も多々ある。南京《ナンキン》大学日本語科二年生のとき、文化大革命の嵐に巻き込まれ、下放運動で大学を追われたという二十五歳の通訳嬢から、柿崎が聞いた話だが、ほとんどの通訳は大学を中途で強制的に退学させられたという。

来る日も来る日も、ハードな難交渉が続き、身の細る思いであったが、柿崎も沢木も中国側が呆《あき》れるほどの粘りを発揮した。柿崎が途中で気づいたことだが、ヘタな妥協は中国側をしてつけ上がらせるだけだし、日本側が相当儲《もう》けていると勘ぐられることもさることながら、いい加減なやつ、だらしのないやつと軽蔑《けいべつ》されるのが落ちである。敵ながらあっぱれ、と思わせるぐらいでちょうどよい。もちろん、中国側もさるもので、ちょっと言葉を滑らせたら最後、揚げ足を取って、とことん追及してくる。

柿崎は訪中に際して、大分工場の松島や本社の担当者と綿密な打ち合わせを行い、項目ごとに許容範囲を決めてきたが、その線で中国側の譲歩が得られない場合は、国際電話で松島の指示を仰がなければならない。その確証があるわけではないが、百パーセント盗聴されているという前提で、通話する必要があり、逆に〝盗聴〟を利用することも可能である。たとえば「どうしても、中国側は譲歩してくれません。このレベルまでわがほうが譲歩すれば確実にマイナスになりますが、いかがいたしましょう」といった話を中国側に盗聴させることができれば、マイナスのレベルを変えておくことによって結果的に相手側の譲歩を引き出すこともできるわけだ。

柿崎の性格からすれば、そうした小細工や策を弄《ろう》することに抵抗感がないわけはなかったが、背に腹は替えられず、一度だけそんな手を使ってみたことがあった。それとても、確証にはならないが、結果は成功であった。

交渉がまとまった個所は、直ちに議定書に記入される。

ＥＰＩＣＳ分科会で、両者が最もエキサイトした場面は、経済効果の保証値をめぐって対立したときである。中国側は、ＥＰＩＣＳの採用、不採用の対比を定量的に示し、それを保証せよと迫ってきた。

「操業度などの運転条件によるので数値を示すのは難しいのです。もちろん設計条件としての理論的な数値を出すことは不可能ではありませんが、さしたる意味はないと思いいます」と、柿崎が答えると、「一応理論値を出してください」とたたみかけてくる。沢木に計算させて、いくつかの条件を設定したうえで、一応の理論値を提示すると、中国側は理論値を保証値とせよと高飛車に要求してきた。

柿崎は血相を変えて反論した。

「理論値は理論値にすぎません。理論値と保証値は別個のものと考えるべきです。そんな無いものねだりみたいなことを言われても困ります」

「あなたは、昭栄化学が蓄積してきた技術のすべてをわれわれに教えてくれると約束したが、それは食言ではありませんか。理論値を保証値として保証できないということは、われわれに開示したくないノウハウがあるからではありませんか」

「…………」

柿崎は、初めは何のことを言われたのか、ぴんとこなかったが、ほどなくそれが歓迎パーティの席上、挨拶《あいさつ》の中で話したことを示しているのだと理解できた。

「昭栄化学は、ＥＰＩＣＳに関する持てる技術のすべてを開示することを約束し、それを忠実に履行しようとしています。そういう言い方は失礼ではありませんか。信頼関係を損なう発言としか言いようがありません」

柿崎は、不埒《ふらち》な発言者を睨《にら》みつけた。しかし、中国側は強硬な態度を変えず、押し問答が繰り返された。

「あなた方の主張は常識を逸脱しており、技術交流の世界で通用するとは思えない」

柿崎は懸命に言い立てたが、相手は前例があると譲らない。事実なら前例を具体的に示してほしいと要求すると、その必要はない、とニベもない。三日がかりで議論したが、堂々めぐりで、結論は出なかった。この問題をひとまずペンディングにして、先へ進みたいと提案したが、それも認めてもらえなかった。柿崎は思い余って、松島と国際電話で連絡をとった。

「やけに強硬なんです。こんな暴論が通ると思ってるんでしょうか。EPICSの導入を断る口実に無茶苦茶を言っているとしか思えませんよ」

「まさか。そこまで考えるのは考えすぎだよ」

「前例があると言い張ってますが、ほんとうでしょうか」

「ありえないと言い切れないかもしれないねえ」

「それなら、具体的に相手がどこでどんな内容の技術契約なのか示すべきじゃありませんか」

「信義を重んじる国だから、そういうわけにもいかんのだろう」

松島は〝盗聴〟を意識しているわけでもあるまいが、冷静な受け答えであった。

「もし、前例があるとすれば面子《メンツ》というか立場上引けないのかもしれないなあ。問題はペナルティ（罰則）条項を中国側が履行するかどうかだから、実質的にわがほうに損害が伴わないかたちでなら譲歩してもいいんじゃないか。そういうかたちがどんな内容のものになるのか、俺にも思いつかないがね。あまりカッカしないで、頭を冷やしてくれ。

体調のほうはどう？　西本専務が心配してたよ」

「ご心配なく。まだ大慶へ来てから十日しか経ってませんよ。元気にやってると専務によろしく伝えてください」

柿崎は、松島と話し終わったあと、西本の温容が眼に浮かんだ。柿崎の大慶出張が決まったとき、本社からわざわざ電話をかけてよこした。

「きみが行ってくれるのはありがたいが、無理をして、あとで取り返しのつかないことになっても困るぞ。ＥＰＩＣＳのことをいちばん熟知しているのはたしかにきみだし、きみが適任者であることはよく承知しているが、ほかの者に勤まらないわけでもないだろう」

「大丈夫ですよ。手術のあと視力も回復してますし、血糖値もそれほど高くはありません。むしろ躰《からだ》を動かしたほうが糖尿にはいいようです」

「みんなが了解しているのに私一人が反対して、ひっくり返すわけにもいかないが、医者とよく相談して決めてくれないか」

「そうさせていただきます」

西本とのそんなやりとりを思い起こしながら、柿崎は自室から会議場へ戻った。

結局、ペナルティ条項なしで理論値を保証値とすることでこの一件は落着した。ペナルティを伴わない保証値が意味をなすとは思えないが、松島のサジェスチョンどおりになったところを見ると、面子に固執していたとも見てとれる。

訪中三週目の土曜日の夜、どちらから言い出すともなく、夕食のあと、隠し芸大会をやろうということになった。わずか二時間ほどの短い時間だったが、およそ娯楽のないところだから、けっこううけた。柿崎は、中国人通訳と二人で司会を務めた丸紅の通訳から、二度三度と指名されたが、とうとう舞台に立つことを拒み通した。実際、無芸大食のくちで、社員旅行やコンパでも柿崎は流行歌一つ唄《うた》ったことがない。風呂《ふろ》の中で、一人唄ったことぐらいはあるが、若干音程が外れることを本人は意識していたのである。調子外れの歌を聴かされたほうも迷惑なら、それを承知で恥をさらすほうの立場はない。しかし、歌を聴くことは嫌いでもなければ苦痛でもなかったから、柿崎にとっても楽しい夜であった。見直したのは沢木である。「荒城の月」と「四季の歌」を唄ったのだが、低音の魅力があふれ、素晴らしい出来栄えであった。

「沢木がこんなにやるとは知らなかったよ。俺はどうしようもない音痴だが、耳のほうは自信がある。今夜いちばんの出来だ。コンクールならさしずめ優勝というところだな」

「課長に褒めてもらうのは光栄ですが、どうして出なかったんですか」

「会社でも唄ったことはないぞ」

「だからこそ唄わせたかったんじゃないですか。能ある鷹《たか》は爪を隠してるんじゃないでしょうね」

「冗談はよせよ。司会者に指名させたのは沢木だな。とんでもないやつだ」

鐘が舞台に立った。中国の民謡を横笛で奏でたが、これまた逸品の芸と言えた。

「やるもんだなあ」

「たいしたもんですね。鐘さんは、横笛を吹かせたらプロ級だって、誰かに聞いた憶《おぼ》えがありますよ」

「どうだ、もう一曲アンコールに応《こた》えてやらないか」

「課長の分まで二曲唄ったんですから、もう出る幕はありませんよ」

舞台では、鐘の横笛が終わり、日揮の若い技術者がロープを持ち出して、手品をやっている。

隠し芸大会のほか、中国側は、映写会を開催したこともある。精いっぱい日本人交渉団を慰めているつもりらしいが、こればかりは退屈で、有難迷惑であった。京劇と、解放軍を讃歌《さんか》する古い八ミリ映画だが、言葉がわからないことがなんとしてもつらい。しかも暖房が不完全で、底冷えが厳しい。柿崎は、己の情感不足、無粋をタナに上げてということも考えられないわけではないから、沢木の耳元へ口を寄せて「面白いか」と訊《き》いてみたが、沢木は顔をしかめて、急いで首を小さく振った。「浮き世の義理ですね。辛抱しましょう」と、今度は沢木のほうから柿崎に躰を寄せてきて、ささやいた。主催者の好意を無にして中座するわけにもいかず、最後まで付き合う羽目になった。

唯一の娯楽は卓球である。迎賓館一階の廊下に日本人宿泊客専用の卓球台が一台据えてある。日曜日などは順番がなかなかめぐってこないほど盛況だった。初めのうち柿崎は観戦に回っていた。窓がなく天井に裸電球が一つともっているだけなので、暗くて柿崎の視力ではピンポン球の行方を追い切れない。その不満は、ほかの滞在者にもあったから、蛍光灯を取り付けてほしい旨を頼むだけ頼んでみようということになり、接待部長の南に話したところ、二つ返事で胸を叩《たた》いてくれ、翌日には六十ワットの蛍光灯が二基据え付けられた。

「ずいぶん手回しがいいですね」

「けっこう気を遣ってくれてるんだな。昔取った杵柄《きねづか》で一丁やってみるか」

「柿崎さんが卓球をやるなんて知りませんでした」

「まだ独身のころ、川崎工場で俺がいちばん強かったんだ」

「へえー。さっそくテストしましょう」

沢木も自信があるとみえ、ある夜食事のあとで一戦交えることになった。柿崎は、やはりピンポン球が見えにくいらしく、時折とんでもないカラ振りをすることもあったが、慣れてくると球カンは鋭く、卓球台に躰を密着させてショートで打ち合いに出ると、沢木は敵ではなかった。

「どうだ。少しは見直したか」

「ええ。若干、花を持たせたつもりはあるんですが、予想以上に強いですね」

「そうか。手を抜いてくれたのか。しかし、俺も六分の力しか出してないぞ」

柿崎は笑いながらやり返した。

入社して間もないころ、工場には保安帽をかぶる習慣はなかった。夏の暑い日、柿崎は雑貨屋で買い求めた麦藁帽子《むぎわらぼうし》をかぶって現場へ出たが、同僚に「よく似合う」と言われたことが嬉《うれ》しくて、昼休みに卓球をしているときもそれを脱がなかったことを思い出す。工場のトーナメントでも麦藁帽子をかぶり通し、ちょっとおかしいんじゃないか、と言われたこともある。そうなると意地でも脱がないようなところが俺にはあったな、と柿崎は妙なことまで思い出していた。

多くの者は、日本から持ち込んだ麻雀《マージャン》で夜の時間を過ごすことが多いが、柿崎はやらないから、もっぱら卓球に興じていた。

3

基本設計審査会議の分科会が日程の三分の一を消化したのは、柿崎たちが大慶入りして四週間ほど経っていたが、そのころ大慶油田の見学会が行われた。日本人に限らず、戦略的にも最重要地域の大慶油田に外国人が足を踏み入れることは固く禁じられている。柿崎たちが立ち入りできるのは迎賓館のある臥里屯《がりとん》の周辺二、三キロの地域に限定されており、それも許可なく外出できないので実質的には迎賓館に軟禁されているのと変わるところがない。大慶油田の見学は、中国側当局の心づくしということになる。柿崎たちは朝八時に、中国側で用意した防寒帽、防寒服、防寒靴に身を固めて、バスに乗り込んだ。十二月上旬の大慶の気温は日中でマイナス十度以下。その日は好天に恵まれ、風もなかったが、肌を刺す大気の冷たさは痛いとしか言いようがない。それでも久しぶりの外出だから、遠足気分で気持ちが浮き立ってくる。二台の大型バスに分乗して、迎賓館前を出発したのは午前九時だ。

大慶油田は、日量百万バーレルの産出量を誇る大油田で、中国全体の五〇パーセントの原油はここで産出される。重質油として知られる大慶の原油は、二千百メートルの地下から電力駆動と水圧駆動で汲《く》み上げられる。水圧駆動とは注水井のことで、湖水と直結し、大量の水を注入して水圧の力で原油を汲み上げる仕組みである。

自噴力は弱く、自噴井は全体の一五パーセントにすぎない。柿崎たちはバスの中から、途方もなく大きな水田に点在している油井を望見した。

「いかにも井戸といった趣だね、廃ガスの炎が真っ赤に空を焦がしている中東の油田に比べるとやはりマイナーだな」

柿崎の後方の座席で、そんな話し声が聞こえる。中東油田を見学した経験があるらしい。柿崎は、油田の見学は初めてなので、こんなものかと思うしかないが、言われてみれば、のどかな農村の光景に接しているようで大油田の迫力は感じられなかった。油井一つ一つの単位は小さいが、おびただしい数の小規模油井を人海戦術で掘り当て、それを集めて世界的にもトップレベルの大油田に押し上げているということであろうか。

大慶の町中で、壁に書き込まれた「農業は大寨《たいさい》に学べ、工業は大慶に学べ」のスローガンを見かけた。隣席の沢木が「自分で自分に学べと言うのは、少しおかしくありませんか」と言ったが、柿崎は「中国全土で展開しているフレーズだから、あれでいいんだろう」と答えた。油田の見学は、石油博物館とも言うべき「大慶油田弁省科学実験陳列館」も含めて、二時間たらずで終わった。

大慶油田を見学した日の二日後の土曜日の夜から柿崎は有志七人の中に加わってハルピンへ遠出した。もちろん、中国側当局の許可を取り付けたうえでのことで、南と中国人通訳の二人が案内役として同行してくれた。大慶からハルピンまで汽車で三時間半、一行九人は夜九時半にハルピン駅に到着し、あらかじめ中国側で手配してあったマイクロバスでハルピン飯店へ直行した。

夜の街の薄暗さは、北京で経験済みだが、ハルピンはことのほか暗く、十時前なのにまるで深夜と変わらない。これが黒竜江省の省都で、人口二百二十万人の東北三省一の大都市なのかと首をかしげたくなるほど町全体が静まり返っている。「戦争中の灯火管制を思い出すな」「まったくですね」。沢木の年齢で空襲の経験はないはずだが、そんな感じは理解できるらしい。東北三省で一流と言われているハルピン飯店の玄関は荘重な鉄扉を閉ざし、裏口から入らなければならなかった。

スイートルームで料金は二十五元、日本円で三千円ちょっとの安さだから、文句も言えないが、バスルームのシャワーは壊れ、導管の錆《さび》のせいか湯は赤ちゃけ、気色の悪さといったらない。沢木が湯上がりに一杯やりたいとボーイを探し出して、ビールを注文したところ、係が帰宅してしまったからと、すげなく断られた。

「どうやら門限を破ってチェックインさせてもらったらしいから、仕方がないじゃないか」

「泊めてやるスタイルで、サービス精神なんて薬にしたくてもないわけですね。競争原理の働かないところは、だから困るんですよ。こんなことならハルピンなんかに来るんじゃなかった」

「ビールにありつけなかったくらいで、そうむくれるな」

沢木は、柿崎の部屋にやって来てひとしきりぼやいていた。

しかし、あくる日、中国でも指折りの大河、松花江《しょうかこう》の雄大な流れを見て、沢木はすっかり機嫌を直したようであった。

その夜、ハルピンから大慶へ戻った柿崎は、志保子に手紙を書く気になって、デスクに向かった。何年ぶりだろう。大分へ単身赴任したときに一度ハガキを出した憶えがある。あれから十年の歳月が流れている。柿崎は妙にしんみりした思いになっていた。

《みんな元気にしていると思います。日本を発《た》つときだいぶ心配してたようですが、私も元気にやっているから安心してください。

基本設計審査会議というのは想像していた以上に大変なもので、初めのうちはこの分では半年ぐらい覚悟しなければならないかな、と思わぬでもなかったのですが、中国側との呼吸が合ってきたせいか、ここのところ進展しています。しかし越年は仕方がありません。

　中国のエンジニアは工業工程師とか設計工程師などと呼ばれていますが、彼らの意欲的な勤勉ぶりには頭が下がります。英語のコンピュータ関係の用語にしても無原則に採り入れようとはせず、彼ら流に中国語に直す努力をして見せるのです。たとえばオペレーターズパネルにしても操作《そうさ》机《き》と言います。パネルのことは机と言うらしいのです。日本なら操作卓でしょうが、一人で操作するのが机（デスク）で複数人が同時に使えるのが卓（テーブル）なら、机のほうが語感としてはより合理性があるように思います。それからマグネチックドラムは磁気鼓と言っています。

　昨夜から今夜にかけて、ハルピンへ行ってきました。昔ロシア人がつくったという街だけあって、ニコライ堂風の建物が至るところで見られ、異国情緒豊かな都市です。しかし、誰かが町全体がＳＬ機関車みたいな感じだ、と言っていましたが、たしかに冬のハルピンは暖房に石炭を焚《た》くため、鈍色《にびいろ》にくすんで、煤《すす》けたようであまり見栄えはしません。それでもキタイスカ通りの石畳は印象に残りました。

　中国へ来て最大の収穫は、旧満州原野の地平線に沈む夕陽を拝めたこと、松花江を眺めることができたことだと思います。

　ハルピンの市街から松花江公園まで車で三十分足らずですが、忽然《こつぜん》として大河が視界いっぱいに開け、その素晴らしい絶景にしばし立ち尽くしていました。スンガリーと呼んでロシア人がこよなく愛《め》でた川です。ガイド役の南廷才さんの話では、川幅が一五〇〇メートル、全長二九〇〇〇キロに及ぶ筆舌には尽くせぬ大河です。間もなく川《かわ》面《も》一面に氷が張りつめ、恰好《かっこう》なスケートリンクになるということです。

南さんの話が出たついでに書きますが、この人は四十五、六歳の気の好《い》い中国人で、接待部長として、われわれ日本人の世話を焼いてくれています。私は、中国人とのネゴで激しくやり合ったせいで、要注意人物としてマークされているのか、逆に重要人物として大事にされているのかわかりませんが、ハルピンでは南さんにぴったりと寄り添うようにつきまとわれ閉口しました。松花江百貨店大楼と称するデパート（その四階に無税扱いの友誼《ゆうぎ》商店がある）でも、工芸品の生産工場でも南さんが必ず私のそばにくっついているのです。工芸工場では麦の穂でつくったうるし塗りの小箱を、友誼商店では毛皮の座ぶとんを買いましたが、南さんに財布の中を覗《のぞ》かれてしまったような感じがしたものです。たぶん南さんには悪気はなく、それどころか好意以上の何物でもなかったのでしょうけれど……。ハルピンの街をぞろぞろ連れ立って歩く外国人はよほど珍しいのか、じろじろ無遠慮な視線にも当惑しました。

日本から持ち込んだ海苔《のり》や梅干しもそろそろ底をついてきたし、三度三度の中華料理も飽きてきたしで、望郷や切なるものがあります。それにきみや子供たちの顔がみたくて仕方がないといったところです》

柿崎は、横書きのそのレターを読み直す元気はなかった。ぼんやりと眺めると、書いているときは気がつかなかったが、文字がだんだん大きくなり、しかも次第に右のほうへ下がっている。手紙を書いただけでも立派なものだと胸の中で言い訳しながら、ぺらぺらの便箋《びんせん》を折りたたんだ。

基本設計審査会議が終わってみると、議論が暗礁に乗り上げたことが嘘のように和気《わき》藹々《あいあい》とした友好ムードが戻っていた。この会議を通じて柿崎は中国に多くの友人を持つことができた。中国側は、柿崎をエチレン・コンピュータ・コントロール・システムの第一人者として評価し、尊敬措《お》く能《あた》わずといった態度を見せるようになっていた。監視用テレビ受像機のスペアで、昭栄化学側が思い切って譲歩したことも交渉のテクニックとして間違っていなかったと柿崎は思う。沢木が完璧《かんぺき》に補佐してくれたし、大分の松島に背後で支えてもらえたことも大きい。チームワークが基本設計審査会議を成功に導いたと言える。中国人の、物事に真摯《しんし》に取り組もうとする姿勢は、教えられるところが大きく、柿崎は、自分を基本設計審査会議に派遣してくれた松島たち会社の先輩に感謝した。

柿崎たちは年が明けて、一月十日に帰国することになった。前夜、盛大なお別れパーティがあったのに、コンピュータ関係の若い工程師たちが大慶駅に大挙繰り出して、中には涙で見送ってくれた者もあった。

「建設工事が始まれば必ずもう一度大慶にやって来ます。あなた方が研修で日本へおいでになったときは、また一緒に勉強ができますね。再会を楽しみにしています」

「柿崎先生のわれわれに対する熱心な指導を忘れません」

柿崎と鐘は英語で別れの挨拶《あいさつ》を交わし、手を固く握り合った。

柿崎たちは大慶から汽車でハルピンへ出て、ハルピン空港から、北京へ向かうコースをとることになったが、はからずもハルピン空港で夕陽を見ることができた。夕陽が地平線のかなたに没するまでの三分ほどの間、柿崎は空港ロビーの窓際に佇《たたず》んで眺めつづけた。沢木が近づいて来て柿崎の肩を叩《たた》いた。

「再び中国で夕陽を見ることがあるでしょうか」

「あるとも」

「お年寄りには長期滞在はきついんじゃないんですか」

「なにをぬかす。俺を幾つだと思ってるんだ」

「でも、つらそうでしたよ。僕は、課長の介添役で大慶へ来たようなものですから、仕事の面では何のお役にも立てませんでしたが、課長の一挙手一投足には十分注意してたつもりです」

「心にもないことを言うな。基本設計審査会議がなんとか終えることができたのは、半分以上は沢木の頑張りによるものだ。俺の介添役とはよく言うね。俺のほうがどれほど介添えしたかわからんよ」

「言ってくれますねえ。西本専務から松島次長に電話で、柿崎が張り切りすぎないようにしっかりした見張り役をつけろと言ってきたことは知らないでしょうね」

「沢木が見張り役とは聞いて呆《あき》れるよ」

柿崎は、言いざま踵《きびす》を返して、丸紅や日揮の帰国同行者が七、八人たむろしているテーブルのほうへすたすた歩いて行った。西本の気配りは痛いほどよくわかる。沢木がそれを体して自分を懸命に守り立ててくれたことも……。なにやらじーんとなったので、それを振り払うために柿崎は沢木につれない態度を見せたのである。

二階の空港ロビーは閑散としている。柿崎たちはコーラを飲みながら搭乗のアナウンスを待っていた。ジャズ風にアレンジしたクラシック音楽が聴こえる。ドボルザークの新世界の中の「家路」、シューベルトの「野ばら」、チャイコフスキーの「白鳥」などだが、テープに吹き込んであるとみえ、同じ曲を繰り返し流している。

定刻を五十分ほど過ぎた五時に二四八便の中国民航機はハルピン空港を飛び立った。二時間足らずで北京空港に到着、柿崎たちはその夜北京飯店に泊まり、翌日は万里の長城、定陵《ていりょう》など北京周辺の観光で一日つぶし、翌々日の朝、中国を離れた。万里の長城は、男坂と日本人が命名している傾斜のきついほうを選んで、肩で息をしながら登り下りしたが、よくもまあ、かくも途轍《とてつ》もない砦《とりで》を人力だけで築き上げたものだと呆れ果ててしまう。歴代の明《みん》の皇帝を葬ってある定陵のスケールの大きさも想像を絶する。思い詰めたら岩をも通す中国人のエネルギーに、柿崎はただただ感服するばかりであった。

4

中国技術進口《しんこう》総公司の技術チームの第一陣が来日したのは、柿崎仁が中国から帰国して間もない昭和五十四年二月中旬のことである。帰国直後、柿崎は風邪を引き、それが引き金となって糖尿病が悪化した。視力も著しく低下し、右眼は〇・二、左眼はほとんど失明に近い状態であった。だが、柿崎は一日たりとも会社を休まなかった。

それどころか、技術チームの来日に備えて日曜日も返上して、マニュアル（手引書）づくりに取り組んだ。「エチレンプラントのコンピュータ適用」に関する基本的な考え方を志保子に話して文章にまとめさせ、それをベースに詳細な資料を作成するよう沢木と飯岡に指示した。

「アウトラインはまとめておいたから、あとはきみたちでやってくれ」

二月上旬のある日、柿崎はA４判のレポート用紙十枚に志保子に書かせた「エチレンプラントのコンピュータ適用」を沢木に手渡した。

「これは奥さんの字ですね。結局、課長はわれわれ部下に仕事を任せられないんですよね」

「そんなつもりはない。俺にも仕事をさせてくれよ。仕事は俺の趣味だからな」

「上司に信頼されていない部下の身にもなってくださいよ」

沢木にしては珍しくつっかかるような口調であった。柿崎の体調がわかるだけに、ここはたとえひねくれているととられても、強い態度に出ようと考えて、沢木は意識的にからんだような言い方をしたのである。昭栄化学工業の計装関係、いや技術部門のエースである柿崎を温存するためにも、今は柿崎に休息を与えることが必要なのだと沢木は考えていた。

　まともな言い方をして通じる相手ではない。それならば、少し手のこんだやり方だが、いいチャンスだから、徹底的にからんでやろう。夫人をわずらわせてまとめた資料を柿崎から突きつけられたとき、沢木は咄嗟《とっさ》にそう思った。

「奥さんに相談する前に、われわれに相談してくれたっていいじゃないですか。この程度のことは飯岡だってできるし、私にだってできます。だいいち、奥さんに申し訳ないですよ」

「そんなことはない。カミさんはこういうことが苦になるほうじゃないんだ」

「しかし、部下の立場はどうなるんですか」

「そう怒るな」

　柿崎の声が低くなった。沢木の気持ちを傷つけたかもしれない、と思いはじめたようだ。いわば沢木は、心ならずも柿崎にからんだことになるが、それで柿崎の仕事のやり方が変わったわけではなかった。そういう意味では上司に対する沢木の思いやりも空振りに終わったことになる。

　中国技術チームの来日が近づくにつれて沢木や飯岡は、資料づくりに追われ、日曜日を返上する羽目になったが、柿崎も昼ごろに志保子の運転する小型車に乗って工場事務所へやって来る。

「ちょっとそこまで来たから寄った」とか「散歩に来た」と言い訳するが、五時、六時まで粘って、なんだかんだと小うるさく沢木たちに指示を与え、ダメを押す。

また始まったな、とみんなは顔を見合わせるが、柿崎の指示の出し方はぴしゃりとツボを押えたものなので従わざるをえなかった。仕事が好きで好きでたまらない。とくにコンピュータのことになると家でじっとしていられず、つい会社へ出て来てしまうのだろう。プロセス・コンピュータの虫というか、それこそ〝ビョーキ〟と言わざるをえないが、柿崎が背後に控えてくれているだけで、どれほど励みになるかわからない、と沢木は思う。

作業の進捗《しんちょく》状況について、柿崎はくどいほど質問する。資料に直接眼を通せないことがもどかしいのか、時折いらいらした様子を見せるし、言いたいことがいろいろありそうだが、それをじっとこらえている感じもわかる。日曜日の夕方、五時になると志保子が迎えに来るが、心残りなのかなかなか席を離れようとしない。

「あなた、出直して来ましょうか」

「いや、もう帰るよ」

そんな柿崎夫妻の会話を沢木たちは何度耳にしたかわからない。

「それじゃあ、悪いけど先に帰らせてもらうぞ」

「どうぞ」

「なにか問題はないか」

「ありません。作業は順調に進んでいます」

沢木たちとそんなやりとりをして、柿崎はやっと腰を上げる。

中国から技術チームが来日した日、柿崎は沢木とともに成田空港まで一行を出迎えた。チームの正式な名称は「大慶エチレン三十万トン製造プラント設計実習組」といい、工業工程師組長の伍宏業をリーダーとする一行九名で、通訳一名を除く八名は、プロセス・コンピュータ関係の技術者であった。副組長の許先進は、三十四、五歳のコンピュータ関係のエンジニアだが、柿崎は大慶で接触していた。大慶でもそうだったが、許は日本語で「柿崎先生」と親愛の情をこめた言い方で柿崎に接してきた。

柿崎は、空港ロビーで伍宏業と再会したとき、日本側の通訳を通じて、糖尿病で視力が低下したことを率直な態度で語り、「しかし、決して皆さんにご迷惑をかけるようなことはないはずです」と自信に満ちた笑顔を見せている。

設計実習組が大分入りした日、大分コンビナートの総合事務所では柿崎はさっそく中国の研修生全員に「エチレンプラントのコンピュータ適用」について説明したが、沢木は柿崎の超人的な記憶力に驚嘆した。ほぼ二時間にわたって柿崎はわかりやすく噛《か》んで含めるように話して聞かせたが、沢木たちがまとめた資料を完璧《かんぺき》に暗記していたのである。

柿崎は、沢木たちがまとめた資料を、志保子をわずらわせてテープレコーダーに吹き込ませ、それを二度繰り返し聴いて、頭の中に叩《たた》き込んでしまったのである。さらに、コンピュータ、計装担当の研修生にはとくに蒸溜塔《じょうりゅうとう》のコンピュータ・コントロールについて説明することになるが、中国側の日本語通訳が技術用語の不足を理由に英語による説明を求めてきた。柿崎はこれも受けて立った。

英語となれば一層のこと志保子の協力が不可欠となるが、志保子は技術用語、コンピュータ用語について学習し、夫の要求をほぼ百パーセント満たしている。夜の更けるのも忘れて二人は、資料の英訳に取り組んだ。

「蒸溜塔はエチレンスプリッターでいいのね」

「そうだよ」

「ここは、こんな表現でいいのかしら」

志保子は、資料を英訳して夫に聞かせる。

「いいぞ、そんなところだ」

志保子はふと、こんなにまでしなければいけないのかしら、と思う半面、学生時代に戻ったような気分で、夫と額を寄せ合って英訳の手伝いをしていることに、満ち足りたものを感じる。

「中国の若いエンジニアたちは実にいいねえ。とにかく真面目なんだ。真摯さに溢《あふ》れている。大分へ研修に来ている人たちは、いわばエリート中のエリートということになるから、一を聞いて十を知るようなところもあるだろう。だから、吸い取り紙がこぼれた液体を吸い取っていくような感じもあるんだよ」

「教えるほうも張り合いがありますね」

「そうなんだ」

「先生はあなただけではないんでしょう？」

「もちろん、俺なんて先生づらできねえよ。うちの計装の連中はみんな凄《すご》い奴ばかりだ。若い層にも凄いのがたくさんいる」

「柿崎門下生ね。皆さんあなたのお弟子さんでしょう」

「そうでもねえよ」

柿崎は右手の甲で額をこすっている。

志保子の美しい顔がほころぶ。

「あなた、私にまで照れなくてもいいのよ」

「照れてなんかいねえよ」

柿崎は痛いところを突かれたように、唇をとがらせる。

「沢木も言ってたが、中国の研修生は、われわれを先生として尊敬してくれる。非常に立ててくれるんだよな」

「でも、それは当然でしょう。それにしても、ＥＰＩＣＳなんて最先端のテクノロジーを吸収できるんでしょうか」

「そんな莫迦《ばか》にしたものでもないさ」

「あなたから大慶の話を聞きましたけれど、正直に言って分不相応というのかしら、背伸びをして近代化を急ぎすぎてるような気がしますわ」

「それは、多少あるかもしれないが、中国はそれだけ意欲的ということなんだろうな」

「………」

「きみも、EPICSとかなんとか、いっぱしのことを言うようになったな」

「あなたにそれだけしごかれてるってことですわ」

「そういうわけか。きみには感謝してるよ」

「そんな」

志保子は絶句した。ついぞ耳にしたことがない夫のしみじみとした言葉に胸がいっぱいになった。深夜、仕事が一段落したところで、茶を飲みながら夫と交わした会話は、志保子にとって生涯忘れられぬものとなった。

仕事に熱中しているときの夫の横顔は、凛々《りり》しく見え、なんと素晴らしい人だろうと志保子は思う。事実、眼の不自由なことに少しもいじけていないし、ハンディキャップとも考えていないような勁《つよ》さが柿崎にはあった。

家で子供たちとテレビを見ているときでも、柿崎は画面にまっすぐ眼を向けて、一緒になって泣いたり笑ったりしている。

「お父さん、テレビ見えるの？」

「ああ、見えるさ」

「嘘でしょう」

「陽子が見ている実物よりも、もっときれいに眼に映ってると思うよ」

「そういうことか。心で見ているわけね」

テレビドラマを見ながら、娘たちとそんな会話を交わしている夫に、志保子は微笑を誘われたり、ときには不憫《ふびん》さで涙ぐんだりするが、柿崎は仕事がうまくいっているのか、精神的に充実しているように見えた。

5

設計実習組の第一陣が四か月のスケジュールを消化して帰国した九か月後の昭和五十五年三月中旬に、実習組の第二陣が来日した。

柿崎はあいにく風邪ぎみで体調がすぐれなかったが、三十八度の発熱を押して成田空港へ一行を出迎えた。柿崎は発熱には強い体質だが、平熱が六度以下で低いほうだから八度はかなりの高熱ということになる。風邪ぐらいで会社を休むようなことは、過去一度もなかった。決して弱音を吐かない柿崎が「どうも躰《からだ》がぴりっとしない」と首をかしげている。出張の前夜、三月十三日の夜、柿崎は早めに床に就いた。

志保子は、嫌な予感がした。

「あなた、無理をしないで、どなたかに代わっていただいたら」

「そうもいかないんだ。今度は横河電機に連れて行かなければならないし、ついでに日立製作所の大《おお》みか工場にも寄ることになっている。十五日から二十日までびっしりスケジュールが決まってるんだ」

「熱っぽいようですけど、熱を計ってください」

「そんなものいいよ」

柿崎は、志保子に無理やり体温計を押しつけられて、脇に挟んだ。熱は八度三分あったが、柿崎は体温計を振りながら「たいしたことはねえよ。今夜早く寝ればあしたは治ってるさ」と言って、九時には就寝した。

しかし、翌朝も熱は下がらず、躰がだるくて仕方がなかった。

柿崎と沢木は、その日の午後の便で大分を発《た》った。沢木は、機内でほとんど口をきかず躰をシートにもたせかけて眼を閉じている柿崎をいぶかしく思いながらも、まさか八度も熱があるとは知らず、そのまま見過ごしてしまった。

二人は、十四日の夜、目黒《めぐろ》の雅叙園観光ホテルに宿泊した。このホテルには、中国の実習組が十五日から三日間投宿することになっているため、下見の目的も兼ねて一泊したのである。

沢木は、眼の不自由な柿崎にあまり気を遣ってもいけないと考え、できるだけ自然に振るまうように努めた。夕食の日本料理にはほとんど箸《はし》をつけない柿崎に、「食欲がないんですか、それとも糖尿食じゃないから食べないんですか」と、くだけた口調で訊《き》いたが、沢木なりに気を配ったつもりであった。

「目下減量中だ」

柿崎はにこりともせずに言って、笑わせたが、後日、沢木は何故あのとき柿崎の異常に気づかなかったのかと悔んだ。

柿崎と沢木は、十五日の十時半に雅叙園観光ホテルを出て、東京駅で十人分の駅弁を買い求め、十一時半に新大手町ビル前で、日揮、丸紅の出迎え組と待ち合わせ、丸紅が手配した大型バスで成田空港へ向かった。バスが箱崎《はこざき》から成田空港までの高速道路へ入ったところで、沢木が同乗者に駅弁を配った。柿崎が真っ先に包みを開いた。沢木はそれを見てホッとした。柿崎は朝食もトマトジュースを飲んだだけだったのである。

定刻より若干遅れて十四時十五分に中国民航機九二五便が成田空港に到着した。中国から来日した技術チーム第二陣の正式名称は、「大慶エチレン三十万トン製造プラント・コンピュータ実習組」である。柿崎たちは第一陣を設計実習組と呼んでいたので、第二陣を電算機実習組と称することにした。このチームは郭維泮工程師を組長とする十名で構成されていた。郭維泮とも大慶で親しく接した間柄だが、柿崎にとってそれ以上に嬉《うれ》しかったのは、一行の中に鐘剣飛の名前が認められたことである。鐘は副組長の肩書で英語通訳としてチームに参加していた。

鐘は、空港税関でチェックを受けているときに、大柄な柿崎を見つけて、さかんに手を振った。柿崎は沢木に「鐘さんが手を振ってますよ」と教えられて、それに応《こた》えた。

柿崎は、高熱のため躰全体がふわっと浮き立つ感じで、地に足が着かなかったが、それを忘れて、鐘や郭との再会を喜び合った。

「ハウ・アー・ユー」

「アイ・アム・ベリーファイン、サンキュウ」

柿崎は、鐘の挨拶《あいさつ》を型どおり受けて、固く握手を交わした。柿崎は、鐘ほどきれいな英語を話すことはできないが、バスの中でも沢木が気を利かせて隣り合わせて座席をとり、英語で話をした。

「大慶では大変お世話になりました。忘れられない思い出になります」

「伍宏業から話を聞いてびっくりしました。柿崎先生は糖尿病で視力が弱っているそうですが、どんな具合ですか」

「大慶を訪問した当時と比べると、相当視力は落ちています。十年ほど前、初めて発病したときに、もう少し丁寧に治療しておくべきだったかもしれません。四年前に光凝固療法といって、レーザー光線で傷んだ毛細血管を焼く治療を受けたのですが、もっと早くそれをやっておけばよかったのかもしれません」

「漢方薬で良い薬があります。それをおみやげに持って来ました。のちほど差し上げます。ぜひ飲んでみてください」

「ありがとう」

「柿崎先生は、眼が不自由でも、ほかの人とぜんぜん変わらない。逆に眼のよく見える人よりも、物事がよく見えるようだと伍が話してました。テキストを見ないで、パーフェクトな講義ができるのは神業だとチームの間で評判だったようですね」

「そんなことはありません。中国のエンジニアの優秀さ、熱心さにわれわれは心を打たれました」

柿崎が額をさすりながら、あらぬほうに眼をやったのを眺めていた沢木の顔に微笑が浮かんでいる。柿崎は元気を取り戻したようだ、と沢木は思った。

バスが雅叙園観光ホテルに着いたのは、五時過ぎである。荷物の整理が終わったあとで、ホテル二階エレベーター前の休憩所で、電算機実習組の日本滞在中の注意事項、実習のスケジュールなどについて柿崎が説明した。そのとき柿崎は途中しばしば咳《せき》を発した。柿崎の説明が終わったあとで、鐘がなにやら包みを柿崎に差し出した。

「例の薬です」

「恐縮です」

「半年分ありますから、とにかくだまされたと思って飲んでください。それからこの丸薬は風邪薬です」

「…………」

「ちょっと飲みにくいと思いますが、食後飲んでください。とってもよく効きますよ」

「ありがとうございます。たいしたことはないのですが……」

「風邪は万病のもとです。注意してくださいね」

鐘から手渡された風邪薬は、直径一センチもあろうかと思える大粒の丸薬で、飲みにくいことこの上もないが、柿崎は眼に涙をにじませながらなんとか喉《のど》へ押し込んだ。糖尿病の薬は、きれいな白色の糖衣錠で、大きな瓶に詰まっている。

高価なものにちがいない。柿崎は、鐘の好意に感謝の言葉もなかった。

あくる日、電算機実習組の一行十名は、丸紅の世話で都内の名所をバスで観光して回った。沢木はこれに付き合ったが、柿崎は終日ホテルのベッドに臥《ふ》せっていた。おかげで夕方には熱が下がった。あるいは漢方薬の効験あらたか、ということかもしれない。

そして三月十七日の午前十時に、柿崎と沢木の案内で、実習組は芝《しば》の昭栄化学工業の本社を表敬訪問した。柿崎は久方ぶりに、西本康之と対面することができた。

ちなみに、前年の七月一日付で昭栄化学工業は、昭栄油化を吸収合併し、その時点で西本は副社長に昇格していたが、西本は六月下旬に大分工場を訪問、工場従業員に対し、合併の意義を強調してあらまし次のように挨拶している。

「七月一日に発足する新石油化学事業部は、新昭栄化学工業において売上高、利益とも全体の半分を占めているが、この現状に甘んじることなく、この事業をさらに発展させ、昭栄化学工業の石油化学事業を業界最強のものに仕上げ、展開していく使命を負っている。そのためにも昭栄油化において培った良い面は、当然のこととして昭栄化学工業においても生かされなくてはならないものと、昭栄化学工業社内で意思確認されている。従業員の皆さんも従来どおり積極果敢に自らの職務に取り組んでいただきたい」

柿崎は、九か月ぶりに西本と会ったが、視力の低下はいかんともしがたく、至近距離でやっと顔を見分けることができる程度だ。それでも話しかけられると、西本の温容がはっきり見えるような気がしてくる。

「また少しスマートになったようだな。今、何キロあるの」

「ここのところ測ってませんが、六十二、三キロはあると思います」

「身長は？」

「百七十五センチです」

「百五を引くと七十キロか。ちょっと少ないなあ。視力のほうはどう？」

「いくらか低下してるようです」

「糖尿病は根治できないものなのかねえ。これだけ近代医学が発展してるのになあ」

「一病息災ということもありますから、気長に……」

柿崎は、むせ返ったような激しい発咳《はつがい》に襲われた。実習組の表敬訪問が終わり、役員会議室から廊下へ出たところでの立ち話だったが、西本は「どうした。風邪を引いたのか」と心配そうに、柿崎の背中をさすった。

「大丈夫です。痰《たん》がからんで……」

柿崎は、それだけ言うのがやっとだった。

その日の夕方、雅叙園観光ホテルで、日揮、丸紅、昭栄化学の三社共催による中国電算機実習組の歓迎パーティが行われたが、日本側の顔ぶれの中に柿崎はいなかった。

西本は、柿崎がホテルの会場に現れるものとばかり思っていたが、三十分経ってもやって来ないので、沢木をつかまえて訊いた。

「柿崎君はどうしたの」

「少し熱があるようなので、欠席させてもらうと言ってました」

「そういえば咳《せ》き込んでいたし、赤い顔をしていたが、やはり風邪か」

「あしたの朝、三鷹《みたか》の横河電機に行かなければなりませんから、大事をとったのだと思います」

「そうか」

西本は、かすかに眉《まゆ》をひそめ、考える顔になった。あの柿崎がパーティに欠席するとは、よほど体調が悪いのだろうか、と気遣ったのである。

「あしたはきみも一緒かい？」

「はい。私は、バスで中国の人たちをお連れしますが、カキさんは……」

沢木は、「柿崎課長は」と言い直してつづけた。

「電車で行くそうです」

「中国の研修生は横河電機で、二、三か月は実習するんだろうね」

「ええ。横河電機で二か月実習したあと、日立製作所の大みか工場に三か月滞在します。ですから大分へは八月中旬に来ることになっています。大分の滞在期間は二か月の予定です」

「たしか大みか工場には、うちから誰か行ってるんじゃなかったかな」

「ええ。久保、菅野、堀田、野原の四人が長期出張しています。私も彼らに合流して、四か月ほど大みかに滞在します。柿崎課長が綿密なスケジュールを作成してくれましたから、大変助かります。われわれはカキさんの掌《てのひら》の中で動かされてるようなものですよ」

「そのカキさんによろしく言ってくれたまえ。少し力をセーブしたほうがいいんだがな。風邪を引いたら会社は休んだほうがいい」

西本は、沢木と立ち話を切り上げて、背後から声をかけてきた丸紅の役員のほうを振り返った。

昭栄化学工業は、中国にEPICS（エチレン・プラント・インフォメーション・コントロール・システム）を輸出するに際して、コンピュータのハード部門も一括して受注しているが、ソフトウエアなりプログラムはすべて昭栄化学自身で開発したものなので、中国の実習生を受け入れるに当たって、計装関係の技術者をコンピュータ・メーカーに先乗りさせて技術習得に当たらせていたのである。沢木は、柿崎の指示で現場で指導に当たることになるが、いわば柿崎はこのプロジェクトの総指揮官の立場で全体を取り仕切っていたのである。

柿崎は、十七日の夜は芝のパークホテルに泊まり、あくる日朝八時に東京駅までタクシーを飛ばし、中央線の快速電車で三鷹へ向かい、三鷹駅から武蔵野《むさしの》市中町《なかちょう》の横河電機本社工場までタクシーを利用した。中国の電算機実習生を乗せたバスは十時に横河電機に到着する予定なので、それに間に合えばいいわけだが、柿崎は横河電機の関係者への挨拶《あいさつ》や、打ち合わせのため一時間余裕をとったのである。柿崎の体調はほとんど最悪といってよかった。いったん下がった熱がぶり返し、悪寒を覚えた。たいしたことはない、俺は熱には強いはずだと自分に暗示をかけて、横河電機の関係者に対したが、打ち合わせが終わって、ひとり応接室で実習組を待っている間、たまりかねてソファに横になった。毛布を所望したかったが、バーバリーのコートで我慢した。

十時半ごろ、応接室のソファに横たわっている柿崎に、顔見知りの横河電機の担当課長が報告にやって来た。

「行儀が悪くてすみません。ちょっと疲れてるものですから、横にならせてもらいました」

「どうぞどうぞ。なんでしたら、そのままでけっこうですよ」

「どうも申し訳ない」

柿崎は、ふらつく躰《からだ》を懸命に立てかけた。

「今、沢木さんから電話がありました。首都高速の六本木《ろっぽんぎ》付近でバスがエンストを起こし、到着がだいぶ遅れると言ってました。沢木さんは高速道路の非常階段を降りて電話をかけてきたようです」

「そうですか。わざわざどうも」

「その間、お休みになってください」

「ありがとうございます。そうさせていただきます」

バスが到着したのは十二時過ぎで、予定より二時間以上遅れていた。

昼食の前に、柿崎が挨拶した。

「きょうから研修が始まります。日本滞在が長期にわたりますから、健康に十分気をつけて頑張っていただきたいと思います。私は、大分へ戻りますけれど、できる限り時間をつくって、ここへも来ますし、大みか工場にも顔を出すようにしますが、この工場にも大みか工場にも昭栄化学の技術者がたくさんおりますから、お気づきの点、ご不満の点がありましたら、なんなりと申し出てください。コミュニケーションを密接にすることがいちばん大切だと思います」

「よくわかりました。柿崎先生の指導を得て、われわれは最先端の技術を身につけて帰国することができると確信しています」

郭が中国語で答えた。

食事のあとで、鐘が話しかけてきた。

「昨夜のパーティに欠席されましたが、おかげんはいかがですか」

「鐘さんからいただいた薬のお陰でだいぶよくなりました」

「柿崎先生は、健康管理の面でわれわれ一同に注意を与えてくださったが、先生も十分気をつけてください」

「ありがとう。その点は肝に銘じています」

柿崎は鐘の言葉に多少皮肉なものを感じたが、鐘は至極真面目くさった顔をしていた。柿崎自身、発熱でいくぶん弱気になっていたので、自戒をこめて健康管理の面をとくに強調したのである。

「五か月後には、大分でゆっくりお目にかかれますね」

「ええ。あなたが宿泊する予定のホテルは、大分市内を流れる大分川のほとりにあります。きれいな川で釣りができますよ。たしか鐘さんは釣りが趣味ではなかったですか」

「よくご存じですね」

「大慶で一度誘われたことがありますから。私は釣りは苦手で、お断りしましたが」

「そうでしたね」

柿崎と鐘は再会を期して、握手をしたが、その後二人が会うことはなく、それが最後の別れとなった。

三月十九日の午後、柿崎と沢木は日立市の日立製作所大みか工場を訪問した。東京を発《た》つときにカップヌードル、インスタントコーヒー、クリープ、角砂糖などを段ボール箱二箱買い込んで、久保たち長期出張者に差し入れした。日立製作所のゲストハウスに一泊して、柿崎は大分へ帰ったが、沢木はそのまま久保たちと合流し、七月中旬まで大みか工場に滞在する。

第九章　慟　哭

1

出張から帰って一週間も経つのに柿崎の顔色は冴《さ》えなかった。熱もいっこうにひかない。あれからずっと八、九度の熱が続いていた。顔色も悪く、土気色をしている。

大分へ帰ってから五日ほど忙しい日が続いたので会社を休めなかったが、三月二十六日の昼前、日立製作所大みか工場に出張中の沢木に長距離電話を入れたあと、早退した。

「作業の進捗《しんちょく》状況はどう？」

「順調にいってますよ」

「六月からコンピュータ機器の立ち会い検査ができるようにスケジュールを消化してくれないか。中国側は工程を遅延させたいようだが、立ち会い検査までの日程は変更したくないからね」

「わかりました。ところで風邪は治りましたか」

「どうも、もうひとつはっきりしないんだ」

「お伝えするのを忘れてましたが、副社長が風邪が治るまで会社を休むように言ってましたよ。歓迎パーティで欠席したことを気にかけていたようです」

「うん。仕事も一段落したので午後から休ませてもらおうと思ってる」

「………」

沢木はおやっ、と思った。いつもなら風邪ぐらいで会社を休めるか、と大声を発する柿崎が、力のない声で早退すると言っている。長距離電話のせいもあろうが、いかにも声が弱々しい。「お大事に」と言って電話を切ったあと、沢木はひどく気になった。それは胸騒ぎに近かった。

早退してきた夫を見て、志保子はびっくりした。食欲もないし、顔色も悪いので、相当まいっているな、と思って、その日の朝、志保子は会社を休むように夫に言ったのである。柿崎自身迷っていたが、飯岡の車のクラクションを聞くと、家を出て行ってしまったのだ。

「早退するくらいですから、よっぽど悪いんですね。お医者さんに来てもらいましょうか」

「いや、一日寝てればよくなるだろう。布団を敷いてくれよ」

柿崎は一日ゆっくり寝ていれば、熱も下がるだろうと軽く考えていたが、翌々日の土曜日も二十九日の日曜日も寝床を離れる気力が湧いてこなかった。トイレに立つときに、めまいを覚え、足もとがふらつく。

志保子は月曜日の朝、覚つかない足どりで出勤しようとする柿崎を無理矢理車に乗せて県立病院へ連れて行った。

柿崎は第一内科の受診後、急患扱いで直ちに入院を命じられた。志保子が悲嘆にくれる間もないほど慌ただしい入院で、二十四時間の看護態勢が敷かれ、この段階では病名は分明ではなかったが、夫が重病であることだけは病院側の対応で察せられた。志保子は、夫に付き添うことを申し出たが、完全看護だからその必要はないと断られ、入院の準備で二度、家と病院の間を車で往復しただけで、その夜は自宅へ帰った。病院から呼び出しの電話があるまで自宅で待機しているように言われていた。

「肺炎かなにかだろう。心配しなくていいぞ」

柿崎は笑顔さえ浮かべて言ったが、志保子は一睡もできなかった。

大分県立病院は入院ベッド数五百四十床、七百床の国立亀川《かめがわ》病院に次ぐ県下屈指の総合病院である。柿崎はあくる日の午前十時に、第三内科部長の高田博士の診察を受けた。第三内科は別名血液内科と呼ばれているが、血液関係を専門に扱う病院は、県ではこの病院以外にない。

高田は、柿崎の顔を見た瞬間、白血病患者だとぴんときた。血液内科の専門医で、永年白血病患者を診てきた高田は、経験的に顔色を診る第一症状で外れたことがなかった。

もちろん診断の確定は血液検査後になるが、顕微鏡で、白血病細胞を確認するまでもなく、第一症状で貧血の状態を見ればほぼ百パーセント認定できる。

貧血、めまい、発熱は、白血病患者の典型的な症状だが、問診で柿崎からこれらの自覚症状を聞き出して、高田はもはや間違いないと思った。

果たせるかな血液検査の結果、柿崎の赤血球は異常値を示した。赤血球は血液一立方ミリメートル中五百万個の正常値に対して、百九十五万個にすぎなかったのである。白血球は正常値の二分の一、ヘモグロビンも約三分の一であった。

骨髄液の検査で、リンパ球型の白血球が異常に少ないことが判明し、悪性リンパ症の急性骨髄性白血病と正式に診断された。

この段階で、高田はいつも悩む。家族に話すのは当然だが、患者本人にも話すべきではないか、と。とくに治癒の見込みのある患者には、話したほうが治療がやりやすいケースが往々にしてある。白血病は血液の癌といわれているが、アメリカでは、白血病に限らず癌患者に明確に病名を伝えている。日本では本人に明かさない習慣だ。医師を対象とした日本のある意識調査でも、拒絶反応を示す医師が圧倒的に多数を占めたという。医師たちが万一、癌に侵されたときでも癌宣告してほしくないというわけだ。

ともあれ、高田は四月一日の午後、柿崎の家族を呼ぶようにナースに指示した。

明野北町の社宅から県立病院まで車で二十分ほどの距離であるが、志保子は自分で車を運転する気力はなく、タクシーを利用した。食事が喉《のど》を通らぬほど志保子の胸は不安でいっぱいだった。

電話で連絡されたとおり、四階の第三内科のナースセンターを訪ねると、すぐに部長室に案内された。

「柿崎の家内でございます」

「高田です。私が柿崎さんの主治医をやらせていただきます」

高田は、丁寧に挨拶《あいさつ》を返し、名刺を差し出した。医学博士、第三内科部長という肩書からすれば、五十歳を超えていても不思議はないが、高田博士は驚くほど若々しく見える。鼻筋がすっきり通っていて二重瞼《ふたえまぶた》の優しい眼が印象的だ。

「さあ、どうぞお坐《すわ》りになってください。私もきょうは気分が重いのです。柿崎さんは大変危険な状態です。血小板が普通の人の二十分の一足らずで異常に少ないため、最悪の場合はきょうあすということも考えられないでもありません」

「あのう、主人はなんという病気なんでしょうか」

志保子は辛うじてかすれた声を絞り出した。

「急性の白血病です」

「……………」

志保子はぐらぐらと四周《まわり》が揺らいだような気がした。顔から血が引き、足もとから地底に沈み込んでいくような錯覚にとらわれた。

「きょうあしたというのはちょっと極端ですが、全国平均で発病後半年というケースが多いし、三か月ぐらいで亡くなる方もいます。私が申し上げたいことは、奥さんにその覚悟をしていただきたいということです。稀《まれ》には、五年生存している患者もいますが、それは二十人に一人ぐらいで、まさに僥倖《ぎょうこう》ということになると思います」

「治癒の可能性はまったくありませんのでしょうか」

「皆無ではありません。私が診ている患者さんで九年生存している方もいますからね。二十年前までは一年もたないと言われてましたが、治療法の発達で劇的によくなることもありえないことではありません。ただ脳出血を起こす確率も高いですから、油断はできないと思います」

「どうしてこんなことになったのでしょうか。糖尿病との因果関係は……」

志保子は声をつまらせ、絶句した。

「糖尿病とは連動していないと思います。発病の原因はわかりません。疫学的にもデータが不足していますが、原爆被爆県の広島で多発しているとか、レントゲン専門医や技師の発生率が高いというデータもあります。悪性のリンパ腫《しゅ》はウイルスが発見され、感染によると言われています。つまり白血病で感染することもありうるということになりますが、染色体の突然変異ということも考えられますし、わからないことがたくさんあるんです」

「子供に遺伝……」

「ありません」

高田は、志保子の質問をさえぎるように明言して、つづけた。

「私自身、親子で罹病《りびょう》した例を知りませんし、夫婦で白血病になる例もないと申し上げていいと思います。大分県の人口は百三十万人ですが、白血病患者は約五十人います。その中にそういう例はないと聞いています。普通には、白血病はうつらないものと考えていいと思います。もちろん、柿崎さんの場合も感染の心配はありません」

「先生、なんとか夫を助けていただけませんか」

志保子は、懸命に声を押し出した。恥も外聞もなく取り乱して、高田博士にすがりつけるものならそうしたかった。このまま死なせるようなことになっては、あまりにも夫が可哀相だ。

「もちろん、全力を尽くします。できるだけのことはするつもりです。厳しいことを申し上げたが、完全緩解に近い状態にならないとも限りません」

高田は力強く言って、笑顔を向けてきた。

「柿崎さんには貧血症がひどいので入院してもらいますと言ってあります」

「わかりました」

志保子は、高田の許可を得て夫を見舞った。柿崎は、個室のベッドに横たわっていた。パジャマ姿で仰向けになって、眼を瞑っている。濃い髭《ひげ》のせいだろうか、いやにやつれて見える。

志保子は病室に入ったものの、しばらくドアの傍に立ち尽くしていた。

柿崎が眼をあけて、こっちを見た。志保子は急いで涙を拭《ふ》いた。

「お休みでしたの？」

「なんだ来てたのか。ドアが開いたのがわかったが、ナースかと思って黙ってたんだ。貧血ぐらいで入院騒ぎは大袈裟《おおげさ》じゃないか。医者からほかになにか聞いてるか」

「いいえ。貧血症がひどいので、しばらく入院したほうがいいということです。それに糖尿もあるんですから」

志保子はベッドに接近して、パイプ製の椅子に腰かけた。

「ナースの奴、溲瓶《しびん》を用意するというから、冗談じゃねえ、そんなもの使えるか、と言ってやった。多少ふらつくが、便所ぐらい一人で行けるよ」

「でも、いろいろ検査が続くようですし、絶対安静らしいですよ」

「自宅療養ということにならんかなあ。きみ、先生に頼んでみてくれないか」

「あなたはすぐ会社へ行きたくなる人ですから、しばらく覚悟を決めてください」

「会社へ連絡してくれたか」

「ええ、松島さんに入院したことだけはお伝えしました。びっくりなさってたわ。会社でも元気がなかったから心配してたそうですよ。病院の許可が下り次第、お見舞いに来てくださるそうです」

「子供たちに会いたいな」

「ええ。きょうは二人とも塾がありますから、あしたにでも来るようにいいましょう」

「貧血ぐらいで入院とは恐れ入ったな。実際まいったよ」

柿崎は、志保子に向けていた躰《からだ》を天井に向けて吐息をついた。

2

夕食のあとで、志保子は娘たちに話した。長女の弘子は、あまりのショックに嘔吐感《おうとかん》を覚えたらしく、トイレに駆け込んだ。そして、自室へ閉じ籠《こも》っていつまでも泣いていた。次女の陽子は気丈にも涙をこらえ、「お父さんて、ツイてない人だなあ」と言って、下唇を嚙《か》んだ。

「お母さん、陽子、きっと治ると思うんだ。白血病になっても五年も十年も生きる人がいるって、先生が言ったんでしょう。だったら、お父さんだって絶対治るよ」

「そうね。お母さんもそう思うわ」

志保子は、こらえ切れなくなって嗚咽《おえつ》の声を洩《も》らした。

「お母さん、めそめそするのやめようよ。だってお父さんに涙なんか見せたら大変でしょう」

そう言いながらも、陽子はさすがに涙ぐんでいる。

「あれじゃあ、お姉ちゃんは病院へ連れて行けないね」

「大丈夫よ。あした三人でお父さんを励ましてあげましょう」

「県立病院の主治医の先生、なんていう人」

「高田先生。第三内科の部長さんよ。特別にお父さんの主治医になってくださったそうよ」

「それじゃ、恵子ちゃんのお父さんだ。塾も一緒だけど、勉強できるのよ」

「あら、そうだったの。とてもいい先生よ」

「一度先生に挨拶《あいさつ》しとくかな。おやじが世話になってるんだから」

陽子はませた口をきいて、志保子の微笑を誘った。この娘《こ》は父親似で気が強いから、こういうときには頼りになるわ、と志保子は頼もしく思う。弘子は、私に似ていじけたところがある。ずいぶんとこたえているようだ……。

あくる日の午後、志保子は二人の娘を病院へ連れて行った。熱も下がり、二十四時間態勢は解除されていたが、家族以外の面会は許されていない。弘子は、ほとんど口をきかなかったが、陽子は明るく振る舞い、柿崎の気持ちを和ませた。

「お父さん、入院してからきょうで三日でしょう。病院の住み心地ってどんなふう」

「いいわけねえだろう。最悪だよ」

「そうかなあ。陽子はずっと前から、一度でいいから入院してみたいと思ってるんだなあ。代わってあげようか」

「おまえは学校をサボりたいだけだろう」

「それもあるけど、みんなに大事にされて、美味《おい》しいもの食べて、好きな本が読めて…

「……」

　陽子は、舌を出して、肩をすくめた。

「そうか。お父さんは本が読めないからな」

「なに言ってるんだ。それより病院の飯が旨《うま》いわけないだろう」

「でも、大手を振って会社が休めるんだから、やっぱり悪くないよ」

　志保子には、父親に対して陽子流に気を遣っていることが痛いほどよくわかる。弘子も、なにか話してくれればいいのに、と志保子が思ったとき、柿崎が言った。

「弘子は元気がないじゃないか」

「そうでもないけど、少し勉強疲れじゃないの」

　姉に代わって妹のほうが答えている。

「この春休みと、夏休みで差がつくからな。高二の一年がいちばん大事なんだ。頑張れよ」

　柿崎に激励された弘子は、今にも泣きだしそうな顔をしている。志保子が、ショルダーバッグの中から包みを取り出した。

「あなた、トランジスタ・ラジオを買ってきましたよ」

「よし、忘れなかったな。一週間か二週間か知らねえけど、こうなったら、ゆっくり中国語でも勉強するかな」

「入院中ぐらい、勉強を忘れればいいのにな。お父さんは貧乏性だね」

陽子は、憎まれ口をきいて、にこっと柿崎に笑いかけた。

翌日、志保子は午前中に病院へ顔を出し、診断証を受け取った。糖尿病、貧血症のため長期入院を要す、とあるが、早晩輸血が必要と予想されるので、会社の上司には事情を話すべきではないか、というのが主治医の意見であった。

志保子はずいぶん迷ったが、結局、松島にも飯岡にも打ち明けず、そのまま診断証を会社に提出した。伏せておきたいという思いが強かったのである。しかし、前橋の父親には手紙で事情を知らせた。柿崎の実父、征一郎はとるものもとりあえず駆けつけてきた。

「どうにも信じられん」と、征一郎はくどくどと繰り返し、「誤診ということは考えられないのか」と言いだす始末だった。

志保子は、舅《しゅうと》を主治医に会わせた。

「標本をご覧になるとわかりますが、アウエル小体といって、細胞の中で赤い筋が見えます。三千七百個の細胞の中に、白血病細胞が五二パーセントも認められるのです。この癌細胞を薬で殺さなければなりませんが、全身にばらまかれているので、ゼロにすることはなかなか困難です。放っておけば、組織の統制を離れて無制限に増殖し、生体を破壊します。柿崎さんは貧血が強く、酸素の供給力が弱いので、体力をつけることを考えなければなりません。電解質ブドウ糖を基剤とし、ビタミンなどの栄養剤を加えた点滴注射を始めたのは、体力の回復を図るためです。あとはＤＣＭＰ療法といって、抗生物質、ステロイドなどを併用して投与しています」

高田博士は、柿崎征一郎に噛んで含めるように話し、ガラスに血液を塗抹した標本を顕微鏡で見ることを勧めたが、征一郎は無言で首を左右に振った。

「糖尿病のほうはどんな具合ですか」

「きょうで入院七日目ですが、入院五日目の食後の検査では二百七十二ミリグラムですから、思っていたほど悪くありませんね。糖負荷試験といって食後二時間の数値ですが、悪い人は五百にはなるんです。正常値は百五十ですから倍ぐらいの値ということになります。ついでに視力も検査しましたが、右眼は〇・一、左眼は完全に失明しています」

「息子は相当ショックを受けているでしょうね。顔を合わせるのが辛《つら》くて」

「いや、柿崎さんは実に精神力の勁《つよ》い人だと思いますよ。仮に、白血病であることを宣告されても、めげる人ではないと思いますね。食事もきちんと摂《と》り、病気を克服しようとする意欲が感じられます。模範的な患者さんです」

征一郎は、気を取り直して息子の病室を見舞った。

「あなた、前橋のお父さんよ」

「へえ、よく来たなあ」

「学校がまだ休みだからな。孫の顔を見に来たんだ」

「私のほうはついでですか」

「案外、元気そうなんで安心したよ」

「糖尿病の検査結果を聞きましたわ。そんなに悪くないみたいですよ」

「そうらしいな。インシュリンをやらないでまあまあということだから、良しとしなきゃあな。そろそろ退院できるんじゃないか」

「なにを言ってるんだ。貧血のほうは、まだまだ時間がかかるらしいぞ。相当体力が衰えているらしいから、半年やそこら辛抱して、体力を回復させなきゃあならん」

「半年なんて冗談じゃないですよ」

「………」

征一郎は、なにか言おうとしたが、口をつぐんだ。これ以上話していると、ぼろが出そうな気がしたのである。

「志保子、お父さんを温泉にお連れしたらどうだ。会社が使っているホテルなら割引があるはずだから、この際利用したらいいよ。娘たちも喜ぶぞ」

「とてもそんな気にはなれんよ」

「どうして？」

征一郎は、柿崎の質問に当惑し、志保子と顔を見合わせた。

「そうですね。子供たちとも相談してみますわ。ただ、すぐに学校が始まりますから……」

志保子は言葉を濁した。そんな気分になれないのは、征一郎だけではない。

「俺のことは心配しなくていいから、今夜にでも行ってこいよ」

「わかった。そうさせてもらうよ」

征一郎の投げやりな口調を、柿崎がどうとったか志保子は気になった。

3

柿崎仁が急性の骨髄性白血病で大分県立病院に入院して一か月ほど経った昭和五十五年五月の初めに、志保子は社宅で一通の手紙を受け取った。差し出し人は、昭栄化学工業副社長の西本康之である。宛名に〝柿崎仁様、奥様〟とあったので開封してもよかったが、志保子はそのまま病院へ持って行った。志保子は、毎日、午前と午後の二回、夫の世話をやきに病院へ通っている。

自動車の免許証を取得してよかったと志保子は思う。明野北町の社宅から県立病院までの所要時間は、車なら十五分である。

「あなた、副社長さんからお手紙がきてますよ。開封していいですか」

「ああ。読んでくれ」

志保子は、宛名に〝奥様〟と添えてあるのは、糖尿病でほとんど失明に近い夫が手紙を読めないことを考えて、西本副社長は気を遣ってくれたのだろうと思いながら、封を切った。

柿崎兄　糖尿病と貧血でご不快の由、しかも、県立病院へ入院なさったと聞いて、びっくりしています。

中国電算機実習組の歓迎パーティに欠席されたので、心配していたのですが、いろいろ無理が重なったのでしょう。日ごろの働きすぎの報酬に神が休養を与えてくれたのだと考えるべきです。焦る必要はまったくありません。仕事のことは忘れて、療養専一に努めてください。

私は、必ず本復されると確信していますし、再び元気な貴兄にお目にかかれると信じていますが、そのためにも諄《くど》いようですけれど、医師の指示に従って、退院をねだるようなことはしないようにしてください。

沢木君も言ってましたが、貴兄が完璧《かんぺき》なマニュアルとスケジュールを作成してくださったお陰で、中国へのＥＰＩＣＳの技術供与については、順調に作業が進んでいるようです。

中国の大慶にＥＰＩＣＳに基づく新鋭のエチレンプラントが完成したときには、ぜひ一緒に見学したいものです。その日を楽しみにしています。ご自愛のほどを切に祈り上げます。

西本　生

奥様へ　あなたの頑張りには、感服措《お》く能《あた》わず、奥様あっての柿崎君だといつもみんなで話しております。お気を落とさず、柿崎君の病気克服に、もうひと頑張りお願いいたします。お元気で。

志保子は「奥様へ」以降は目読した。部下に対する西本の思い遣《や》りが行間ににじみ出ている。

白血病のことを会社に知らせなくてよかった、西本副社長がそれを承知していたら、こういう手紙にはならなかったろう、と志保子は思った。

「副社長さん、心配してくださってるのねえ」

「うん、心の優しい人だからな。あの人は誰に対してもそうなんだ。とくに俺だけ贔屓《ひいき》してくれてるわけでもないよ。仕事には厳しい人だけどね」

「あなた、副社長さんが手紙に書いてくださったように、しばらく会社のことは忘れなければ……」

「そうはいかねえよ。そろそろ退院できるんじゃないのか。熱は下がったし、貧血のほうもよくなってるようだし」

「いけません」

志保子は、厳しい顔でぴしゃりと言った。

「頭がむさ苦しくてしょうがねえ。散髪に行きたいが、病院の中に床屋はないのかなあ」

「私がハサミで短くしてあげましょうか。それとも長髪になさったらどうかしら」

「長髪か。俺には似合わねえよ」

柿崎は、伸びた頭髪をかきむしった。

「主治医の高田先生、良い先生でしょう」

「まあな。変わった人だよな。旧制の大分高専を出てるんだよね。電気科らしいが、一度弱電関係の企業に就職して、二年ぐらい勤めたのかなあ、そのあと一念発起して熊本大学の医学部に入り直したというんだから、根性あるよな。学位も熊大で取ったらしい」

「エンジニアでもあるんでしたら、あなたと話が合いますね」

「そうなんだ。プロセス・コンピュータの話をしたら、興味深そうに聞いてたぜ。高田先生に言わせると、自然科学を勉強した者の中で、医者ぐらい大ざっぱでいい加減な人種はないらしいよ。なんていうのかな、医学なんていうのは物事の線の引き方が大まかなんだよね。そこへいくと、高田先生は工学もやってるから、緻密《ちみつ》にできてる。たしかに、病状なり治療法で説明を求めても、ろくすっぽ説明のできない医者が多いけれど、あの先生は筋が通ってるよ」

「よかったわ、高田先生とウマが合って。お医者さまと気が合うのがいちばんですもの」

「昨日も回診のとき三十分も話していった。先生も言ってたが、別に患者を分けへだてしてるわけじゃなくても、二、三分で切り上げちゃうところもあれば、俺みたいに三十分も時間を潰《つぶ》すところもあるらしい。EPICSの話をしてやったんだ」

柿崎は体調が良いのか、この日はいやに饒舌《じょうぜつ》だった。西本から見舞状が届いたことで気をよくしているのかもしれない。

「こんどは大慶の話をしてやろうかな」

「ほんとうにまた大慶に行けるといいですね」

志保子の眼尻《めじり》に涙がにじんだ。夫が再び大慶の地を踏むことはありえなかった。それを思うと、夫が哀れであった。

「東京と日立あたりにちょっと出張して、このていたらくじゃあ、大慶なんてとてもとてもっていう感じだよな。鍛え直さなくちゃあ」

「そうですね」

志保子は声をつまらせながら、それだけ答えるのがやっとだった。柿崎は、ベッドの中から怪訝《けげん》そうに志保子を見上げている。

「高田先生は、お年はおいくつかしら」

志保子は慌てて話題を変えた。

「ちょうど五十ってとこかなあ。俺よりはだいぶ先輩だろうな」

「ずいぶんお若く見えますけど」

「いや、たしかにそんなところだ。旧制の専門学校出てるんだから、そう若くはないさ」

4

六月になると、柿崎の病状は回復に向かっているように見えた。志保子たち家族の者が最も期待を持った時期である。約二十日間続けられた抗生物質、ステロイドなどの組み合わせによるDCMP療法、電解質ぶどう糖を基剤とする点滴注射、血小板輸血などの効果が出てきたと見てとれた。

六月十一日の検査で、血液一立方ミリメートル当たり白血球七千二百個、赤血球三百二万個、血小板三十四万個、ヘモグロビンは一デシリットル当たり八グラム、なんと白血病細胞はゼロになっていたのである。

しかし、骨髄の中から採取した血液には白血病細胞が一パーセント認められた。それでも四月初めの時点では三〇・五パーセントの白血病細胞が認められたのだから、激減したことになり、いわゆる部分緩解の状態まで回復したと言える。ただ、ヘモグロビンの八グラムは、十六グラムの正常値に対して二分の一にすぎない。このことは貧血の回復が遅いことを示していた。

このころ、柿崎は病室に最新の専門書や計測関係の雑誌、資料などを持ち込んで、志保子に読んでもらっている。そうしなければ間が持たなかったし、一日たりとも勉強を怠ってはならないというのが柿崎の主義だから、志保子は夫の要求を容《い》れてやった。

この時期になると柿崎は、一般の面会が許されるようになり、昭栄化学工業大分工場の関係者が連日午後になると大挙見舞いにやって来た。

日立製作所大みか工場に長期出張中の沢木が、大分工場へ打ち合わせで戻ったついでに県立病院へ顔を見せたのは、六月二十五日のことである。

「おう、よく来られたねえ」

柿崎はベッドに躰《からだ》を起こした。

「たまには妻子の顔が見たいですからね。衆参同時選挙もありますし、ちょっと工場に連絡することもあったんです。それに、鬼の柿崎の顔を拝んでぴりっとしないとね」

「さては、大みかで羽根を伸ばしてるんだな」

「そんなことはありませんよ。大慶ほどではありませんが、毎日緊張してます」

「さあ、どうかな」

「思ったよりずっと元気そうですね。憎まれ口を叩《たた》くくらいだから……」

「ここんとこ調子がいいんだ。先週の土曜日に、入院以来初めて家に帰って、二泊して月曜日の朝、帰ってきたんだが、どうってことないよ。よっぽど病院へ帰らずに、会社へ行っちゃおうかと思ったくらいだ」

「黙って病院を抜け出したわけじゃないでしょうね」

「当たり前だ。主治医のハンコがついてある外泊許可証をもらってるさ。おとなしいもんだ。借りてきた猫みたいにな」

「課長がねえ、信じられませんよ」

「今度は俺も腹を据えて大事にいこうと思ってるんだ。みんなに迷惑かけて申し訳ないが……」

柿崎にしてはしおらしい言い方だった。

「そんな言い方はカキさんらしくないですね。〝俺は今まで人の何倍も働いたんだから、二、三年休ませてもらうぞ〟と言ったほうが、課長らしくていいですよ」

「冗談よせよ。たいして働いちゃあいない。ほんとに申し訳ないと思ってる。しかし、外泊が許されたくらいだから、そうはかからないと思う。俺のほうからねだったわけじゃないんだ。主治医が瀬踏みのつもりで外泊させたのだから、見通しは明るいよ」

柿崎は笑顔を見せた。きれいに散髪をし、髭《ひげ》の剃《そ》りあとも青々として、実際、病人らしくなかった。

「それにしても、貧血ぐらいで入院とは驚いたよ。貧血の俺から、頻繁に採血するのはいったいどういうつもりなのかねえ。一度主治医に訊《き》いてみようと思ってるんだが、話のわかる医者だけど、この点はどうにも納得できんよ。それと、骨髄穿刺《せんし》というやつがかなわんのだ。表面麻酔で胸骨に針を刺して骨髄液を取るんだが、気色悪いったらないぜ」

「聞いてるだけで気分が悪くなりますね。病院っていうところは、いろいろ検査をやりたがるところだから、まあ、しょうがないですね。課長がそんなひどい目にあってると聞いたら、喜ぶ連中もいるかもしれませんよ。みんな課長には相当しごかれてますから」

「ひどいことを言う奴だ」

「ところで、大慶に行く気はありませんか」

「そんなことはないが、成田空港へ実習組を迎えに行くだけでこのざまだからな。西本副社長も大慶にエチレンプラントが完成したら一緒に行こうと手紙に書いてきてくれたけど、どうかなあ」

「いやに弱気ですね。まだ先のことだし、ぜひ行きましょうよ」

「視力のほうがこのままじゃあ、足手まといになるだけだよ。もう少しよくなってくれるといいのだけどね。ところで、実習組の技術習得はうまくいっているの？」

「ええ、横河電機から日立の大みか工場に移りましたが、すべて順調です。予定どおり八月中旬には大分へ来られると思います。鐘さんをはじめ、みんな課長のことを心配してました。くれぐれもよろしくと言われてます」

「いくらなんでも八月には会社に出られるはずだから、大分では、少しはきみらの手伝いをさせてもらうよ。鐘さんに大分川の釣りを勧めたが、一度ぐらいはお付き合いさせてもらうかな」

「鐘さんに伝言しておきます。喜ぶでしょう」

「ラジオの中国語講座を聴いてるから、そのへんの成果のほども披露するかな」

「へえ、やるもんですね。みんな感激しますよ。それも伝えておきます」

「それはやめてくれ。恥ずかしくて、とてもじゃないよ。ちょっと口がすべったが、それだけは黙っててくれ」

沢木は久しぶりに、柿崎が右手の甲で額をごしごしこするのを見て、微笑を誘われた。

5

七月二十九日の検査で柿崎の血液中に再び白血病細胞が認められた。白血球数は二千六百個、ヘモグロビンは七・三グラム、血小板は十六万個に減少し、全体にレベルが低下していた。いわばジリ貧である。

それでも九月中旬までは小康状態が続いたが、血糖値が劇的に上昇しているため、インシュリン注射をしなければならなくなった。糖尿のためにステロイド系の薬品を使えないというハンディキャップもあり、主治医としてはDCMP療法を強化しようにも強化しにくい悩みがあった。

西本康之が大分県立病院に柿崎を見舞ったのは九月十九日である。

「少し痩《や》せたかな。しかし、思ったよりも元気そうに見えるぞ」

西本は、見舞いののし袋を枕元の台の上に置いて、ベッドの傍の椅子を寄せて坐《すわ》った。

柿崎は、西本にそのままで横になっているように言われたが、そうもいかず、上半身を起こした。西本は柿崎をひと目見て、あまりのやつれように胸がふさがった。「元気そうに見える」と言ったのは、そうとしか言いようがなかったからである。悪い病気でなければよいが、と西本は思った。

「八月には退院できると思っていたのですが、血糖値が高いようなので、主治医にもう少し頑張ってほしいと言われまして」

「会社のことは心配しなくていい。柿崎君、焦っちゃだめだよ。病気との闘いに焦りは禁物だ。一年や二年休んだからって、長い一生から考えればなんでもないじゃないか」

「皆さんに迷惑をかけて申し訳ありません。しかし、いくらなんでも十月になったら出社できると思います」

声につやがなかった。語尾が聞き取れぬほど不鮮明で、かすれている。

「なにを言ってるんだ。何年会社を休もうが、きみの机がなくなるようなことはないから、つまらん心配はしなさんな」

「すみません」

「いいか、きみには必ず大慶を案内してもらうからな。大慶に石油化学コンビナートが完成するのは二年以上も先のことだから、それまでに病気を治してくれればいい。約束したぞ」

西本が快活に言って、腰を上げようとしたとき、志保子が病室に入ってきた。志保子が西本と会うのは初めてだが、西本の顔は社内報などで知っていたし、見舞状をもらったりして、身近な存在に感じていたので、そうかしこまらずに挨拶《あいさつ》することができた。

「西本です。初めまして」

「柿崎の家内です。ご心配をおかけして申し訳ありません」

「もう少しまいっているのかなと心配してたのですが、案外元気そうなので安心しました。来月から出社するなんて言ってるくらいだから大丈夫でしょう。しかし、慌てずゆっくり療養しなければいけませんよ。その点は奥さんにお任せします」

「わがままで困っています。すぐお茶を淹《い》れますから、お坐りになってください」

「奥さん、おかまいなく。出かけるところがあって車を待たせてありますから、きょうはこれで失礼します」

西本が大分への出張の合間に無理に時間を割いて見舞いに来てくれたことがわかるので、志保子は引き止めなかった。志保子は西本を病院の玄関まで見送った。

「奥さん、いろいろご心労のことと思いますが、気を落とさずに頑張ってください。申し上げにくいのですが、柿崎君の衰弱ぶりがひどいように思えたのですが、私の気のせいならよろしいのですが、どこか……」

「はい。糖尿のほうが思わしくないようですし、貧血もなかなかよくなりません。六月ごろでしたか、一度快方に向かったのですが、またぶり返してしまい、ここのところはかばかしくありません。本人もいらいらしているようです」

志保子はよっぽど白血病のことを打ち明けてしまおうかと思ったが、その言葉を呑《の》み込んだ。奇蹟《きせき》を信じたかったし、西本に心配をかけてもいけないと思ったのだ。

「そうですか。必ず元気になりますよ」

西本の笑顔で、志保子はほんとうに奇蹟が起きるように思えて、沈みがちな気持ちがふくらんだ。

「お大事に」

「お忙しいところをありがとうございました」

志保子は西本を見送り、四階の病室へ戻って、初めて枕元の台の上に乗せてあるのし袋に気づいた。

「あなた、副社長さんにお見舞いをいただいたのに、お礼も申し上げなかったわ」

「枕元になにか置いたような気配もあったが、わからなかったんだ」

「お礼状を書かなければ……」

「うん、そうしてくれ」

柿崎は疲れたのか、ベッドに仰向けになって、眼を閉じたまま、けだるそうに言った。

6

九月下旬から柿崎は皮下出血、管出血の傾向が強まり、白血球と血小板の異常低下も加わって本格的な輸血の必要に迫られた。

　高田博士にそのことを告げられ、志保子は松島に相談し、松島のはからいで工場従業員から献血を募ることになった。献血者はA型RHプラスの血液型に限られるが、それでも技術部、製造部を中心に八十人がリストアップされた。さらに、かつて柿崎が非常勤講師を勤めた大分高等専門学校の教え子たちの中に献血を申し出る者が続出した。

　柿崎が大分高専の機械工学科の五年生二クラス七十人を対象に計測工学について週二時間の講義を受け持ったのは、昭和四十五年四月から九月までのわずか六か月間にすぎなかったが、教え子である宮井や森たちとの交友関係はその後も続いていたから、彼らの口ききで、献血申し出者は在校生にまで及んだ。

「柿崎さんのお人柄、社会的地位といったことがこの一事をもってしてよくわかります。献血を申し出てくれる人がこれほど集まった例を私は知りません」

　高田博士をして驚嘆せしめたほど柿崎に対する献血申し出者は多く、研修のため九月上旬から大分入りしていた中国の「大慶エチレン三十万トン製造プラント実習組」までが、沢木を通じて献血したいと申し出てきた。

　実習組の組長（団長）である郭維泮と副組長（副団長）の鐘剣飛は、真剣な面持ちで、

「実習組のメンバー全員が柿崎先生に献血したいと言っています。血液型の問題もありましょうけれど、われわれの意のあるところは汲《く》んでいただきたいので、血液型の検査をお願いします。できたら、お見舞いに病室へ伺わせていただけませんか」と、沢木に

申し入れてきた。

沢木は上司の松島に相談し、松島は木原工場長の判断を仰いだが、ありあまるほどの献血者がいることでもあり、「お気持ちだけいただいておく」と、実習組の申し出を辞退している。病院への見舞いも、柿崎が無菌室へ移され、面会謝絶扱いとなったため、辞退せざるをえなかった。

志保子もあとで沢木からその話を聞いたとき、「貴重な血液を中国の方にまでいただくわけにはいきません」との意向を示している。もっとも、献血といっても静脈に針を刺して採血するような簡単なものではなかったから、中国の実習組に柿崎と同じA型でＲＨプラスの血液型のメンバーが存在したとしても実現したかどうかは疑問である。

柿崎の部下である飯岡は三度も献血したが、一回の献血で朝九時から四時間近くかかるので、時間のやりくりに苦労した。

県立病院の一階の血液センターで、まずヘパリンと称する血液の凝固抑制剤を二百cc点滴注射で体内に注入する。そのあと、ベッドに横たわって採血が始まるが、両腕の下《か》膊《はく》の静脈に注射針を刺して、体内の血液を循環させながら白血球だけを取り出すのである。いわゆる人工腎臓《じんぞう》の透析器《ダイアライザー》に似ているロイカラムという装置と生理食塩水を用いるのだが、白血球をナイロン製の微細な網状の目にしがみつかせるような形で残し、他の血液は献血者の体内にポンプで戻す。

一度の献血で血液が循環しながら四度も体内から外に出ることになるが、白血球は骨髄で短時間に再生されると言われても、献血者のほうに相当な精神力が要求される。一度の献血で参ってしまった者も少なくない。白血球の採血直後は、止血しにくい状態になっているので、交通事故など起こさないように、と病院側で注意されるが、それで一層精神的にこたえてしまう。

採血された白血球は直ちに点滴注射で柿崎に輸血されるが、同じA型のRHプラスであっても、献血者によってアレルギー反応を起こすケースが少なくなかった。

輸血の最中に、瘧《おこり》に罹《かか》ったように高熱と悪寒に襲われ、志保子は「もう駄目かもしれない」と観念したこともあるが、飯岡、相川それに大分高専の教え子の一人で、市内で酒屋の入り婿になった宮井の三人は、柿崎とぴったり血液型が一致し、いずれも三度の献血に応じている。

十月下旬のある朝、飯岡と相川が献血の前に柿崎を病室に見舞ったことがあるが、ガウンテクニックと称する宇宙服まがいの物々しい滅菌服を着せられてびっくりした。無菌室にしては、ドアも窓も二重になっていないし、ちゃちな気もするが、飯岡も相川も滅菌服を着せられただけに、口にこそ出さなかったが、柿崎の病状にただならぬものを感じざるをえなかった。

「あなた、飯岡さんと相川さんが献血で見えてくださったわよ」

志保子に言われて、柿崎は「ありがとう」と言って、すまなさそうに顔を歪《ゆが》めた。このころ志保子は、病院から補助ベッドを借りて病室に寝泊まりするようになっていた。

家事は弘子と陽子が分担してやっている。

「飯岡も相川も、きょうで三度目じゃなかったか。ほんとうに申し訳ないと思ってるよ。大きな借りができちゃったな」

「なに言ってるんですか。たいしたことありませんよ。何度でも差し上げます。二人とも若いから、いくらでも再生できるんです。なあ」

飯岡が、相川の顔を覗《のぞ》き込むようにして相槌《あいづち》を求めると、相川は黙ってうなずく。相川は、肉を削《そ》ぎ落としたような柿崎のやつれた頬のあたりを痛ましそうに見やっている。

「中国の実習組の技術習得はうまくいってるか」

「ええ。昔、課長にしごかれたと同じようにしごいてます」

相川は気をとり直して答えた。

「そうか……」

柿崎は初めて白い歯を見せた。

「相川も一流のオペレーターに成長したな。どこへ出しても通用するぞ。大慶でEPICSの試運転に相川にも行ってもらうといいな。そのときは俺も行くつもりだけどな。副社長にも言われてるんだ。完成したら必ず案内しろって」

「課長、その意気ですよ。元気を出してください」

飯岡が嬉《うれ》しそうに言った。無菌室から出て、滅菌服を脱ぎながら飯岡が相川に話しかけた。

「この宇宙服のいでたちは課長の眼には見えないのかなあ。これが見えたら、どう思うだろう」

「課長のことだから、すぐぴんときちゃうでしょうね」

「ここの第三内科は、血液内科と言われてるから、血液の病気であることだけは間違いないな」

飯岡も相川も、もはや柿崎は白血病に間違いないと思っていたが、さすがに口に出すことはためらわれた。

飯岡と相川が退室したあとで、柿崎は志保子を相手に駄々をこねていた。

「九月三十日から三週間も毎日輸血が続いているが、俺の計算では週二回でいいはずなんだがな」

「貧血がひどいんですから、仕方がありませんよ」

「白血球を毎日二百ccも輸血する必要なんかないぞ。高田先生に言ってくれよ」

「一応話してみますけど、病気を治すためには先生を信じて、お任せするしかないでしょう」

「ちょっと頼みたいことがあるんだ」

「なんですか」

「俺の本棚に、たしか『家庭の医学』っていう医学書があるはずだ。こんな分厚いやつだからすぐわかるよ」

柿崎は、右手の親指と人差し指で本の厚みを示してつづけた。

「白血病のところをテープに吹き込んでくれないか」

志保子の心臓が、どきんと音を立てた。呼吸を整え、どう対応したらいいかを志保子は懸命に思案した。

「いいですけど、そんな必要があるんですか」

「参考までに知っておきたいんだ」

「あなた、まさかお疑いじゃないんでしょうね。白血病だったら、白血球を輸血したりしませんよ」

志保子は胸をどきつかせながらも、冷静な受けごたえをした。『家庭の医学』の白血病の項は、志保子自身読んでいたから憶《おぼ》えているが、夫の場合は白血球の増殖はなく、レアケースの減少するほうだったから、うまく切り抜けられたともいえる。

「とにかく、あんまり神経質にならないでください」

志保子が強い口調で言うと、柿崎は口をつぐんだ。

7

十月下旬になっても、柿崎の病状はジリ貧傾向に歯止めをかけることはできなかった。

ただ、糖尿食に飽きたのか、「鮨《すし》が食いたいなあ」「おはぎを食べたら先生に叱られるかな」などと食欲を示した。志保子が主治医に意見を訊《き》くと、「いいでしょう。食べさせてあげてけっこうです」という返事だった。ひがんで受け止めれば、なんだか匙《さじ》を投げられたよう気がしないでもなかったが、志保子はおはぎをつくろうと思い立ち、土曜日の午後、近所の米屋で糯米《もちごめ》を買って家に寄り、糯米と小豆を水に漬け、手はずを整えて病院へ戻った。あくる日の日曜日、陽子に手伝わせておはぎをこしらえた。蒸籠《せいろ》はなかったから、糯米はふかし釜《がま》を使ったが、小豆は圧力鍋《あつりょくなべ》で煮立てた。

「おはぎってお彼岸に食べるものでしょう」

「そう決まってるわけではないけど、お彼岸にはつきものね」

「それじゃあ、月遅れのお彼岸だね」

「そうねえ。お彼岸につくればよかったわね。気がつかなかったわ」

「おやじ、ほんとうにおはぎなんか食べるのかなあ。ほんの気まぐれで言ってみただけじゃないの。骨折り損のくたびれ儲《もう》けってことはないかしら」

「陽子がつくったおはぎを食べないわけないわ。それに、陽子もおはぎは好きでしょう」

志保子と陽子はそんなことを話しながら、おはぎづくりを愉《たの》しんだ。

昼前に弘子が模擬テストから帰ってきたので、久しぶりに三人そろって県立病院へ出かけた。ちょうど昼食時だったが、柿崎は食事に箸《はし》をつけていなかった。

「お父さん、おはぎが来ること知ってたの？」

「知ってたさ。だから食べずに待ってたんだ」

「弘子も一緒じゃないか。きょうは模擬テストじゃなかったの？」

「そうよ。午前中で終わったの」

「どうだった？」

「まあまあね」

「お姉ちゃんのまあまあは、相当自信があるんだな」

「さあ、おはぎを食べましょう」

志保子が風呂敷《ふろしき》包みをほどいて、ベッドに取りつけた食事用の台の上に重箱を置いた。一つ小皿に取って柿崎に手渡すと、柿崎はさっそく食べはじめた。三人とも、佇立《ちょりつ》したまま柿崎にじっと視線を注いでいる。

「美味《おい》しい。美味しいぞ。うまくつくったな。もう一つたのむ」

志保子と陽子が顔を見合わせて、ほほえんだ。弘子が柿崎に寄り添って小皿におはぎを取ってやっている。志保子が茶を淹《い》れながら言った。

「よかったわ。陽子が心配してたんです。お父さん、ほんとうにおはぎ食べるかしらって」

「陽子も手伝ったわけだな」

「そうよ。二日がかりでつくったんだもん。食べてくれなきゃあ、張り合いないじゃない」

陽子と弘子は病室の備えつけの椅子に坐《すわ》って、志保子はベッドの端に腰を下ろして、親子四人で昼食のおはぎを食べた。

「なんだかピクニックの気分だな。外へ出られたらもっといいんだけど」

「もうすぐ退院できるよ。そしたら、みんなで温泉でも行くか」

「温泉なんて、年寄りくさくておもしろいところじゃないけど、付き合ってやるか」

柿崎は陽子と嬉しそうに話している。志保子は、夫の笑顔を久しぶりに見たような気がした。

柿崎が志保子と陽子の心づくしのおはぎを「美味しい」を連発して三個も食べたのは十月二十六日の日曜日だが、それからわずか二週間後の十一月十日になって、柿崎は四十度を超える高熱に見舞われた。

熱にうなされて、夜中に突如英語でコンピュータに関することをべらべらしゃべったり、中国語でなにやら話しかけたりする。意識が戻ると、「熱を計ってくれ」と、看病疲れでうとうとしかけている志保子を起こす。

敗血症を併発したのだ。敗血症は細菌症ともいい、細菌が血管やリンパ管に入って生じる病気だが、白血病で抵抗力が著しく低下しているため、一時は危険な状態に陥った。敗血症の併発は柿崎からなけなしの体力をほとんど奪い取ってしまったとみえ、急激に白血病が悪化していった。

十一月十七日の午前中の回診時に、柿崎は「お腹が張って仕方がない」と主治医に訴えている。

白血病細胞は柿崎の体内を蝕《むしば》み、出血で手の施しようがない状態に陥っていたのである。ありていに言えば、高田は疾《と》うに匙を投げていた。むしろ、ここまでもったのは奇《き》蹟《せき》というべきで、柿崎の生命力の強さを称《たた》えたい気持ちであった。病魔との壮絶な死闘に最後の力を振り絞っている柿崎仁という患者は、忘れえぬ存在になるだろうと高田は思った。

高田は、これまで何度白血病であることを柿崎に知らせようとの思いに駆られたかわからない。柿崎ほどの男なら死と対峙《たいじ》しても乗り越えてゆくであろう。夫人や娘たちに自分の人生観を伝える時間を与えてやることが正しい在りようではないか、と高田は思っていたのである。

その日の回診時に志保子は病室に居合わせなかった。志保子の意向が、最後の最後まで白血病であることを当人には伏せてほしい、というものであったが、きょうあすにもという危険な状態であり、柿崎自身、白血病であることを自覚しているふしも見られる。だとすれば、もはや知らせるも知らせないもない、と高田は判断した。

「無菌室で敗血症に罹《かか》るというのもなんだか変ですね」

この柿崎の質問は、婉曲《えんきょく》に探りを入れてきたと解することもできる。

「無菌室といっても完璧《かんぺき》ではないのです。看護婦や医者が出入りしますし、家族の方も出入りするでしょう。普通なら感染することはなくても、抵抗力を失ってますから……」

「私は重症貧血病ということになってるらしいが、ほんとうはどうなんですか」

「血液を侵されています」

「つまり、白血病ということですね」

「われわれはまだ諦《あきら》めていません。治るチャンスはあると思っています」

ずばり指摘されて、高田のほうが動揺していた。

「私もまだ諦めたわけではありません。よろしくお願いします」

柿崎の眼が潤んでいる。

十七日以降、柿崎は食事を一切受けつけなくなり、栄養補給は点滴注射に頼っていた。高熱と低血圧で時折意識が混濁する。十八日の深夜、柿崎は「明日《あした》の朝、子供たちを呼んでくれないか」と志保子に話している。志保子は譫言《うわごと》の延長ではないかと思ったが、あたりが白みはじめるころ再び念を押された。学校があることでもあり、志保子は迷った。

高田が宿直だったので、このことを相談すると、「すぐに呼んであげてください。遠くにおられる近親の方には連絡したほうがいいと思います」という返事だった。

十九日の午前十時過ぎに、定時回診で高田博士が看護婦を伴って柿崎の病室の前まで来たとき、かすかに柿崎の話し声がドア越しに聞こえた。看護婦がノックと同時にドアをあけると、志保子夫人と二人の娘の姿が見えた。

「あとにしましょう」

高田は、怪訝《けげん》そうに見上げるナースを無視して、別の病室のほうへ歩いて行った。柿崎がこの時間に母娘《おやこ》三人を呼び寄せたのは、死期が迫っていることを意識して、言葉を遺《のこ》したかったからではないか、と高田は思ったのである。高田の勘は的中した。

柿崎は、残された時間がごくわずかしかないことを自覚していた。

弘子と陽子が志保子の電話で病室へ駆けつけてきたとき、柿崎は見えない眼に涙をにじませた。

「陽子、おはぎ、とっても美味しかったぞ。弘子、元気にしてるか……」

「あなた、子供たちはみんな立派にやってますよ。私がかまってやらなくても、ちゃんと……」

「お母さん」

陽子がきっとした顔で、涙声になっている志保子に視線を送った。

「みんな、苦労を、かけたな」

柿崎は息苦しいのか、言葉が途切れがちだった。

「お父さんは、まだこの世に、未練がある。やり残したことも、たくさん、ある。だから、諦めたわけじゃないんだ。まだ、頑張る、つもりだ」

「そうですよ。きっと治ります」

「志保子、ありがとう。きみには、感謝している。しかし、寿命が、尽きようとして、いるかもしれ、ない。もっと、生きたいけど、わからない……」

「会社の、同僚や、部下たちに、俺は厳しすぎ、たかもしれない。もっと、思いやりがなければ、いけなかった」

「そんなことはありません。あなたは優しい人です」

志保子は屈《かが》み込んで、夫の左手を両掌《りょうて》で固く握りしめた。志保子の眼からとめどなく涙があふれた。

「弘子、陽子、思いやりの、ある人間に、なってくれ。人に、嫌われないようにな」

弘子がこらえられずにむせび泣いた。陽子は歯をくいしばって懸命に涙をこらえている。

「俺は、どんな、ことでも、つねに全力で、やって、きた。だから、未練はあるが、悔いはない。弘子も、陽子も、物事に、対して、つねに一生懸命であって、ほしい。お父さんが、できなかった、分も、勉強、してくれ。学ぶことの、尊さを、わかってほしい。お母さんを援《たす》けて……」

柿崎は、意識が薄れ、言葉を絞り出せなくなった。

志保子がベッドのボタンを押してナースセンターを呼び出し、夫の容態を伝えた。

ほどなく高田と看護婦が駆けつけてきた。血圧を測定すると九十に下がっていた。熱は九度八分あるが、点滴注射で柿崎は再び意識を取り戻した。

「学校へ行きなさい」

柿崎は娘たちに笑いかけた。

しかし、弘子も陽子もその日は学校を休んで、終日父のそばから離れなかった。夜中も三人交代で看病した。

柿崎は譫言を繰り返した。夢うつつの中で仕事をしているらしく、英語を交えてなにかを訴えている。志保子は何度も経験していることだから、さして驚かなかったが、弘子と陽子は、仕事に対する父親の執念の凄《すさ》まじさに息を呑《の》む思いであった。

「お父さんって、やっぱり仕事の鬼なんだね。仕事のことを心配してるみたい」

「コンピュータのことで、会社の方と議論をしているのかしら」

陽子と志保子の会話が聞こえたわけではないだろうが、柿崎がかすかに口もとをくずして、「そうじゃねえんだよな」とつぶやいた。もちろん偶然であろう。

二十日の朝七時四十分の測定で、血圧は上が七十八、下が五十四まで低下していた。意識ははっきりしていたが、十時三十分にショック状態で呼吸が停止した。直ちに人工呼吸が施されたが、柿崎の心臓の鼓動はよみがえらず十一時五十五分に死が確認された。

8

西本が、柿崎仁の訃報《ふほう》に接したのは十一月二十日の午後一時四十分のことだ。来客中に秘書からメモが入ったのである。一時半から三十分の約束だったが、西本は「申し訳ありません。急用が出来まして……」と断って、十五分で切り上げてもらい、自室に閉じこもった。

涙が止まらなかった。何故、もう少し生かしてはくれなかったのか、神は無慈悲なことをする、と西本は神を恨みたかった。

工場の人事部から本社の人事部に電話で柿崎逝去の連絡がもたらされたのは十二時三十分だが、訃報を聞いたとき、人事部長の安田は直ちに折り返し大分工場長の木原に電話を入れている。

「惜しい人を亡くして、工場長もさぞ無念でしょう」

「ほんとうに残念至極です」

「柿崎君のことは、いろいろ聞いています。大きな功績を残してくれた人ですね。会社のために命を燃焼し、捧《ささ》げてくれたわけでしょう」

「私もそう思います」

「これは、私の一存ですが、特別功労金のようなものを考えたいのですが、工場長のご意向をお聞きしたかったんです」

「それは、ありがたい。私も、会社としてなにかしてあげられないかと考えてたところです」

「賛成していただけたわけですね」

「賛成もなにも、願ってもないことです」

「それでは担当常務と相談して、さっそく稟議《りんぎ》を起こします。告別式の日程は決まりましたか」

「今、ご遺族と話しているところですが、明日になると思います」

安田は、役員の在不在を示すランプを見上げた。担当常務の北岡も、西本副社長も、佐藤社長も在席していることを確認して、言った。

「なんとか告別式に間に合うようにやってみます」

電話を切って、部下に稟議書を起案するよう命じた。

西本のところに、「故柿崎仁大分工場技術部課長の特別功労金に関する件」の稟議書が回ってきたのは午後三時過ぎである。安田人事部長、北岡担当常務のサインが認められる。西本は、またしても涙を誘われた。

人事部長が気を利かせたのだろうが、技術者の柿崎が事務屋の中でも評価されていることが嬉《うれ》しかった。西本は涙を拭《ぬぐ》って、稟議書にサインし、それを持って自ら社長室に出向いて行った。

「柿崎仁という者をご存じでしょうか」

「ええ、知ってますよ。EPICSを担当した人でしょう。柿崎君がどうかしたのですか」

「実は、今年の四月以降、大分の県立病院に入院していたのですが、きょう昼前に亡くなりました」

「亡くなった。ずいぶん急ですねえ」

「糖尿病と貧血と聞いていたのですが、工場からの連絡では白血病ということです」

「白血病ですか」

佐藤は沈痛な面持ちでつぶやくように言った。

「糖尿病による眼底出血で、ほとんど眼が見えなくなっていたのですが、中国への技術輸出をまとめてくれました。凄《すご》い男でした」

西本は、眼鏡を外して、ハンカチを眼に当てながらつづけた。

「奥さんが内助の功を発揮して、いろいろ柿崎君に協力してたようです。奥さんが英文の契約書や専門書をテープレコーダーに吹き込んで、それを柿崎君が聞いて暗記したと聞いたことがあります」

「ほう。会社のために奥さんも頑張ってくれたんですねえ」

「人事部長が社長名で、ご遺族に特別功労金を贈呈したいと考えて、稟議書を回してきました。いかがでしょう」

「異議なしです。けっこうじゃないですか。初めてのことですね」

「はい。柿崎君が第一号です」

佐藤は、その場で稟議書にサインした。

西本は、所用で柿崎の通夜にも告別式にも出席できず、弔電を打つにとどまったが、日程をやりくりしてなんとしても初七日にはお参りしようと心に決めていた。

十一月二十一日午後二時から大分市内の葬儀場で行われた告別式で、昭栄化学工業を代表して、工場長の木原が弔辞を読んだ。

柿崎仁君

中国大慶のエチレンプラントに対する技術輸出は、この九月にコンピュータの積み出しを完了、十月には中国の電算技術者の実習も終わって、当社の役務の重要部分は終了の段階となりました。この時を待っていたかのように、きみは病との闘いに力尽きて、遂に幽明境を異にされてしまいました。

きみは昭和三十四年、東京大学工学部応用物理学科を卒業後直ちに当社に入社し、以来計装、コンピュータ一筋に、当社の設備の近代化とともに歩まれました。入社早々、川崎工場の最新鋭設備テキサコプラントを担当し、複雑で故障の多い計装と悪戦苦闘、遂にこれの安定化に成功され、三十九年にはICI法アンモニア設備の計装およびコンピュータ・システムに従事、当社における最初のプロコン導入を成功させ、その有効性を社内に知らしめたのです。四十三年大分エチレン設備の計装およびコンピュータを担当するや、大分の百年の大計のために、いわゆるA、B、Cの三システムによる、コンビナート全体のネットワークを構成し、それぞれのプラントではBLFからALFに至るソフトを開発しました。この技術は、その後さらに発展し、「エチレン設備情報およびコントロールシステム（EPICS）」として科学技術連盟の石川賞を受賞して、世界にその名を知らしめることとなったのです。また、きみが心血を注いで完成した第二エチレンのコンピュータ・システムは、その優秀性により中国大慶に技術輸出されることになり、今その仕事が順調に完了しつつあるのであります。

如何《いか》なる困難にも決して弱音を吐かず、最後まで闘われたきみの偉大な精神力には、ただただ頭が下がるばかりです。亡くなるだいぶ前から眼が不自由になられましたが奥様の内助の功と、きみ自身の驚異的な記憶力によって、ほとんど常人のように仕事を続けられました。本年四月の入院後も、ベッドに仕事の資料を持ち込み、また最新の専門書もとり揃え、奥様に読んでいただいて勉強を怠ることがなかったのであります。永眠する数時間前まで英語を交えた言葉で仕事のことを心配されつづけた由でありますが、昭栄化学工業の誇るべきプロセス・コンピュータの第一人者は、ここに四十五年の生涯を閉じられたのであります。しかし、きみによって培われた土壌は多くの後輩に受け継がれ、社内はもちろん、遠く中国やその他にも花を咲かせることでありましょう。本日、佐藤社長が、故人の業績を称《たた》えて特別功労金をご遺族に贈呈されることになったとお聞きしましたが、共に仕事をしてきた友人たちにこのことを伝えようとして、私はどうにも言葉になりませんでした。柿崎君、安らかに眠ってください。

西本が、木原の弔辞を社内報で読んで涙したのは、年が明けた昭和五十六年の一月九日だが、そのひと月前の十二月九日の午後、経営会議のあとで佐藤社長が副社長室に顔を出した。佐藤は一通の封書をソファの前のセンターテーブルの上に置いた。

「読み終わったら、人事部長に回してください」

「なんですか」

「柿崎君のお父さんから手紙をいただいたのです」

佐藤の眼が潤んでいる。

「ほんとうに惜しい人をなくしましたね」

佐藤は外出の時間に迫られているとみえ、西本がデスクから立ち上がって、ソファまで歩いて来るのを待たずに、部屋から出て行った。

西本はソファに坐《すわ》って、その手紙を読んだ。

謹啓
時下　向寒の候　ますますご清栄の段　慶賀申し上げます。
さて、このたび、愚息仁の死去に際しましては、きわめて懇ろなお取り扱いをいただきまして、まことに有難うございました。その上、格別のご懇情を賜りお礼の申し上げようもございません。さぞかし故人もご洪恩に感泣していることと思います。ほんとうに有難うございませんでした。衷心からご厚礼申し上げます。
故人はこれまで、上司の方々からはご懇篤なご指導を賜り、同僚の方々のご協力、ご援助をいただきまして、日々充実した、生き甲斐《がい》のある生活を送りえたことと思います。この世と訣別《けつべつ》する最後の瞬間まで、仕事のことについて、断片的に口走っていたとのことでございます。これまでの人生に悔いはなかったことと信じ、お導きくださった方々、ご援助いただいた方に、心から感謝申し上げる次第でございます。遺族はその希望により、故人の墓地のある前橋市へ移り住むことになりました。遺族を中心に後に残された者一同協力し合って、末長く菩提《ぼだい》を弔って参りたいと存じております。

末筆ながら、貴下のいよいよのご清安をお祈り申し上げ、貴社のますますのご隆盛を祈念申し上げまして、擱筆《かくひつ》いたします。

敬具

柿崎征一郎

昭和五十五年十二月七日

佐藤治雄様

涙が滂沱《ぼうだ》として溢《あふ》れ出る。西本は、眼鏡を外してハンカチで何度も眼をこすらなければならなかった。

「柿崎!」と西本は声に出して呼びかけたが、次の言葉は声にならなかった。

〈きみと一緒に大慶に行きたかった……〉

西本は胸の中でつぶやきながら手紙を封筒に戻した。

解説

タカザワケンジ

時代が変わっても、人間が変わらず求めているものがある。

たとえば、生きがい。人は何のために生きているのかという哲学的問いから、仕事の後に飲む一杯のビールまで、誰でも何らかのかたちで生きているという実感を得ようとしている。そして、そう遠くない昔、この国の男性たちの生きがいといえば、なんといっても仕事だった。

だが、時代は変わり、価値観は多様化した。性別に関係なく仕事を生きがいにする人がいる一方で、家族とすごす時間や趣味に生きる理由を見いだす人もいる。現代では、仕事を生きがいにしている人の割合は減っているようだ。仕事＝生きがいという価値観は「昭和」のもので、時代遅れだという印象だ。たしかに仕事を生きがいにすべしという価値観を押しつけられ、低賃金長時間労働で働かされてはたまらない。従業員の地位が正社員、契約社員、派遣社員のように細分化され、「ブラック企業」と評される企業が話題になる現代では、仕事に対してクールになるほかないのかもしれない。

また、価値観が多様化するということは、私たちそれぞれが働き方のスタンスを自分で決めることでもある。いまの仕事は生きがいになるのか。仕事＝生きがいが当たり前でないなら、ほかにどんな生きがいがあるのか。いま、あらためて「働く」とはどういうことかが、一人ひとりに問われている。

高杉良の『生命燃ゆ』は、ある一人の会社員が、仕事を生きがいに、その生命を燃やしつくす物語である。物語はいまから約半世紀前、高度経済成長期が終わろうとしている昭和四三（一九六八）年から始まる。主人公の柿崎仁《かきざきまさし》は三十三歳。東大の物理を出て昭栄化学工業に入社した技術者である。川崎《かわさき》工場でアンモニア合成プラントの建設、運転に関わり、社内ではプロセス・コンピュータの第一人者となっていた。プロセス・コンピュータとはプラントの管理をコンピュータで行うことで、昭和四十年代当時はまだ黎明期《れいめいき》だった。柿崎は大分に赴任し、石油化学コンビナートの第一期建設工事に携わる。担当はエチレンプラントの中核部分であるコンピュータ・システムだ。完成すれば世界で初めてのコンピュータによる制御システムになるという大仕事である。

ところが、建設工事の担当役員、西本康之《にしもとやすゆき》は柿崎の目がおかしいことに気づく。柿崎は自分の身体をいたわるよりも仕事を優先し、激務をこなしていた。平日の残業は当たり前。週末は若手を集めて勉強会を開いていた。その熱意は傍から見ても奇異に映るほどで、大分への赴任当初は「サディストとちがうか。土曜も日曜も勉強なんて」「働き病《ワーカホリック》いうらしいぞ」と地元採用の若手社員から陰口をたたかれるほどだった。しかし、柿崎の熱意は衰えることなく、彼らもその情熱に心を動かされていく。

物語冒頭のこのエピソードから、柿崎が自分の身体のことなど顧みずに仕事にのめり込む技術者であること、その柿崎を思いやる上長がいることがわかる。病院にかかった柿崎は糖尿病だと診断され、放っておけば失明の危険があったと医師から聞かされる。その後は節制して視力も回復し、上司や同僚、部下とともに悪戦苦闘しつつ、コンピューター・コントロール・システムをつくりあげていく。

一方、事務系の社員たちも技術者とは別のやり方で工事に貢献しようとする。地域対策である。地元にとっては、誘致したとはいえ昭栄化学工業はよそ者だ。いざ工事が始まれば摩擦が起ることもやむをえない。地域との相互理解のためには、パイプ役が必要だった。そこで、市議会選挙にコンビナートの代表を立てることになる。

コンビナートは社会的影響力が大きく、現場の地域対策のほかに、本社でも通産省（現・経産省）との間で生産量の認可をめぐる粘り強い交渉を続けていた。『生命燃ゆ』は、「働く」ことを描いただけでなく、技術者、事務系社員、経営者たちがそれぞれの立場で奮闘し、巨大コンビナートができるまでをドキュメントした小説でもあるのだ。

小説にあえてドキュメント（記録）という言葉を使ったのには理由がある。著者の高杉良は、「経済小説の生命線はリアリティに尽きる」とつねづね語っており、モデルとなった人物や企業とその周辺を徹底して取材することで有名だからだ。石油化学コンビナートの舞台裏を描いた『生命燃ゆ』は、「石油化学新聞」という業界紙で編集長を務めていた高杉にとって、キャリアを存分に生かした作品でもある。実際、執筆当時、高杉はまだ二足のわらじを履いていた。「昭栄化学工業」のモデルは「昭和電工」であり、「柿崎仁」のモデルが「垣下怜《かきしたさとし》」であることは作者自身も認めている。そもそも執筆のきっかけが「西本康之」のモデルである岸本泰延《きしもとやすのぶ》（のちに昭和電工社長などを歴任）から、ある社員について、昭和電工の社内報に書いてほしいという申し出を受けたことだった。岸本から垣下の話を聞いた高杉は、一般向けの小説になると確信する。そして、岸本も驚くほどの熱意で取材を行った。

「工場の関係者、家族を始め、主人公の主治医にいたる迄《まで》、そして舞台も本社、工場は勿論《もちろん》、遠く中国の大慶にまで足を運ばれた。執念とも言える熱心さであった」（岸本泰延『生命燃ゆ』によせる思い出」『高杉良経済小説全集』第一巻月報12 より）

高杉は取材を徹底する一方、当然のことながら、小説にするために事実を再構築している。

「ただ、これは小説ですから、垣下さんに比重を置いた書き方をしています。（中略）垣下さんの周囲にいた方の了解のもとに、ほかの人がやった仕事も、小説のなかでは垣下さんがやったように書いているところがあります。主人公が亡くなった人ですから、どんなに謳《うた》いあげても、誰にもアレルギーはありません。ある種、いくら褒めてもいいわけです」（対談　高杉良×佐高信「仕事にかけた男の情熱」『高杉良経済小説全集』第一巻月報12 より）

高杉はこの発言に続けて、脚色部分として、「大慶へ」の章で、柿崎が技術輸出のために中国へ行ったエピソードを挙げている。小説としては、主人公が中国へ行くことが必要だったのである。とはいえ、来日した中国の技術者たちから慕われていたことは事実だという。ということは、「柿崎仁」はモデルとなった社員のみならず、このプロジェクトに関わった社員たちを代表する存在でもあるのだ。さらに言うなら、当時の無名の会社員たちの象徴と解釈することもできるだろう。中堅社員として先陣を切って仕事に打ち込みながら、部下を育て、時には上に意見することもある。その姿は、高杉が『金融腐蝕列島』シリーズを始めとする作品のなかで、一貫してエールを送ってきたミドルたちの姿とも重なる。企業が達成した偉業は、社長や会長、役員の手柄として歴史に残る。しかし、現場では名も知れぬ社員たちが歯を食いしばって働いていたという事実を忘れてはならない。

ところで、この『生命燃ゆ』の初版が刊行されたのは一九八三（昭和五八）年である。初版刊行から約三五年。経済小説の第一人者として数多くの作品を発表してきた高杉良の作品のなかでも人気の高いロングセラーであり、今回の文庫化は実に四度目となる。

では、いま、『生命燃ゆ』を読むとはどういうことなのだろうか。平成が終わり、元号が改められる転換期にあって、政府は「働き方改革」を打ち出し、私たちの労働観も変わりつつある。企業に目を向ければ、ものづくりを誇ってきた日本企業の存在感が、世界で薄れかけているのは周知の通りだ。また、社会全体としても、少子高齢化社会の閉塞感《へいそくかん》が、私たちから自信を奪おうとしている。先行き不透明な時代だからこそ、生きるとは？　働くとは？　という原理的な問題をあらためて問い直さざるをえないのである。そんな私たちの目に、柿崎の生き方はまばゆいほどの輝きを放っている。

柿崎が生命を燃やしつくした大分石油化学コンビナートは、いまも操業を続けている。その背景にどんな物語があったのかをぜひこの小説で知ってほしい。『生命燃ゆ』は、この国の経済発展に貢献した一大プロジェクトに関わった無名社員の仕事と人生を余すところなく書くことで、「仕事にかける人生」、「完全燃焼する人生」が時代を超えた普遍的価値があることを教えてくれる。次代に読み継がれるべき古典と呼ぶにふさわしい作品だ。

本書は、一九八六年四月に刊行された角川文庫を底本としました。

生命《いのち》燃《も》ゆ

高杉《たかすぎ》良《りょう》

昭和61年 4月25日　初版発行
平成31年 4月25日　改版初版発行
令和6年 4月30日　改版4版発行

発行者●山下直久

発行●株式会社KADOKAWA
〒102-8177　東京都千代田区富士見2-13-3
電話　0570-002-301(ナビダイヤル)

角川文庫 21555

印刷所●株式会社KADOKAWA
製本所●株式会社KADOKAWA

表紙画●和田三造

●お問い合わせ
https://www.kadokawa.co.jp/（「お問い合わせ」へお進みください）
※内容によっては、お答えできない場合があります。
※サポートは日本国内のみとさせていただきます。
※Japanese text only

ISBN 978-4-04-107406-0　C0193